El vicario de Wakefield

El vicario de Wakefield

Oliver Goldsmith

Segunda edición

Opera Magna

EDICIONES RIALP
MADRID

Título original: *The Vicar of Wakefield*

Primera edición: octubre 2004
Segunda edición: abril 2025

Fotocomposición: M. T., S. L.
ISBN (edición impresa): 978-84-321-6998-4
ISBN (edición bajo demanda): 978-84-321-6999-1
Depósito legal: M-4004-2025
Impreso en Service Point S. A, Madrid

ÍNDICE

Presentación 11

I. Descripción de la familia de Wakefield, en la que prevalece el aire de parentesco, así en las personas como en sus caracteres 13

II. Desgracias de familia. La pérdida de la fortuna sólo sirve para aumentar la dignidad de los valiosos 17

III. Emigración. Las circunstancias afortunadas de nuestra vida nos vienen generalmente de nosotros mismos 21

IV. Prueba de que aun la fortuna más humilde puede dar felicidad, que depende, no de la posición, sino de la disposición 29

V. Presentación de un nuevo y gran personaje. Lo que nos da mayores esperanzas suele ser generalmente lo más fatal 33

VI. La felicidad de un hogar campestre 37

VII. Un ciudadano bien instruido. Los más lerdos pueden aprender a ser cómicos una noche o dos 41

VIII. Un amorío que promete poca fortuna y, sin embargo, puede dar mucha 47

IX. Presentación de dos señores de gran distinción. Superior elegancia parece conferir superior urbanidad 55

X. La familia hace lo posible por estar a la altura de sus superiores. Las desgracias de los pobres cuando intentan parecer más de lo que son 59

XI. La familia persiste en levantar la cabeza 65

XII. La fortuna parece resuelta a humillar a la familia Wakefield. Las humillaciones son a veces más penosas que las calamidades reales 71

XIII. Donde se ve que míster Burchell es un enemigo porque se atreve a dar un consejo desagradable 77

XIV. Nuevas humillaciones, o una demostración de que lo que parecen calamidades pueden ser verdaderas bendiciones 81

XV. Toda la villanía de míster Burchell, descubierta de un golpe. La locura de ser demasiado juiciosos ... 89

XVI. La familia usa la habilidad, a la que se opone otra mayor 95

XVII. Pocas son las virtudes que resisten el poder de una larga y agradable tentación 101

XVIII. Pesquisas de un padre para traer una hija perdida a la virtud 111

XIX. Retrato de una persona descontenta del Gobierno actual y temerosa de la pérdida de nuestras libertades 117

XX. Historia de un filósofo vagabundo que persigue la novedad y pierde la alegría 127

XXI. La poca duración de la amistad entre personas viciosas, que sólo dura tanto como la mutua satisfacción 143

XXII. Cuando se ama, en el fondo, se perdonan fácilmente las ofensas 153

XXIII. Solamente el perverso puede ser enteramente desgraciado, y por mucho tiempo 157

XXIV. Nuevas calamidades 163

XXV. No hay situación, por miserable que parezca, que no ofrezca algún consuelo 169

XXVI. Reforma en la cárcel. Las leyes, para ser completas, deberían recompensar a la par que castigan 175

XXVII. Continuación del mismo tema 181

XXVIII. La felicidad y la desgracia en esta vida son más bien resultado de la prudencia que de la virtud. Los males y los bienes temporales son mirados por el Cielo como cosas sin valor, indignas de su cuidado de distribuirlas 185

XXIX. La equidad de la Providencia se demuestra con los felices y los desgraciados de aquí abajo. Considerando el placer y el dolor, comprendemos que los desgraciados están llamados a recibir en la otra vida la compensación de sus sufrimientos 195

XXX. Empiezan a descubrirse perspectivas más felices. Seamos inflexibles, y al fin cambiará la fortuna en nuestro favor 201

XXXI. La anterior benevolencia, vuelta a pagar ahora con inesperado interés 209

XXXII. Conclusión 223

Cronología 227

PRESENTACIÓN

Novela plena de lirismo e ironía, *El vicario de Wakefield* sigue la estela de otras obras de los grandes autores del XVIII, como Richardson y Fielding, y se ha mantenido a través del tiempo como una atractiva lectura. Esto se debe, entre otras razones, al magistral retrato moral que hace Goldsmith de su protagonista, el benévolo, generoso y un tanto pedante vicario, pintado con ternura y humor. En las obras de Goldsmith abundan las alusiones autobiográficas, y parece que el citado vicario, doctor Primrose, tiene rasgos del padre del autor. De igual modo, el relato que hace el hijo mayor del vicario de sus andanzas por Europa y las muchas profesiones que ha intentado ejercer, recuerda a las aventuras vividas por el propio autor en sus años de juventud.

Aunque la trama es en apariencia sencilla (la ruina económica del vicario, y la consiguiente cadena de aventuras y calamidades que han de afrontar él y su familia, antes de llegar al repentino desenlace), Goldsmith aprovecha los episodios hasta cierto punto picarescos de la novela para poner de relieve aquellos temas vitales que le parecen de capital importancia. Las consideraciones de tipo social asoman también en la historia, sobre todo en la estancia del protagonista en la cárcel, y en la personificación de la injusticia social que encarna el inmoral y omnipotente hacendado míster Thornhill.

En la misma línea que caracteriza a Jane Austen, Goldsmith es un agudo observador de las vanidades humanas. En este relato ofrece un rico muestrario de esas vanidades, acompañadas de la ceguera que les es inherente: la vanidad femenina, esclava de las apariencias, la vanidad de la supuesta erudición, y la de la generosidad mal entendida, es decir, la generosidad interesada que busca el aprecio y la consideración de sus semejantes.

Gran parte de la gracia de su estilo se debe a la impresión de espontaneidad y sinceridad que transmite. Los vívidos y humorísticos retratos de los personajes de *El vicario de Wakefield* (al igual que los de los habitantes de *La aldea abandonada*, su mejor poema) anticipan la destreza y el talento que iba a mostrar Goldsmith al crear los personajes de sus comedias.

También ocupa un destacado lugar en esta obra la exaltación de la sencilla vida en el campo –con su carácter ritual, aprendido de las estaciones–, y de la satisfacción que pueden aportar las tareas y diversiones propias de ese tipo de vida. La novela está animada por una vena de auténtico lirismo ante la contemplación o el recuerdo de los ambientes rurales.

Con todo, la cualidad que mejor define esta novela es su apertura al optimismo y la esperanza. Como bien ha expresado Rafael Gómez Pérez:

«Las aventuras y desventuras están contadas con tanto color, buen humor y gracia, que de por sí valen ya un libro. Todo haría pensar que hay que acusar a la Providencia, por permitir que a gente tan buena le lluevan tantos males. Pero Primrose, como Job, no culpa a Dios. Él sigue confiando en que todo tiene arreglo. Él espera continuamente un final feliz. ¡Y vaya si llega! Nadie puede imaginarse, a mitad de la novela, la amplitud de esos felices finales. Por eso esta novela es una apoteosis del optimismo.

Para quienes deseen una historia divertida, emotiva, que incluso hace llorar, repleta de buenos sentimientos, y que acabe bien, ésta es su novela.»

CGA

CAPÍTULO I

Descripción de la familia de Wakefield, en la que prevalece el aire de parentesco, así en las personas como en sus caracteres

Siempre creí que el hombre honrado, casado y con numerosa familia era más útil a la sociedad humana que el que permanecía soltero y se pasaba la vida hablando del aumento de población. Por este motivo, hacía escasamente un año que me había ordenado cuando empecé a pensar seriamente en el matrimonio, y escogí esposa, lo mismo que ella eligió su vestido nupcial, no por el brillo exterior, sino por sus cualidades de resistencia y duración. Para hacerle justicia, he de decir que era buena muchacha, muy bienquista de todos; pocas señoras de la campiña podían alardear de tener mejor educación. Sabía leer, sin saber mucha ortografía, cualquier libro inglés; pero en lo tocante a la cocina, hacer conservas de frutas y guisar, ninguna la superaba. Alardeaba de saber llevar mejor que cualquiera otra los asuntos caseros; no obstante, nunca advertí que mañas tan excelentes nos hicieran más ricos.

Sin embargo, nos amábamos tiernamente, y nuestro afecto fue creciendo con los años. Nada había, efectivamente, que pudiese enojarnos con el mundo, ni a uno contra otro. Teníamos una casa elegante, situada en una comarca preciosa, y buena vecindad. Pasábamos el año en entretenimientos morales o rurales, visitando a nuestros vecinos ricos y aliviando a los pobres. No teníamos que temer revoluciones ni fatigas; vivíamos todas nuestras aventuras junto al fuego, y nuestras únicas emigraciones eran del lecho azul al lecho gris[1].

Como vivíamos cerca de la carretera, frecuentemente nos visitaban viajeros y desconocidos, para probar nuestro vino de grosellas, que nos había proporcionado cierta reputación; y declaro con la veracidad de un historiador, que jamás encontré uno a quien le pareciese malo. También nuestros primos, incluso los de cuadragésimo grado, recordaban su parentesco sin ayuda de ninguna heráldica, y venían con frecuencia a visitarnos. Algunos de éstos no nos hacían mucho honor con sus pretensiones de parentesco, puesto que entre ellos figuraban ciegos, lisiados y cojos. No obstante, mi esposa insistía siempre en que, siendo de la misma «carne y sangre», debían sentarse con nosotros a la misma mesa. De manera que, si no personas muy ricas, por lo menos teníamos amigos muy felices en torno. Pues es cosa confirmada por la experiencia de la vida que cuanto más pobre es el invitado, más le gusta ser bien tratado; y así como algunos hombres contemplan con admiración los colores de un tulipán o las alas de una mariposa, así admiraba yo, por naturaleza, los rostros humanos satisfechos. Sin embargo, cuando veíamos que alguno de nuestros parientes era persona de mala fama, un invitado inoportuno del que queríamos desembarazarnos, al irse de casa tomaba yo la precaución de prestarle una chaqueta de montar o un par de botas, y aun, a veces, un caballo de poco valor, y siempre tuve la satisfacción de ver que jamás volvía a devolverme lo prestado. De este modo fue quedando la casa, poco a poco, limpia de los que no nos gustaban; pero nunca pudo decirse que la familia de Wakefield cerrara su puerta al viajero ni al mendigo.

Así vivimos varios años gozando de verdadera felicidad, no sin que de cuando en cuando tuviéramos aquellas menudas contrariedades que la Providencia envía para realzar el valor de sus favores. Los chicos de la escuela me saqueaban con frecuencia el huerto, y los flanes que hacía mi mujer no siempre se libraban de

---

[1] En una carta a su amigo Hodson (27 de diciembre de 1957), Goldsmith decía: «Lo único que sé de ti, es que tú y la señora Hodson salís por ahí a visitar a los vecinos, y a veces hacéis una emigración desde la cama azul a la gris».

los gatos ni de los muchachos. El *squire* de esas tierras se dormía a veces en la parte más patética de mi sermón, y su señora correspondía al saludo respetuoso de la mía, en la iglesia, tan sólo con una inclinación mutilada. Pero pronto dábamos de lado a las inquietudes causadas por tales accidentes, y a los tres o cuatro días empezábamos a admirarnos de que nos hubiesen apesadumbrado.

Mi prole, como producto de la templanza y educada sin molicie, era a la vez robusta y llena de salud; los hijos, valientes y activos; las hijas, bellas y florecientes. Cuando me encontraba en medio de aquel círculo, que prometía ser el apoyo de mi edad decadente, me venía espontáneamente a la memoria la famosa historia del conde de Abensberg, quien, durante el viaje de Enrique II por Alemania, mientras otros cortesanos presentaban sus tesoros al soberano, llevó sus treinta y dos hijos y se los ofreció como el regalo más valioso con que podía obsequiarle[2]. De igual manera, aunque yo no tenía más que seis, los consideraba como precioso don hecho a mi país, y, por consiguiente, miraba a éste como deudor mío. El hijo mayor se llamaba Jorge, por un tío suyo que nos había legado diez mil libras esterlinas. El segundo, que era una muchacha, quise que llevara el nombre de su tía Grissel; pero mi esposa, que durante su embarazo había leído novelas sentimentales, insistió en que se llamase Olivia. En menos de un año tuvimos otra hija, y entonces determiné que se le pusiera el nombre de Grissel; pero a una pariente rica se le antojó ser madrina, y, atendiendo a su deseo, la muchacha se llamó Sofía; de suerte que ya teníamos dos nombres románticos en la familia; mas aseguro solemnemente no haber tenido parte en ello. A continuación vino Moisés, y, tras un intervalo de doce años, tuvimos otros dos chicos.

Sería inútil si negara mi orgullo al verme rodeado de todos mis pequeños; pero la vanidad y satisfacción de mi esposa eran aún mayores que las mías. Cuando algún visitante decía: «Verdaderamente, señora Primrose, los hijos de usted son los más guapos de la comarca», «¡Ay, vecino! –solía contestar–, son como el

---

[2] Goldsmith tomó esta noticia de *Le Gran Dictionnaire Historique* de Louis Moreri, Amsterdam, 1740 –uno de los materiales usados para sus trabajos editoriales.

cielo los ha hecho: bastante hermosos, si son bastante buenos, puesto que bondad es hermosura.» Y entonces mandaba a las hijas que levantaran la cabeza; he de decir, en verdad, que eran ciertamente muy bellas.

Pero lo puramente exterior era para mí cosa circunstancial, que no se me hubiera ocurrido mencionarlo sino porque ello fue pronto motivo general de conversación en la comarca. Olivia, a la sazón de unos dieciocho años, tenía aquella lozana belleza con que los pintores representan generalmente a la diosa Hebe[3]; era franca, viva e imperiosa. Las facciones de Sofía no llamaban tanto la atención al principio, pero frecuentemente impresionaban más después porque eran suaves, modestas y seductoras. La una triunfaba al primer golpe de vista; la otra, por esfuerzos repetidos con éxito.

La índole de una mujer se acomoda generalmente a la hechura de sus facciones; por lo menos, así les ocurría a mis hijas. Olivia deseaba tener muchos adoradores; Sofía, asegurar uno. Olivia a menudo mostraba demasiado deseo de agradar; Sofía disimulaba sus perfecciones por temor de herir susceptibilidades. La primera me entretenía con su vivacidad cuando yo estaba alegre; la segunda, con su buen sentido cuando estaba serio. No obstante, ni una ni otra poseían tales cualidades en exceso, y muchas veces las vi cambiar, por todo un día, sus caracteres respectivos. Un vestido de luto transformaba a mi coqueta en mojigata, y un nuevo juego de cintas daba a su hermana más vivacidad natural. Mi hijo mayor, Jorge, se educó en Oxford, porque lo destinaba a alguna de las profesiones liberales. Mi segundo hijo, Moisés, a quien destinaba al comercio, recibió una especie de instrucción miscelánea en casa. No creo necesario describir el carácter particular de los jóvenes, que apenas han visto el mundo. En resumen: en todos predominaba cierta semejanza de familia, y, hablando con propiedad, todos tenían en común un solo carácter: el de ser igualmente generosos, crédulos, sencillos e inofensivos.

---

[3] En la mitología clásica, la que escanciaba el néctar a los dioses; hija de Zeus y Hera.

CAPÍTULO II

Desgracias de familia. La pérdida de la fortuna sólo sirve para aumentar la dignidad de los valiosos

Los intereses temporales de la familia estaban confiados principalmente a mi esposa; en lo tocante a lo espiritual, yo los tomaba enteramente bajo mi dirección. Los productos de mi beneficio eclesiástico, que importaban unas treinta y cinco libras esterlinas al año, los cedía enteramente a las viudas y huérfanos de los clérigos de la diócesis[1]; porque, teniendo una fortuna propia suficiente, no me preocupaban los bienes seculares, y sentía íntimo placer en cumplir mis deberes sin retribución alguna. También tomé la resolución de no tener sustituto y entenderme directamente con cada uno de mis feligreses, exhortando a los casados a la templanza y a los solteros a casarse; así que en pocos años fue común el dicho de que en Wakefield había tres faltas raras: un párroco falto de orgullo, jóvenes faltos de esposas y tabernas faltas de parroquianos.

El matrimonio era siempre uno de mis temas favoritos, y escribí varios sermones para demostrar su felicidad; pero había una tesis particular en la cual me afirmaba obstinadamente: sostenía, con Whiston, que para un sacerdote de la Iglesia anglicana era ilícito casarse en segundas nupcias. Para expresarlo

---

[1] En su poema *La aldea abandonada,* Goldsmith describe al vicario de allí como «querido para todo el país, / y pasando por rico con cuarenta libras al año».

con una palabra, diré que me ufanaba de ser estrictamente *monogamista*[2].

Desde muy joven fui iniciado en esta importante tesis, sobre la cual se han escrito muchos laboriosos volúmenes. Yo también publiqué algunos folletos sobre este tema, que, como nunca se vendieron, tengo el consuelo de pensar que solamente fueron leídos por los «pocos felices». Algunos amigos míos llamaban a esto mi punto flaco; pero, ¡ay!, no habían meditado largamente como yo esta cuestión. Cuanto más reflexionaba, más importante me parecía, y aún iba más lejos que Whiston en la manifestación de mis principios; así como él hizo grabar sobre la sepultura de su esposa que era la «única» mujer de William Whiston, yo también escribí un epitafio parecido para la mía, aunque aún viva, en el cual elogiaba su prudencia, economía y docilidad hasta la muerte; y habiéndolo escrito en bellos caracteres, fue colocado en elegante marco, encima de la chimenea del salón, donde respondía a varios útiles propósitos: recordar a mi esposa sus deberes para conmigo, y mi fidelidad para ella; inspirarle verdadera pasión por la fama, y traerle constantemente a la memoria la idea de su fin.

Sin duda por haberme oído recomendar con tanta insistencia el matrimonio, mi hijo mayor, apenas salió de Oxford, puso los ojos en la hija de un eclesiástico vecino, dignatario de la Iglesia y en condiciones de dar a su hija una brillante dote, aunque la fortuna, por cierto, no era la prenda más valiosa de la joven. Miss Arabella Wilmot era considerada por todos (menos por mis dos hijas) como absolutamente bella. Su juventud, salud e inocencia estaban realzadas por un cutis tan nítido y por un mirar tan candoroso, que ni aun los viejos podían contemplarla con indiferencia. Sabiendo míster Wilmot que yo podía proveer convenientemente a mi hijo, no se opuso al casamiento, y pronto las dos familias vivieron en aquella armonía que generalmente precede a una proyectada alianza. Convencido por experiencia de que los

---

[2] William Whiston (1667-1752) defendía, basándose en su interpretación de ciertas palabras de san Pablo, que un clérigo no debía casarse por segunda vez si enviudaba (véanse sus *Memorias,* 1749). Pero no es cierto, como le conviene suponer a Goldsmith, que ésta fuera una cuestión que preocupara mucho en esa época.

días del noviazgo son los más felices de la vida, quise prolongar aquel período, y las múltiples diversiones a que se entregaba la joven pareja en compañía, parecían aumentar su pasión. Solíamos despertarnos por la mañana con música, y los días buenos, íbamos de caza a caballo. Las damas dedicaban al tocado y al estudio las horas que mediaban entre el desayuno y la comida; por lo común, leían una página, luego se contemplaban en el espejo, que (no lo negarán los filósofos, seguramente) les ofrecía muchas veces la página más bella. Mi esposa presidía las comidas, y como ella insistía en querer trinchar las viandas, costumbre heredada de su madre, según decía, ello le ofrecía ocasión de explicar la historia de cada plato. Después de comer, para evitar que las señoras nos dejaran, mandaba yo quitar la mesa, y algunas veces, con la ayuda del maestro de música, las muchachas nos obsequiaban con un agradable concierto. Paseos, té, contradanzas y juegos de prendas consumían el resto del día, sin recurrir a los naipes, porque me era aborrecible toda clase de juego, excepto el chaquete, en el que mi antiguo amigo y yo aventurábamos a veces un par de peniques[3]. Auún recuerdo una circunstancia de mal agüero que nos ocurrió la última vez que jugamos: solamente esperaba descartarme de un cuatro, y un dos o uno o dos ases cinco veces seguidas[4].

Varios meses pasaron de esta manera, hasta que, al fin, se creyó conveniente fijar el día de la boda, que parecía ansiosamente deseado por los novios. No necesito describir la atareada solemnidad de mi esposa durante los preparativos, ni las maliciosas miradas de mis hijas; mi atención estaba fija en otro objeto: la terminación de un folleto que pensaba publicar pronto en defensa de mi principio favorito. Considerándolo como una obra maestra, tanto por el estilo como por la argumentación, no pude resistir al deseo de mostrárselo a mi antiguo amigo míster Wilmot, seguro de que recibiría su aprobación; pero, demasiado tarde ya, advertí que él era el más acérrimo partidario de la opinión contraria, y con mucha razón, porque en aquellos instantes estaba en vías de casarse por

---

[3] Una apuesta muy modesta, de acuerdo con los medios del vicario y en contraste con la manera de jugar del propio Goldsmith, que perdió grandes cantidades con los naipes.

[4] *I only wanted to fling a quatre, and yet I threw deuce-ace five times running.*

cuarta vez. Esto, como puede suponerse, produjo viva discusión, mezclada de cierta acritud, que amenazó romper nuestra proyectada alianza. El día anterior al señalado para la ceremonia nupcial, acordamos discutir ampliamente el asunto.

La discusión fue obstinada por ambas partes. Él afirmaba que yo era heterodoxo, yo le devolví la acusación; él replicaba, yo contrarreplicaba. En aquel momento, cuando la controversia era más acalorada, fui llamado por un amigo mío, quien, con cara seria, me aconsejó que aplazara la disputa por lo menos hasta que mi hijo estuviese casado.

–¡Cómo! –exclamé–. ¿Abandonar la causa de la verdad y dejarle que llegue al extremo de lo absurdo casándose otra vez? Aconsejarme que renuncie a mis argumentos es como si me aconsejara usted que renunciase a mi fortuna.

–Su fortuna –replicó mi amigo–, siento mucho informarle ahora de que es casi nada. El negociante de la ciudad en cuyas manos había depositado usted el dinero ha desaparecido, para evitar una declaración de quiebra, y se cree que no ha dejado un chelín por cada libra esterlina. No quería disgustar a usted ni a su familia con esta noticia hasta después de la boda; pero ahora puede servirle para que modere su ardimiento en favor de su tesis; porque supongo que, por prudencia, se esforzará en disimular, por lo menos hasta que su hijo tenga segura la fortuna de la señorita.

–Está bien –repliqué–; si lo que me dice usted es cierto, y he de ser un mendigo, esta condición nunca hará de mí un bellaco ni me conducirá a renegar de mis principios. Ahora mismo voy a informar a todos de lo ocurrido; y en lo tocante a la discusión, desde luego retiro mis anteriores concesiones en favor de ese anciano caballero y ahora no le consentiré ser marido, en ningún sentido de la expresión.

Sería interminable la descripción de las diversas sensaciones experimentadas en ambas familias cuando divulgué la noticia de mi ruina; pero lo que los demás sintieron fue pálido ante el dolor de los dos prometidos. Míster Wilmot, que ya de antes parecía inclinado a romper el casamiento, se decidió definitivamente a ello; una virtud poseía a la perfección, y era la prudencia, demasiado a menudo la única que nos queda a los setenta y dos años.

CAPÍTULO III

Emigración. Las circunstancias afortunadas de nuestra vida nos vienen generalmente de nosotros mismos

La única esperanza de la familia era que la noticia de nuestra desgracia fuese maliciosa o prematura; mas pronto llegó una carta de mi agente en la ciudad confirmándolo todo. Si yo hubiese sido solo, la pérdida de la fortuna me hubiera sido trivial; la única pena que sentía era por mi familia, que iba a encontrarse en situación humilde sin la educación conveniente para hacerla insensible al vilipendio.

Cerca de quince días habían transcurrido antes de que yo intentara moderar su aflicción; porque el consuelo prematuro sólo sirve para recordar el dolor. Durante ese tiempo, mis pensamientos fueron empleados en buscar medios futuros de mantener a todos, y al fin me ofrecieron un curato pequeño de quince libras esterlinas al año en un distrito alejado, donde podía mantener mis principios sin molestia alguna. Con este propósito lo acepté alegremente, habiendo determinado aumentar mi salario administrando alguna modesta granja.

Tomada esta resolución, mi cuidado inmediato fue reunir los restos de mi fortuna, y, sumadas y pagadas mis deudas, de cuarenta mil libras esterlinas apenas nos quedaron cuatrocientas. Desde aquel instante, mi principal atención fue reducir el orgullo de mi familia a las circunstancias; porque sabía que la pobreza con pretensiones es la mayor desventura.

–No ignoráis, hijos míos –les dije–, que toda prudencia por

nuestra parte no hubiera evitado nuestro reciente desastre; mas la prudencia puede hacer mucho para frustrar sus efectos. Ahora somos pobres, queridos míos, y la sabiduría nos invita a conformarnos con nuestra humilde situación. Dejemos, pues, sin pesar, esos esplendores, en medio de los cuales muchos son dignos de lástima, y busquemos en más humildes circunstancias esa paz con la cual todos pueden ser felices. Los pobres viven alegremente sin nuestra ayuda: ¿por qué no hemos de aprender a vivir como ellos? No, hijos míos, renunciemos desde este momento a toda pretensión de nobleza; nos ha quedado bastante para ser felices, si somos juiciosos y sabemos acomodarnos a las deficiencias de fortuna.

Como mi hijo mayor había estudiado, determiné enviarlo a la capital, donde sus talentos podrían contribuir a sostenerle y aun a ayudarnos. La separación de amigos y parientes es quizá uno de los inconvenientes más angustiosos que acompañan a la pobreza. Así, pues, pronto llegó el día en que tuvimos que dispersarnos por primera vez. Mi hijo, después de despedirse de su madre y de los demás, que mezclaron las lágrimas con los besos, vino a pedirme la bendición. Se la di de todo corazón, y con ella cinco guineas, que era todo el patrimonio que entonces podía ofrecerle.

–Vas a Londres a pie, hijo mío –exclamé–; de igual manera hizo el mismo viaje tu glorioso antecesor Hooker[1]. Recibe de mí el mismo caballo que él recibió del bondadoso obispo Jewel; este cayado; y toma también este libro; te será muy consolador en el camino; estas dos líneas de él vale un millón: «Fui joven y ahora soy viejo; sin embargo, jamás vi al justo en el abandono, ni a su posteridad mendigar su pan»[2]. Sea eso, pues, tu consuelo en la ausencia. Vete, hijo mío, y sea cual fuere tu suerte, procúrame el placer de verte una vez al año; sé fuerte y animoso, y adiós.

---

[1] Alude a lo que cuenta Izaak Walton en *Vida de Mr. Richard Hooker:* «El obispo, al despedirse, le dio buenos consejos y su bendición, pero no se acordó de darle dinero. El obispo, al darse cuenta, mandó un criado a toda prisa a buscarle y cuando volvió Richard, le dijo: "Richard, te he mandado buscar para prestarte un caballo que me ha llevado muchas millas, y a Dios gracias, con mucha comodidad", y entonces le puso en la mano un bastón de caminante, con el que aseguraba haber viajado por muchas regiones de Alemania».

[2] Salmo 37:25.

Sabiendo yo que poseía entereza y honor, no tuve reparo en enviarlo desnudo al anfiteatro de la vida; porque sabía que, victorioso o vencido, obraría bien.

Su marcha preparó el camino a la nuestra, la cual se efectuó pocos días después. Un lugar en que se han gozado tantas horas de tranquilidad no es posible dejarlo sin lágrimas, que ni aun el más fuerte puede contener. Además, un viaje de setenta millas, para una familia que jamás se había separado de su casa, nos llenó de temores; y los lamentos de los pobres, que nos acompañaron varias millas, contribuyeron a aumentar nuestras zozobras. El primer día de viaje nos llevó sanos y salvos a treinta millas de nuestro futuro retiro, y pasamos la noche en una obscura posada de una aldea, situada junto a la carretera. Cuando nos asignaron habitación, invité al posadero, según mi costumbre, a que nos acompañara, a lo cual accedió, puesto que lo que él bebiese aumentaría la cuenta a la mañana siguiente. Conocía todo el vecindario del lugar a que yo iba trasladado, y particularmente al *squire* Thornhill, que iba a ser mi señor, y que vivía a pocas millas del lugar. Este caballero me fue descrito como persona que del mundo deseaba conocer poco más que sus placeres, y que se hacía notar particularmente por su afición al bello sexo. Observó el posadero que no había virtud capaz de resistir a sus artificios y asiduidades, y que difícilmente se encontraría en diez millas a la redonda una hija de granjero que no le hubiese encontrado victorioso e infiel. Esta relación me causó honda pena, pero produjo efecto muy diferente en mis hijas, cuyos rostros se animaron, esperando quizá próximo triunfo; no menos satisfecha parecía mi esposa, que confiaba en los atractivos y en la virtud de sus hijas. Pensando en estas cosas, entró la posadera en la habitación para informar a su marido de que el caballero desconocido que llevaba dos días en la casa no tenía dinero para pagar la cuenta.

–¡Que no tiene dinero! –replicó el posadero–. Es imposible, pues ayer mismo pagó tres guineas al alguacil del pueblo para salvar a un soldado inválido que debía ser azotado en las calles por robar perros.

No obstante esto, y como la posadera persistiese en su primera aserción, el marido se dispuso a dejar la habitación, jurando que sería pagado de una manera u otra; entonces le supliqué que me presentase a tan caritativo personaje. Accedió a ello, y a los pocos momentos me encontré delante de un caballero como de treinta años, vistiendo un ropaje que en otro tiempo debió tener encajes. Era alto y bien formado, y su cara denunciaba al hombre pensador. La sequedad y concisión de sus palabras revelaban que o no entendía de ceremonias, o que las despreciaba. Cuando el posadero nos dejó solos, no pude menos de manifestar al desconocido mi sentimiento de ver a un caballero en tales circunstancias, y le ofrecí mi bolsa para que pudiera salir del presente apuro.

–Señor –me dijo–, acepto su ofrecimiento de todo corazón, y celebro que la ligereza con que procedí al dar el dinero que tenía me haya ofrecido ocasión de ver que aún hay en el mundo hombres como usted. Pero, ante todo, quiero ser informado del nombre y residencia de mi bienhechor, con el propósito de corresponderle lo más pronto posible.

Satisfice plenamente su deseo, dándole no solamente mi nombre y refiriéndole mis últimos infortunios, sino diciéndole el lugar al que iba destinado.

–Todo ello –exclamó– se presenta mejor de lo que podía esperar, porque yo sigo la misma ruta. La inundación me ha retenido aquí dos días, pero creo que mañana estarán practicables los caminos.

Le demostré el placer que me ofrecía su compañía, y mi esposa y mis hijas unieron sus ruegos a los míos a fin de decidirle a que se quedara a cenar con nosotros. La conversación del desconocido, agradable e instructiva, me indujo a desear retenerlo más tiempo; pero ya era hora de retirarse a descansar y tomar fuerza para las fatigas del día próximo.

A la mañana siguiente nos pusimos todos en marcha: mi familia, a caballo, y míster Burchell, nuestro nuevo compañero, por la senda de peatones junto a la carretera, diciéndonos sonriente que, como íbamos mal montados, sería demasiado generoso como para intentar que nos quedáramos detrás de él. La inundación persistía aún, y esta circunstancia nos obligó a tomar un guía, que iba trotando adelante; míster Burchell y yo íbamos a retaguardia. Aligeramos las fatigas del camino con discusiones filosóficas, en que mi compañero parecía muy entendido. Pero lo que más me sorprendió fue que, a pesar de ser mi deudor, defendía opiniones con tanta obstinación como si hubiese sido mi protector. Conforme caminábamos, iba informándome de los dueños de las diferentes casas de campo que se ofrecían a la vista.

–Aquélla –dijo, indicándome una casa magnífica, situada a cierta distancia– pertenece a míster Thornhill, joven que goza de gran fortuna, aunque depende enteramente de su tío, sir William Thornhill, quien contentándose con poco para sí, permite a su sobrino el disfrute de todo lo demás, y generalmente vive en la capital.

–¡Cómo! –exclamé–. ¿Mi joven propietario es sobrino de aquel hombre cuyas virtudes y cuya generosidad son universalmente conocidas? He oído decir que William Thornhill es hombre de los más generosos y aun extravagantes del reino; hombre de absoluta benevolencia.

–Quizá algo exagerada –replicó míster Burchell–; por lo menos, de joven llevó su benevolencia al exceso, porque sus pasiones eran entonces impetuosas y, como todas ellas se inclinaban hacia el lado de la virtud, las llevó a un extremo quijotesco. De muy joven empezó a ambicionar la gloria de las armas y de las letras, y se distinguió en el ejército y obtuvo cierta reputación entre los hombres instruidos. La adulación sigue siempre a los ambiciosos, pues ellos son los que más se complacen en la adulación. Rodeado de multitudes que solamente le mostraban un aspecto de su carácter, míster Thornhill empezó a perder consideración a los intereses particulares y a preocuparse por los de los demás. Amaba a todo el género humano, pues su fortuna le impedía conocer que había bribones. Los médicos nos hablan de una enfermedad en que todo el cuerpo es tan exquisitamente sensible, que el más ligero contacto le causa dolor. Pues bien; lo que algunos padecen en sus cuerpos, aquel caballero lo padecía en el alma: el menor infortunio, ficticio o real, le tocaba a lo vivo, y su espíritu, invadido de enfermiza debilidad, padecía por las miserias ajenas. Así dispuesto a socorrer, pronto se vio rodeado de muchos dispuestos a solicitar. Sus profusiones empezaron a deteriorar su fortuna, pero no su bondad. Al contrario, ésta parecía crecer al paso que la otra decaía. Su imprevisión iba de la mano con su pobreza y, si bien hablaba como cuerdo, sus acciones eran las de un loco. Siempre asediado de importunos, y no pudiendo satisfacer ya todas las peticiones que le hacían, en lugar de «dinero», daba «promesas». Era cuanto podía dar, y no tenía ánimo bastante para ofender a nadie con una negativa. Por tal causa lo rodearon multitud de necesitados, a quienes estaba seguro de decepcionar, aun deseando aliviarlos. Éstos se apegaron a él, como parásitos, durante algún tiempo, hasta que, al fin, lo dejaron con reproches y desprecios merecidos. Mas, conforme iba haciéndose despreciable a los ojos ajenos, se hacía despreciable también ante sí mismo. Su mente, apoyada en la adulación, al desaparecer ésta no encontró ya placer en el aplauso de su corazón, al que nunca había aprendido a respetar. El mundo empezó entonces a cambiar de aspecto: la adulación de sus amigos degeneró en simple aprobación; aprobación que pronto tomó la más cariñosa forma de consejos, y éstos, cuando eran rechazados, se transformaron en censuras. Entonces comprendió que los amigos que había reunido con sus beneficios eran poco dignos de estimación, y que para ganar el corazón de un hombre es preciso entregar primero el propio. Entonces encontré que... que... se me olvidaba lo que iba a decir. En una palabra, caballero, sir William Thornhill resolvió respetarse a sí mismo y trazó un plan para reconstituir su destruida fortuna. Con tal propósito, siempre con sus maneras extravagantes, viajó por toda Europa a pie; y ahora, aunque escasamente tendrá treinta años, su fortuna es mayor de lo que nunca lo fue. Actualmente, sus bondades son más racionales y moderadas que antes; pero aún conserva un carácter extravagante y encuentra el mayor placer en la práctica de excéntricas virtudes.

Tenía tanta atención puesta en el discurso de míster Burchell, que apenas miraba hacia adelante; pero unos gritos procedentes de mi familia nos alarmaron de pronto. Al volver la cara vi a mi hija menor tirada por el caballo en medio de una rápida corriente y luchando contra el torrente. Ya se había hundido dos veces, y yo no podía desmontar a tiempo para socorrerla. Mis sensaciones eran tan violentas, que incluso me impedían intentar salvarla. Seguramente habría perecido, si no es por mi compañero, que, al ver el peligro de mi hija, se echó al agua inmediatamente en su socorro, y con bastante dificultad, la llevó sana y salva a la orilla opuesta. Tomando el río un poco más arriba, el resto de la familia lo pasamos sin novedad, y entonces tuvimos ocasión de unir nuestras expresiones de gratitud a las de ella. La gratitud de mi hija es más fácil de imaginar que de describir; daba gracias a su salvador más con miradas que con palabras, y continuaba apoyada en su brazo, como si aún desease recibir nuevo socorro. También mi esposa manifestó la esperanza de tener algún día el placer de corresponder en su propia casa a la amabilidad de aquel caballero.

Después de tomar un refrigerio en la primera posada que encontramos, míster Burchell, que iba a distinto lugar del país, se despidió de nosotros, y seguimos el viaje. De camino observó mi esposa que le gustaba mucho aquel hombre, y que si fuese de buena cuna y rico, ninguno sería más digno de entrar en una familia como la nuestra. No pude evitar una sonrisa al oírla hablar con tanto orgullo; pero nunca fui severo con aquellas inocentes ilusiones que, al fin y al cabo, tienden a hacernos más felices.

CAPÍTULO IV

Prueba de que aun la fortuna más humilde puede dar felicidad, que depende, no de la posición, sino de la disposición

El lugar de nuestro retiro estaba habitado por un vecindario formado de labradores, que cultivaban sus propias tierras y se hallaban tan distantes de la opulencia como de la pobreza. Poseyendo en sí mismos casi todo lo necesario para la vida, raras veces visitaban pueblos o ciudades en busca de lo superfluo. Ajenos a toda cortesía mundana, conservaban aún la primitiva sencillez de costumbres y, frugales, por hábito, no se daban cuenta de que la templanza es virtud. Trabajaban con alegría en los días laborables; pero observaban las fiestas, como intervalos de holganza y placer. Cantaban los villancicos en Navidad; se enviaban «lazos de amor» en la mañana de San Valentín; comían tortas el martes de Carnaval; mostraban su ingenio el día primero de abril, y religiosamente cascaban nueces en la noche de San Miguel. Informados de nuestra llegada, todos los vecinos salieron en busca de su ministro, vestidos con los mejores trajes y precedidos de una gaita y un tamboril. También se había preparado un banquete para nuestra recepción, al cual nos sentamos alegremente, y el ingenio que faltó en la conversación fue compensado con francas risotadas.

Nuestra pequeña residencia, situada al pie de una colina en declive, estaba protegida por un lindo bosquecillo por detrás y un murmurante arroyuelo por delante; a un lado, un prado; al otro, un huerto. Mi finca comprendía unos veinte acres de excelente tierra, por la que di cien libras esterlinas a mi predecesor. Nada excedía a la hermosura de mis cercados, donde las hayas y los olmos se alzaban con indecible majestad. La casa no tenía más que un piso, y la techumbre, de bálago, le daba aire de buen refugio. Las paredes interiores estaban pulcramente blanqueadas de cal, y mis hijas decidieron adornarlas con pinturas que ellas mismas inventaron. La misma habitación nos servía de salón y de cocina, lo que la hacía más caliente. Además, cuidada con el mayor esmero, los platos, fuentes, cazos y otros objetos de cobre, todo dispuesto en brillantes hileras en los vasares, ofrecían a la vista agradable aspecto, y no necesitábamos adornos más ricos.

Había otras tres habitaciones, una para mi mujer y yo, otra para las dos hijas, y la tercera, con dos camas, para el resto de los chicos.

La minúscula república a la que yo daba leyes quedó regulada de la manera siguiente: al salir el sol, todos nos reuníamos en la habitación común, donde la criada había encendido ya la lumbre. Después de habernos saludado unos a otros con la debida ceremonia (porque siempre tuve como regla guardar ciertas formas mecánicas de buena crianza, sin la cual la excesiva libertad siempre destruye la amistad), nos arrodillábamos para dar gracias al Ser que nos concedía un día más. Cumplido este deber, mi hijo y yo salíamos a nuestros quehaceres, mientras mi mujer y mis hijas se ocupaban en disponer el almuerzo, que siempre se servía a hora fija. Para el almuerzo concedía yo media hora, y una para la comida, tiempo que mis hijas empleaban en inocente regocijo con su madre, y mi hijo y yo en discusiones filosóficas.

Como nos levantábamos con el sol, también dejábamos nuestros trabajos en cuanto se ponía, para volver a casa, a reunirnos con la familia que nos esperaba, donde caras sonrientes, un limpio hogar y agradable fuero estaban preparados para recibirnos. Nunca nos faltaban visitantes: unas veces, el granjero Flamborough, nuestro vecino charlatán, y otras, el gaitero ciego iban a visitarnos y a probar nuestro vino de grosellas para cuya producción no habíamos perdido ni la receta ni el prestigio. Aquellas inofensivas personas tenían varios modos de mostrarse buenos compañeros; mientras el uno tocaba, el otro cantaba alguna tierna balada: *Las últimas buenas noches,* de Johnny Armstrong, o

La crueldad de Barbara Allen. La noche concluía como había empezado la mañana: mis hijos menores se encargaban de leer las lecciones del día, y el que leía más alto, con más claridad y mejor, recibía el domingo medio penique para echarlo en el cepillo de los pobres.

El domingo era día de lucir los adornos, respecto a los cuales todos mis edictos suntuarios fueron ineficaces. En vano me figuré que mis sermones contra el orgullo habían aminorado la vanidad de mis hijas; todavía las veía apegadas a su antiguo lujo; aún les gustaban lazos, cintas, abalorios de cristal negro y crinolinas. Mi esposa misma estaba apasionada con su paduana carmesí, porque antiguamente se me ocurrió decirle que le sentaba muy bien.

Especialmente el primer domingo, me mortificó mucho la conducta de ellas. El sábado por la noche les había recomendado que estuviesen vestidas tempranito, porque siempre me gustaba estar en la iglesia buen rato antes que los demás de la feligresía. Obedecieron puntualmente mis observaciones; pero cuando nos reunimos todos para el desayuno, mi mujer y mis hijas se presentaron vestidas con todo su antiguo esplendor: los cabellos impregnados de pomada, las caras llenas de colorete, las colas de los vestidos recogidas hacia arriba y crujiendo a cada movimiento. No pude evitar una sonrisa de disgusto al ver aquella vanidad, particularmente la de mi esposa, de quien esperaba mayor discreción. Por consiguiente, mi único recurso fue ordenar a mi hijo, con ademán solemne, que «nos preparase el coche». Las muchachas se admiraron al oír esta orden; pero yo la repetí con mayor solemnidad que antes.

–Estás de broma, seguramente –me dijo mi esposa–; podemos ir perfectamente a pie, no necesitamos coche.

–Te equivocas, hija mía –repliqué–; el coche nos es indispensable, porque si vamos a pie a la iglesia con ese acicalamiento, los chicos de la parroquia nos seguirán gritando detrás de nosotros.

–Bueno –observó mi mujer–, siempre imaginé que a mi Charles le gustaba ver a sus hijas limpias y elegantes.

–Podéis ser todo lo limpias que queráis –interrumpí–, y más os querré si así sois; pero eso no es limpieza, sino frivolidad. Esas bocamangas, esos encajes y ese colorete, realmente servirán para que os aborrezcan todas las mujeres del lugar. No, hijas mías –continué diciendo con más gravedad–; hay que transformar esos vestidos en otros de corte más sencillo, porque el lujo no cuadra en nosotros, que no tenemos medios para llevarlo. No sé si tal ostentación de ropas puede sentar bien ni aun en el rico, sobre todo si consideramos, calculando moderadamente, que la desnudez de los indigentes puede cubrirse con los adornos de los vanidosos.

Esta amonestación produjo su efecto. Las mujeres fueron inmediatamente a cambiarse de vestido, y al día siguiente tuve la satisfacción de encontrar a mis hijas empleadas en cortar, de las colas de sus vestidos, chalecos de domingo para Dick y Bill, mis dos hijos menores, y, lo que aún fue más satisfactorio, los vestidos así arreglados les sentaban mejor que antes.

CAPÍTULO V

Presentación de un nuevo y gran personaje. Lo que nos da mayores esperanzas suele ser generalmente lo más fatal

Mi predecesor había hecho colocar, a poca distancia de la casa, un banco a la sombra de un seto de espinos blancos y madreselvas. Allí, cuando el tiempo era bueno y acabábamos pronto el trabajo, solíamos sentarnos para disfrutar del extenso paisaje y de la calma de la tarde. Allí también tomábamos el té, que entonces tenía para nosotros todo el encanto de un banquete, porque, permitiéndonoslo raras veces, ese lujo nos brindaba nuevos goces, y los preparativos mismos eran motivo de alegre bullicio y ceremonias. En tales ocasiones, los dos hijos menores nos leían, y, por lo común, se les servía después de acabada la lectura. Algunas veces, para dar cierta variedad a nuestras diversiones, las muchachas cantaban acompañándose con la guitarra, y durante aquel concierto, mi esposa y yo, paseando por la pendiente de la colina, esmaltada de campánulas y centáureas, hablábamos de nuestros hijos con entusiasmo y aspirábamos la brisa, que nos daba salud y armonía.

En aquellos momentos empezábamos a advertir que toda situación en la vida puede tener sus peculiares placeres: cada mañana nos traía su trabajo, pero cada tarde nos lo compensaba con la alegría del descanso.

Era a principios de otoño; un día de fiesta (tales eran para mí los días de descanso) llevé a mi familia al lugar habitual de mi esparcimiento, y nuestros jóvenes músicos empezaron su acostumbrado concierto. Entretenidos de aquel modo, vimos saltar un ciervo por encima del vallado, a unos veinte pasos del lugar en que nos encontrábamos. Poco tiempo tuvimos que reflexionar respecto a la desgracia del pobre animal, porque pronto vimos los perros y detrás los jinetes al galope por la pista trazada por ellos. En el acto se me ocurrió volver a casa con mi familia; mas por una parte la curiosidad y por otra la sorpresa, y aun otro motivo oculto, retuvo a mi esposa y a mis hijas en el sitio. El cazador que iba a la cabeza pasó a la carrera por delante de nosotros seguido de cuatro o cinco personas más, igualmente precipitadas. Por último, se presentó un caballero de aspecto más señorial que los otros, y, después de mirarnos un momento, en lugar de seguir la caza, se detuvo, y, entregando el caballo a un criado que lo acompañaba, se nos acercó, con negligente ademán de superioridad. Creyendo, sin duda, que no necesitaba presentación, fue directamente a saludar a mis hijas, como quien está seguro de ser bien recibido; pero ellas habían aprendido la manera de rechazar con la mirada las presunciones fuera de propósito. El desconocido empezó entonces diciéndonos que su nombre era Thornhill, y que era propietario de los dominios que se extendían alrededor de nuestra casa. A continuación volvió a saludar a la parte femenina de la familia, y tal es el poder de la fortuna y de la buena vestimenta, que no encontró segunda repulsa. A pesar de su excesiva confianza, sus maneras agradables nos hicieron familiarizarnos pronto con él. Cuando vio los instrumentos de música esparcidos por el suelo, solicitó el favor de que le obsequiaran con alguna canción. Como yo no aprobaba relaciones tan desproporcionadas, hice señas a mis hijas para que no accedieran a tal ruego; pero al mismo tiempo ellas recibían insinuación contraria de mi mujer; de manera que, con aire de satisfacción, entonaron al punto una predilecta canción de Dryden. Míster Thornhill pareció encantadísimo de la ejecución y de la elección del trozo de música, y entonces cogió él mismo la guitarra. Tocó medianamente; no obstante, mi hija mayor le devolvió los aplausos con usura, asegurándole que sus notas eran más sonoras que las de su maestro. El joven respondió con una inclinación a este cumplido, y ella le pagó con una reverencia. Él alabó el gusto de ella, y ella se felicitó de haber sido comprendida, y la cariñosa madre, no menos satisfecha, insistió para que el propietario entrase en casa a probar el vino de grosellas. Toda la familia parecía ansiosa de agradarle; mis hijas procuraban entretenerlo con los temas que creían más modernos; en cambio, Moisés le hizo una pregunta o dos sobre los más antiguos, con lo cual tuvo la satisfacción de producir francas risas. Los dos pequeños no fueron menos entrometidos y se apegaron, digámoslo así, al huésped. A pesar de todo mi cuidado, escasamente pude evitar que sus sucios dedos le manosearan y mancharan los encajes de la casaca y le levantaran las tapas de los bolsillos para ver lo que había dentro. A la caída de la tarde se despidió; mas no sin haber pedido permiso para repetir la visita, que, por ser nuestro propietario, se le concedió al punto.

Tan pronto como se fue, mi esposa convocó a consejo sobre los acontecimientos del día. Opinaba que habían sido de lo más afortunado, pues ella había conocido cosas más extrañas. De nuevo confiaba ver el día en que pudiésemos levantar la cabeza con los mejores de ellos, y concluyó que no veía la razón de que las dos señoritas Winkler se hubiesen casado con grandes fortunas y no pudieran hacerlo sus hijas. Como este último argumento iba dirigido a mí, contesté que, efectivamente, no había razón alguna, como tampoco la hubo para que míster Simpkins ganara diez mil libras esterlinas a la lotería y nuestro número no saliera premiado.

–Verdaderamente, Charles –exclamó mi esposa–, siempre encuentras manera de desalentarnos a mis hijas y a mí cuando estamos animadas. Dime, Sofía, amada mía, ¿qué piensas de nuestro nuevo conocido? ¿No te parece que es de buen talante?

–En efecto, mamá –respondió la joven–. Creo que es muy ingenioso, y siempre encuentra algo que decir, y cuanto más nimio sea el asunto, más tiene que decir.

–Sí –exclamó Olivia–; como hombre no está mal; pero, a decir verdad, no me gusta mucho; es demasiado familiar y descarado, y con la guitarra en la mano es horrible.

Estos dos discursos los interpreté en sentido contrario al que expresaban. Encontraba con esto que Sofía le despreciaba en el fondo tanto como Olivia lo admiraba secretamente.

–Hijas mías –les dije–, cualesquiera que sean vuestras opiniones respecto a él, para decir verdad, no me ha predispuesto en su favor. Las amistades desproporcionadas terminan siempre en decepciones, y, a pesar de toda su tranquilidad, me ha parecido que apreciaba enteramente la distancia que nos separa. Busquemos amigos de nuestra propia clase. No hay tipo más despreciable que el hombre que anda en busca de mujer rica, y no veo por qué las mujeres que persiguen una fortuna no lo han de ser de igual manera. Así, pues, aunque sus propósitos fuesen honrosos, haríamos triste papel; ¡no digo nada si fuesen de otra especie! Solamente pensarlo me hace temblar. Cierto que la conducta de mis hijas me tranquiliza; pero la reputación de ese joven no es propia para vivir confiados.

Hubiera continuado hasta agotar el tema; pero me interrumpió un criado del *squire,* que, con sus saludos, nos enviaba un cuarto de venado y la promesa de comer con nosotros un día de aquéllos. Aquel oportuno regalo abogó en su favor con más fuerza que cuanto yo pudiera haber dicho en contra de él. Por consiguiente, me callé, satisfecho de haber señalado el peligro y dejado a la discreción de todos el evitarlo. La virtud que requiere ser guardada siempre, escasamente vale la centinela.

CAPÍTULO VI

La felicidad de un hogar campestre

Como la discusión precedente se mantuvo con cierto calor, a fin de arreglar las cosas convinimos aderezar para la cena una parte del venado, y las muchachas pusieron manos a la obra con ardor.

–Siento mucho –dije– que no nos acompañe algún vecino o forastero a participar de este banquete: la hospitalidad da doble sabor a los festines de este género.

–¡Gran Dios! –exclamó mi esposa–; aquí viene nuestro buen amigo míster Burchell, que salvó a Sofía, y que tan bien refutaba tus argumentos.

–¿Refutarme a mí, muchacha? –respondí–. Estás equivocada; creo que hay pocos que puedan hacerlo. Jamás discuto tus habilidades para hacer una empanada de oca; por consiguiente, te ruego que no te metas con mis argumentos.

Y mientras hablaba, entró en casa el pobre míster Burchell, siendo muy bien recibido por la familia. Todos le dieron la mano, y el pequeño Dick le ofreció oficiosamente una silla.

Me agradaba la amistad de aquel hombre por dos razones: porque sabía que él necesitaba la mía y porque nos demostraba todo el cariño de que era capaz. Entre el vecindario de nuestra aldea era conocido como el tipo de pobre caballero que no hace nada bueno mientras es joven, si bien éste aún no tenía treinta años.

A veces hablaba con muy buen sentido; pero, en general, únicamente estaba contento en compañía de los niños, a quienes solía llamar hombrecitos sin malicia. Era famoso porque, según me dijeron, cantaba a los niños baladas y les contaba cuentos, y rara vez llegaba con los bolsillos vacíos: un trozo de pan de jengibre o algún silbato de medio penique. Ordinariamente, venía a nuestra aldea una vez al año por vinos, y vivía de la hospitalidad de los vecinos. Aquella noche se quedó a cenar con nosotros, y mi esposa no escatimó su vino de grosellas. Los cuentos se sucedieron unos a otros; nos cantó viejas canciones, y contó a los pequeños la historia de Buck de Beverland, la de la Paciente Grisela, las aventuras de Piel de Gato y el jardín de la bella Rosamunda. Nuestro gallo, que siempre cantaba a las once, nos advirtió que era la hora del descanso; pero una imprevista dificultad se nos ofreció para alojar al forastero: todas las camas estaban ocupadas, y era demasiado tarde para enviarlo a la taberna más próxima. Hallándonos en este dilema, Dick le ofreció su cama, si su hermano Moisés le dejaba dormir con él.

–Y yo –exclamó Bill– cedo a míster Burchell mi sitio, si mis hermanas me admiten en el de ellas.

–Muy bien, hijos míos –exclamé–; la hospitalidad es uno de los primeros deberes del cristianismo. El animal salvaje se retira a su guarida, y el ave vuela a su nido; pero el hombre abandonado solamente puede encontrar refugio bajo el techo de sus semejantes. El mayor forastero en este mundo fue Aquél que vino a salvarlo[1]. Jamás tuvo casa, como si hubiese deseado ver qué hospitalidad quedaba entre nosotros. Deborah, querida mía –dije, dirigiéndome a mi esposa–: dales a los niños un terrón de azúcar a cada uno; que el de Dick sea mayor, porque habló el primero.

A la mañana siguiente, muy temprano, desperté a toda la familia para que me ayudase a guardar un heno que había vuelto a crecer, y como nuestro huésped nos ofreció su ayuda, fue admitido en el número. El trabajo marchó fácilmente; poníamos los haces del lado del viento. Yo iba delante, y los demás me seguían en debida sucesión. No pude menos de observar, no obstante, la

---

[1] Mateo, 8:1; Lucas 9:58.

asiduidad con que míster Burchell ayudaba a mi hija Sofía en la tarea que le correspondía. Cuando él acabó la suya, fue a acercarse a ella, y entraron en cercana conversación; mas yo tenía muy buena opinión del entendimiento de Sofía, estaba plenamente convencido de su ambición, y no me causaba desasosiego la solicitud de un hombre arruinado. Terminada la jornada, invitamos a míster Burchell, como la noche anterior; pero no aceptó, porque, según dijo, tenía que dormir aquella noche en casa de un vecino, para cuyo hijo traía un silbato.

Cuando se marchó, nuestra conversación en la cena recayó sobre nuestro infortunado huésped.

–¡Qué ejemplo nos ofrece este pobre hombre –dije– de las miserias que amenazan a una juventud veleidosa y extravagante! No carece de buen sentido, circunstancia que sólo le sirve para lamentar más sus antiguas locuras. ¡Pobre criatura abandonada! ¿Dónde están ahora aquellos jaraneros y aduladores a quienes imponía su voluntad? Quizá en el burdel que él mismo enriqueció con sus prodigalidades. Entonces le elogiaban; ahora aplaudirán al proxeneta. Los antiguos arrebatos ante sus ocurrencias se han convertido en sarcasmos por su locura: es pobre, y quizá merece la pobreza, porque no tiene ni la ambición de ser independiente ni la habilidad de ser útil.

Impulsado quizá por alguna secreta razón, expuse estas observaciones acaso con excesiva acrimonia, que mi Sofía reprobó dócilmente.

–Me parece, padre mío, que cualquiera que haya sido su conducta pasada, la presente debería eximirlo de toda censura. Su actual indigencia es bastante castigo de su anterior locura; y a mi papá mismo he oído decir que jamás debemos añadir nuestros innecesarios rigores hacia una víctima sobre la que la Providencia ha descargado el látigo de su enojo.

–Tienes razón, Sofía –exclamó mi hijo Moisés–; y un antiguo representa elegantemente tan maliciosa conducta, señalándonos a un rústico que intenta desollar a Marsias, cuya piel, según nos dice la fábula, había sido enteramente arrancada por otro[2]. Ade-

[2] El sátiro Marsias, que tocaba la flauta, desafió a Apolo, el dios que tocaba la lira, a una competición musical: derrotado, fue desollado vivo por su osadía.

más, no sé si la situación de ese pobre hombre es tan mala como mi padre la presenta. No debemos juzgar de los sentimientos de otros por lo que sentiríamos nosotros en su lugar. Por obscura que sea la habitación del topo a nuestros ojos, el animal la encuentra suficientemente alumbrada. Y, para confesar la verdad, el alma de ese hombre parece acomodada a su situación, pues jamás he oído conversación más animada que la suya cuando hablaba conmigo.

Esto fue dicho sin segunda intención; no obstante, Sofía sintió cierto rubor, y para disimularlo afectó una sonrisa forzada, asegurando a su hermano que apenas se había enterado de lo que míster Burchell le había dicho, si bien creía que debía haber sido un perfecto caballero. La prontitud con que se apresuró a sincerarse, así como aquel rubor, eran síntomas que no me gustaron, pero reprimí mis sospechas.

Como esperábamos a nuestro propietario para el día siguiente, mi esposa fue a preparar el ciervo para el guisado. Moisés leyó mientras yo daba las lecciones a los pequeños. Mis hijas parecían igualmente tan atareadas como los demás, y las vi cerca de la lumbre ocupadas en cocer alguna cosa. Al principio supuse que estaban ayudando a su madre; pero Dick me informó muy bajito de que estaban haciendo una loción para la cara. Siempre he sentido natural antipatía por tales untos, porque sabía que, en lugar de embellecer el cutis, lo estropeaban. Así, pues, acerqué mi silla poco a poco al fuego, y cogiendo el atizador como para revolver la lumbre, al parecer por accidente volqué el puchero que contenía la composición, y ya era demasiado tarde para empezar otra.

CAPÍTULO VII

Un ciudadano bien instruido. Los más lerdos pueden aprender a ser cómicos una noche o dos

Llegada la mañana en que teníamos que recibir a nuestro joven propietario, ya se supondrá que hubimos de agotar todas nuestras provisiones para hacer buen papel. También es innecesario decir que mi esposa y mis hijas se pusieron sus mejores trapillos. Míster Thornhill llegó con dos amigos: su capellán y su montero mayor. Los criados, que eran numerosos, los envió, cortésmente, a la próxima taberna; pero mi esposa, llevada de un impulso de su corazón, insistió en que se quedaran también ellos; por lo cual, dicho sea entre paréntesis, quedamos atrasados para tres o cuatro semanas. Como míster Burchell nos había insinuado el día anterior que sir Thornhill había dado algunos pasos para casarse con miss Wilmot, la que fue prometida de mi hijo Jorge, esto enfrió algo el entusiasmo de la recepción; pero la casualidad alivió bastante nuestro desasosiego, pues uno de la compañía pronunció por incidencia el nombre de aquella señorita, y míster Thornhill afirmó, bajo palabra de honor, que nunca había conocido nada más absurdo que decir que tal espantajo era una hermosura.

–Dios me vuelva feo –continuó– si no encontrara tanto placer en buscar novia a la luz de una lámpara para el reloj de san Dunstan[1].

---

[1] Lugar habitual de encuentro para los londinenses: el reloj tenía dos figuras de salvajes con estacas que daban las horas.

Al decir esto se echó a reír, y nosotros también: los chistes de los ricos tienen siempre éxito. Olivia no pudo por menos de decir en voz baja, pero lo suficientemente alta para ser oída, que nuestro convidado poseía una inagotable reserva de buen humor.

Después de comer empecé por brindar, como era mi costumbre, por la Iglesia. El capellán me dio las gracias, diciendo que la Iglesia era la única señora de sus afectos.

–Vamos a ver, Frank –le dijo el *squire* con su habitual sutileza–, responda francamente. Imagínese la Iglesia, actual señora de sus pensamientos, vestida con mangas de linón, en un lado, y a miss Sofía en el otro, sin nada de linón; ¿por cuál se decidiría usted?

–Por las dos, sin duda –respondió el capellán.

–Muy bien, Frank –repuso el *squire*–; que me ahogue con este vaso de vino si una hermosa muchacha no vale más que todos los clérigos de la creación; porque ¿qué son los diezmos y otras triquiñuelas sino una imposición, una maldita impostura, y lo puedo demostrar?

–Me gustaría verlo –exclamó mi hijo Moisés–, y me parece que no me costaría mucho trabajo contestar a usted.

–Perfectamente, caballero –afirmó el *squire*, medio burlándose del chico y haciéndonos un guiño, a fin de que nos preparásemos a divertirnos–; si usted quiere argumentar fríamente sobre este tema, acepto el desafío. En primer lugar, ¿cómo discutiremos, analógica o dialógicamente?

–Me basta con discutir racionalmente –respondió Moisés, muy contento de que se le aceptara la discusión.

–Conformes, caballero –repitió el *squire*–; empecemos, pues, por el principio. Supongo que no me negará usted que todo lo que es, es. Si no me lo concede usted, no puedo proseguir.

–¿Por qué no? –contestó Moisés–. Creo que puedo hacer a usted esa concesión.

–Asimismo espero –continuó el *squire*– que también me concederá usted que la parte es menor que el todo.

–Concedido –dijo Moisés–, porque es justo y razonable.

–Tampoco me negará usted –insistió el otro– que los tres ángulos de un triángulo valen dos rectos.

–Nada más evidente que ello –replicó el muchacho, mirando al auditorio con su habitual importancia.

–Muy bien –exclamó míster Thornhill, hablando muy de prisa–; sentadas las premisas, paso a notar que la concatenación de existencias propias, procediendo por la razón duplicada de la recíproca, produce naturalmente un dialogismo problemático, que en cierto modo demuestra que la esencia de la espiritualidad puede ser referida al segundo predicado...

–Poco a poco –interrumpió Moisés–. Lo niego. ¿Cree usted que me voy a someter humildemente a tan heterodoxas doctrinas?

–¿Qué es eso de someterse? –interrogó el *squire* con simulado enfado–. Conteste usted lisamente a esta pregunta: ¿Piensa usted que Aristóteles tenía razón cuando dijo que los relativos están relacionados?

–Indudablemente –afirmó el muchacho.

–Si es así –prosiguió el otro–, contésteme directamente a lo que propongo: Si usted considera la investigación analítica de la primera parte de mi entimema deficiente *secundum quoad* o *quoad minus,* y déme sus razones, pero razones directas.

–Protesto –exclamó Moisés–. No comprendo rectamente la fuerza de su razonamiento; pero si se reduce a una simple proposición, creo que podré encontrarle respuesta.

–¡Oh, caballero! –repuso el *squire–,* soy su más humilde servidor; veo que quiere que yo mismo le suministre argumentos e inteligencia. No, señor; sus pretensiones son demasiado duras para mí.

Una risa general estalló contra el pobre muchacho, que era el único de cara seria entre aquel grupo de rostros alegres; por eso no pronunció ni una sílaba más durante el resto de la conversación.

Mas todo aquello me causó poco placer. Otro fue el efecto que produjo en Olivia, que tomó como producto de ingenio lo que sencillamente fue acto de simple memoria. El *squire* le parecía un admirable caballero, cosa perdonable en ella, si se considera el poder, en tales casos, de una buena figura, un traje elegante y la fortuna. No obstante su real ignorancia, míster Thornhill hablaba con facilidad y podía extenderse con fluidez en los temas corrientes de la conversación. No es, pues, de admirar que semejantes talentos le ganaran el afecto de una muchacha que, por educación, había aprendido a apreciar la apariencia en sí misma, y, por consiguiente, a darle valor en otro.

Después de la marcha de nuestro joven *squire* de nuevo fueron puestos a debate sus méritos. Como él dirigió sus miradas y conversación a Olivia, no nos quedó duda de que ella era el objeto que le indujo a ser nuestro huésped. Olivia, por su parte, parece que no tomó a mal las inocentes bromas de su hermano y hermana, con tal motivo. Y aun Deborah misma parecía compartir la gloria del día, y se alegraba por el triunfo de su hija como suyo propio.

–Y ahora, esposo mío –me dijo–, tengo la satisfacción de haber sido quien instruyó a nuestras hijas para que estimularan los obsequios de nuestro *squire*. Siempre he tenido alguna ambición, y ahora ves que tengo razón, porque, ¿quién sabe cómo acabará esto?

–¡Ay! ¡Quién lo sabe! –contesté con un gemido–. Por mi parte, no estoy satisfecho; me hubiera gustado más un hombre pobre y honrado, que ese caballero, con su fortuna y su infidelidad. En cuanto de mí dependa, si él es lo que me figuro, tenedlo por sabido, un librepensador jamás se casará con una hija mía.

–La verdad, padre –exclamó Moisés–, eres demasiado severo en esto, pues el cielo no le juzgará nunca por lo que piensa, sino por lo que hace. Todos tienen mil malos pensamientos que surgen sin que ellos puedan eliminarlos. Pensar libremente de la religión puede ser involuntario en este caballero: de modo que al permitir que sus pensamientos sean erróneos, como es puramente pasivo en su asentimiento, no ha de ser más culpado por sus errores que el gobernador de una ciudad sin murallas por el hospedaje que está obligado a conceder a un enemigo invasor.

–Verdad, hijo mío –exclamé–, pero si el gobernador invita al enemigo, es verdaderamente culpable. Y ése es siempre el caso en los que abrazan el error. El vicio no reside en asentir a las pruebas que ven, sino en ser ciegos a muchas de las pruebas que ofrecen. Así que, aunque nuestras opiniones erróneas sean involuntarias cuando se forman, sin embargo, como hemos sido voluntariamente corrompidos, o muy descuidados al formarlas, merecemos castigo por nuestro vicio o desprecio por nuestra locura.

Entonces mi mujer me hizo observar que varios hombres de nuestras relaciones eran librepensadores, y, sin embargo, eran muy buenos maridos, y que conocía algunas muchachas sensatas que habían tenido bastante habilidad como para convertir a sus esposos.

–¿Y quién sabe, querido mío –prosiguió diciendo–, de lo que nuestra Olivia es capaz? La muchacha posee grandes recursos para hablar de cualquier asunto, y en mi concepto es muy hábil en la polémica.

–Pero ¿qué controversias ha podido leer? –pregunté–. No recuerdo haber puesto nunca en sus manos libros de este género. Ciertamente exageras sus méritos.

–Efectivamente, papá –intervino Olivia–; creo que mi madre está en lo cierto, porque he leído muchas controversias. He leído las discusiones entre Thwackum y Square; la controversia entre Robinson Crusoe y Viernes el salvaje, y ahora estoy leyendo la polémica que hay en *Cortejamiento religioso*[2].

–Muy bien –exclamé–, eso es ser muchacha instruida. Veo que estás perfectamente pertrechada para hacer conversos; por consiguiente, vete a ayudar a tu madre a hacer la tarta de grosellas.

---

[2] Alude a un folleto de Defoe: *Religious Courtship, being Historical Discourses on the Necessity of Marrying Religious Husbands and Wives Only* (1722).

CAPÍTULO VIII

Un amorío que promete poca fortuna y, sin embargo, puede dar mucha

A la mañana siguiente volvió a visitarnos míster Burchell, y, por ciertas razones, empezó a disgustarme la frecuencia de sus visitas; pero no podía negarle mi compañía ni un asiento al lado del fuego. Verdad es que su trabajo pagaba con creces su manutención, porque a nuestro lado no se daba punto de reposo: ya en el prado, ya en el almiar, siempre estaba haciendo algo provechoso. Además, sus continuos y graciosos chistes aligeraban nuestras fatigas, y era a la vez tan excéntrico y sensato, que yo le quería, reía con él y le compadecía. Mi único disgusto provenía del apego que manifestaba a mi hija, a la que, en tono de broma, solía llamar «mi amita», y cuando ofrecía a las dos hermanas un juego de cintas, el de Sofía era siempre más bonito. No sé cómo podía ser, pero lo cierto es que cada día se hacía más amable, su ingenio se perfeccionaba por momentos, y su sencillez iba tomando aires de superior sabiduría.

La familia comió en el campo y nos sentamos, o mejor dicho, nos tendimos alrededor de la modesta comida, con el mantel extendido sobre la hierba, mientras míster Burchell nos divertía a más y mejor. Para colmo de nuestra satisfacción, dos mirlos se contestaban mutuamente desde dos zarzas opuestas; el familiar petirrojo vino a picotear en nuestras manos las migas de pan, y todo ruido parecía eco de la calma de la naturaleza.

–Nunca me siento de esta manera –dijo Sofía– sin pensar en aquellos dos amantes, tan dulcemente descritos por Gay, que, estando abrazados, fueron mortalmente heridos por el rayo[1]. Hay algo tan patético en aquella descripción, que la he leído más de cien veces, y siempre con nuevo arrobamiento.

–En mi concepto –observó mi hijo–, los toques más bellos de ese cuadro son muy inferiores a los de Acis y Galatea, de Ovidio[2]. El poeta romano entiende mejor el arte del «contraste», y de esta figura retórica, hábilmente empleada, depende toda la fuerza de lo patético.

–Es notable –intervino diciendo míster Burchell– que los dos poetas que han mencionado ustedes hayan contribuido igualmente a introducir un gusto falso en sus respectivos países, recargando de epítetos todos sus versos. Los hombres de escaso ingenio han encontrado muy fácil imitarlos en sus defectos, y la poesía inglesa, como la del final del imperio de Roma, está reducida ahora a una combinación de exuberantes imágenes, sin trama ni conexión: una retahíla de epítetos, muy sonoros y bellos, pero que no contienen sentido[3]. Mas es posible, señorita, que mientras reprendo a los otros, considere usted justo que les ofrezca oportunidad de replicar, y, a decir verdad, he hecho estas observaciones únicamente como pretexto para leer a ustedes cierta balada que, aun teniendo sus defectos, imagino que, por lo menos, está exenta de los que he señalado.

BALADA

«Piadoso ermitaño de estos valles: acude a mí y guía mis pasos solitarios hacia aquella luz que alegra la cañada con sus hospitalarios fulgores.

»Porque aquí ando perdido y errabundo, con lentos y desmayados pasos, y estas inconmensurables llanuras parecen crecer ante mí incesantemente.»

---

[1] Gay y Pope compusieron un epitafio en verso en memoria de dos famosos enamorados que en 1718 murieron por un rayo: Gay se lo contó en una carta a Pope.

[2] Ovidio, *Metamorfosis,* XIII, II, v. 738 ss.

[3] Aquí podemos ver las opiniones estéticas del propio Goldsmith.

«Hijo mío –exclamó el ermitaño–, no te aventures por estas temerosas lobregueces, sólo pobladas por algún pérfido fantasma que ha de intentar arrastrarte a la perdición.

»Aquí, mi puerta está siempre abierta para el hijo de la miseria que yerra sin refugio; y aunque mi patrimonio es mezquino, lo ofrezco de buena voluntad.

»Ven, pues, a pasar aquí la noche, y comparte con toda libertad cuanto hay en mi celda: mi lecho de paja, mi comida frugal, mi bendición y mi reposo.

»Porque yo no condeno a muerte a los rebaños que recorren estos collados: instruido por el sumo Poder, que se apiada y cuida de mí, he aprendido, a mi vez, a apiadarme de ellos.

»Pero en los verdecidos flancos de la montaña suelo procurarme un inocente festín: un zurrón cargado de hierba y fruta; y el agua del arroyo.

»Ven, pues, a mi lado, peregrino; olvida tus penas: todo cuidado terrenal es un engaño. Aquí abajo al hombre le hace falta muy poco, y aun esto, no para mucho tiempo.»

Sus generosas palabras parecían caer con la suavidad con que cae del cielo el rocío. El humilde forastero se inclinó profundamente, y se dejó llevar a la celda.

Lejos, en obscuro retiro, yacía la solitaria mansión, refugio para el pobre de la comarca y para el forastero extraviado.

Dentro de aquellos humildes muros no había repleta despensa que requiriese la vigilancia del amo; el portillo, descorrido el cerrojo, dejó entrar a la inocente pareja.

Y a la hora en que la afanosa multitud se recoge para el nocturno descanso, el ermitaño encendió su modesto fuego y confortó al huésped pensativo.

Sacó sus alimentos vegetales, le invitó alegre y sonriente, y –experto en sabiduría legendaria– divirtió las horas perezosas.

Junto a ellos –en comunicativa alegría– el gato travesea; desde el mar, se deja oír el canto del grillo, y chisporrotea la leña crepitante.

Pero no había encanto que lograra amenguar el dolor del forastero: la amargura oprimía su corazón, y le hizo dar suelta a las lágrimas.

El ermitaño miró crecer aquella ola de dolor con una angustiosa inquietud, y al fin exclamó. «¿Cuál es, desdichado joven, la causa del dolor que oprime tu pecho?

»¿Acaso, arrojado de una rica mansión, vagas ahora inconsolable? ¿O te hacen llorar los desdenes de la amistad no correspondida, o tal vez del amor mal pagado?

»¡Ay! ¡Los goces de la fortuna son frágiles y se desvanecen, y más frágiles todavía los que se enamoran de vanidades!

»Y la amistad, ¿qué es sino un nombre, encanto que arrulla para dormir, sombra que sigue siempre a la fama y a la riqueza, pero que deja al pobre entregado a sus llantos?

»Y el amor es una palabra aún más vacía, moderna feria en que hace uno de bufón; cosa nunca vista en la tierra o que sólo sirve para calentar el nido de las tórtolas.

»¡Qué vergüenza, tierno joven! Silencia tus dolores y desprecia la carne.»

Así dijo el ermitaño, y mientras hablaba, un creciente sonrojo se dejó ver en la cara de su enamorado huésped.

Éste, sorprendido, ve descubrirse a sus ojos nuevas bellezas que parecen revolotear ante él, vívidas y momentáneas como los colores de la mañana.

Tímida la mirada, anhelante el pecho, deja ver creciente sobresalto; y al fin el amable extranjero se descubre como una doncella en todos sus encantos.

«¡Ay! –exclama–. Perdona a esta torpe forastera, a esta pobre abandonada, que así profana con su planta el sitio en que sólo el cielo y tú residen.

»Comparte tu pobreza con una pobre doncella que el amor ha enseñado a vagar; que busca el descanso y sólo encuentra la desesperación, compañera eterna de sus pasos.

»Mi padre vivía a orillas del Tyne y era un rico señor. Todas sus riquezas me estaban destinadas, porque sólo a mí me tenía.

»Numerosos galanes me rodeaban, empeñados en arrancarme de sus cariñosos brazos; elogiaban en mí los encantos que me atribuían, y se sentían, o se fingían, consumidos por la amorosa llama.

»Sin cesar acudía a casa una multitud mercenaria compitiendo en ricas ofertas; entre ellos saludaba el joven Edwin, pero nunca hablaba de amor.

»Vestido con sencillez y humildemente, no tenía poder ni riquezas; no tenía más que su sabiduría y su rectitud, pero me las consagraba por completo.

»Y cuando a mi lado, en el campo, cantaba canciones de amor, su aliento daba fragancia a la brisa, música a los árboles.

»Los capullos recién abiertos, el sutil rocío de los cielos, no hubieran podido emular la pureza de su alma.

»El rocío, las flores en los árboles, brillan con fulgor inconstante: sus encantos eran de él, pero, ¡ay de mí!, su constancia sólo era mía.

»Pues yo ensañaba en él todas las artes volubles, importuna y vana; y mientras que su pasión me conmovía realmente, yo triunfaba de sus dolores.

»Hasta que al fin, abatido por mis desdenes, me abandonó a mi orgullo, y buscó las extraviadas soledades adonde, en secreto, encontró la muerte.

»Mía es su pena, mía es la falta, y justo es que la pague con mi vida. Yo también quiero buscar, como él, la soledad, y reposar donde él reposa.

»Porque quiero morir en el abandono, la desesperación y el secreto; así murió Edwin por mí: así moriré yo ahora por él.»

«¡Oh, no lo permita el Cielo!», exclamó el ermitaño, estrechándola sobre su pecho. Volvióse a verlo, alarmada, la hermosa peregrina: ¡era el mismo Edwin quien la abrazaba!

»Contempla, mi siempre amada Angelina, contempla, hermosa mía, al que es todo tuyo; aquí está tu perdido Edwin, devuelto al amor y a tus encantos.

»Déjame estrecharte en mi pecho, aliviando todos mis dolores. Y nunca, nunca más, nos separaremos, vida mía y todo mi bien.

»No, nunca como a partir de este instante nuestra vida, nuestro amor, serán verdaderos, y el suspiro en que se extinga tu corazón constante extinguirá también el de tu Edwin»[4].

Durante la lectura, el semblante de Sofía parecía expresar cierto sentimiento de ternura, junto con su aprobación. Pero nuestra tranquilidad fue pronto turbada por el estampido de una escopeta disparada a pocos pasos de nosotros, y, acto seguido, vimos a un hombre que se abría paso por el seto para coger la pieza que había matado. Aquel cazador era el capellán del *squire,* que había matado un mirlo de los dos que tan agradablemente nos habían entretenido. Detonación tan fuerte y tan cercana hizo estremecer a mis hijas, y pude advertir que Sofía, asustada, se refugió en los brazos de míster Burchell.

El capellán se acercó a nosotros y nos pidió perdón por habernos molestado, afirmando que ignoraba que estuviésemos tan cerca. Después se sentó al lado de mi hija menor, y, como buen cazador, le ofreció todo lo que había cazado aquella mañana. La muchacha iba a rehusar tal ofrecimiento; pero una mirada disimulada de su madre la indujo a corregir su yerro y aceptó el obsequio, si bien con cierta repugnancia. Mi mujer, inspirada, como de ordinario, por su orgullo, manifestó en voz baja que Sofía había conquistado al capellán, de igual manera que su hermana conquistó al *squire.* No obstante, yo sospeché, con más probabilidad de acierto, que los cariños de la menor estaban fijos en otro.

El capellán venía con el recado de que míster Thornhill había preparado música y refrescos, y que tenía intención de dar aquella

[4] Ésta es la única balada que escribió Goldsmith: se publicó también aparte y se vendió con éxito.

noche a las señoritas un baile a la luz de la luna, en la pradera que se extendía delante de nuestra casa.

–No puedo negar –prosiguió diciendo el enviado– que he tenido gran interés en ser el primero en traer la noticia, y como recompensa espero tener el honor de formar pareja con la señorita Sofía.

La muchacha replicó que nada tendría que oponer a ello si pudiese concedérselo sin menoscabo del honor.

–Aquí está presente este caballero –siguió diciendo Sofía, señalando a míster Bruchell–, que ha sido mi compañero de trabajo durante todo el día, y es justo que participe de nuestras diversiones.

Míster Burchell le dio las gracias por sus intenciones; pero cedió todos sus derechos en favor del capellán, añadiendo que aquella noche tenía que andar cinco millas, porque estaba invitado a una cena de cosecha.

Su negativa me pareció algo sorprendente, y no podía comprender cómo una joven tan sensata como mi hija menor podía preferir un hombre arruinado a otro cuyo porvenir era mucho mejor. Pero, así como los hombres son más capaces de distinguir el mérito de las mujeres, éstas se forman frecuentemente verdaderos juicios de nosotros. Los dos sexos parecen colocados como espías el uno del otro, y están provistos de aptitudes diferentes, acomodadas a su mutua inspección.

CAPÍTULO IX

Presentación de dos señores de gran distinción. Superior elegancia parece conferir superior urbanidad

Apenas se había despedido míster Burchell y Sofía había consentido en bailar con el capellán, mis dos hijos pequeños vinieron apresuradamente a decirnos que había llegado el *squire* con mucha gente. En efecto, a nuestro regreso a casa encontramos a nuestro propietario con un par de caballeros a sus órdenes y dos damas jóvenes ricamente ataviadas que nos fueron presentadas como damas de gran calidad y muy a la moda de la capital. Ocurrió que no teníamos bastantes sillas para todos los presentes; pero míster Thornhill propuso inmediatamente que cada caballero se sentase en el regazo de una señorita. A esto me opuse resueltamente, a pesar de una mirada de desaprobación de mi esposa. Enviamos a Moisés a pedir un par de sillas, y como faltaban señoras para completar las parejas de la contradanza, los dos caballeros salieron con mi hijo en busca de dos parejas. Sillas y parejas se encontraron en poco tiempo, pues aquellos dos *gentlemen* volvieron con las sonrosadas hijas de mi vecino Flamborough, adornadas de flotantes cintas rojas; mas tampoco se había previsto un detalle desdichado: si bien las señoritas Flamborough eran consideradas como las mejores bailarinas de la parroquia y entendían a la perfección la jiga y el *round-about,* estaban completamente a oscuras en lo tocante a contradanzas. Esta circunstancia nos contrarió al principio; mas después de algunos ensayos consiguieron salir airosas. La música estaba formada por dos violines, una gaita y un tamboril. La luna era espléndida. Míster Thornhill y mi hija mayor dirigían el baile con gran delicia de los espectadores, que eran numerosos, porque los vecinos, al oír de qué se trataba, habían acudido en masa. Mi hija se movía con tal gracia y vivacidad, que mi esposa, cediendo a su orgullo, no pudo menos de decirme que si la chiquilla mostraba tan graciosa agilidad, todos sus pasos venían de ella. Las señoritas de Londres se esforzaban por imitar aquella naturalidad, pero sin conseguirlo; ondulaban, se deslizaban, ora languidecían, ora saltaban retozonas..., como si no. No obstante, los espectadores confesaban que aquello era muy bonito, pero mi amigo Flamborough observó que los pies de mi Livy seguían el paso de la música como un eco. Al cabo de una hora de danza, las dos damas, que tenían miedo a resfriarse, se pusieron en movimiento para acabar el baile. Me pareció que en aquella ocasión una de ellas expresó sus sentimientos en forma bastante grosera, cuando dijo que por el *demonio en persona,* «estaba hecha una porquería de sudor».

Al entrar en casa, encontramos una cena fría, muy elegante, que míster Thornhill había mandado llevar. La conversación en aquel momento fue más reservada que antes. Las dos damas dejaron a mis hijas en la sombra, porque no querían hablar más que del gran mundo, de las personas de viso y de otros asuntos de moda: cuadros, buen gusto, Shakespeare y la armónica de cristal[1]. Verdad es que una o dos veces nos mortificaron sensiblemente por habérseles escapado un juramento; mas ello me pareció el más seguro síntoma de distinción (más tarde supe que el jurar no estaba de moda). Sin embargo, los elegantes vestidos de aquellas jóvenes servían como de velo a cualquier vulgaridad de su conversación. Mis hijas parecían envidiar los superiores talentos de ellas, y cuanto parecía fuera de lugar se atribuía a una educación refinadísima. Pero la condescendencia de las damas era aún muy superior a sus otras perfecciones. Una de ellas observó que a la señorita Olivia le convenía ver un poco más de mundo, a lo que la

[1] La armónica de cristal era un instrumento consistente en un disco ondulado de cristal que, girando, se hacía sonar al rozarlo con los dedos enguantados y humedecidos. Estuvo de moda unos años y luego fue olvidado.

otra añadió que un solo invierno en Londres haría de Sofía otra persona completamente distinta. Mi esposa asintió calurosamente a lo dicho por las dos, añadiendo que su deseo más ardiente sería dar a sus hijas el pulimento de un solo invierno. Al oír esto, no pude contenerme de replicar que su educación era ya superior a su fortuna, y que mayor refinamiento tan sólo les serviría para hacer ridícula su pobreza, despertando en ellas el gusto de placeres que no tenían derecho a poseer.

–¿Y qué placeres podrían negarse a quienes pueden dar tantos? –interrogó míster Thornhill–. Por mi parte –continuó–, mi fortuna es muy amplia; amor, libertad y placer son mis máximas, pero maldito sea yo, si no le diera a la encantadora Olivia la mitad de mi fortuna en el caso de que con eso pudiese hacer su felicidad, y el único favor que le pediría, como recompensa, sería que me añadiese a mí mismo al beneficio.

No era yo tan ajeno al mundo para ignorar que esas hipocresías de moda ocultaban la insolencia de las más bajas propuestas, pero hice un esfuerzo para reprimir mi indignación.

–Señor –exclamé–, la familia a quien usted se digna concederle el favor de su compañía ha sido educada en sentimientos de honor tan delicados como los de usted. Cualquier intento de mancharlos tendría peligrosas consecuencias. Caballero, el honor es nuestra única posesión ahora; innecesario es decir con qué especial cariño procuramos guardar este tesoro.

En el acto sentí haber pronunciado las precedentes palabras con tanto calor; mas el joven *squire,* apretándome la mano entre las suyas, me juró que alababa mi arrogancia, pero que desaprobaba mis suspicacias.

–Su última alusión –prosiguió– me obliga a manifestarle que nada había más lejos de mi corazón que tal pensamiento. Por todas las tentaciones de este mundo, le juro que la virtud que requiere regular asedio nunca ha sido de mi gusto; todas mis conquistas amorosas son de las que ceden al primer ataque.

Las dos señoras, que habían simulado permanecer ajenas al resto de la conversación, parecieron altamente ofendidas al oír este último golpe de libertad, y dieron principio a un diálogo serio y discreto sobre la virtud, en el cual pronto metimos baza mi esposa, el capellán y yo, y el *squire* mismo se vio al fin obligado a confesar que lamentaba sus anteriores excesos de lenguaje. Hablamos de los placeres de la templanza y de la radiante luz de las almas que conservan su pureza primitiva. Me gustó tanto esta discusión, que hicimos que mis dos hijos pequeños se acostaran más tarde de lo ordinario, a fin de que les sirviera de edificación. En fin, el mismo míster Thornhill se me acercó para preguntarme si tenía objeción a decir las oraciones. Tal proposición me colmó de regocijo, y así iba pasando la noche de la manera más agradable, hasta el momento en que los huéspedes se dieron cuenta de que ya era hora de pensar en marcharse. Las dos damas parecieron dejar con sentimiento a mis hijas, que les inspiraban tierno afecto, y nos pidieron, como favor especial, que les concediéramos el placer de que las acompañaran a casa. El *squire* secundó tales propósitos, y mi esposa añadió sus ruegos; las muchachas también me miraban como suplicando que las dejase ir. En situación tan embarazosa, di dos o tres excusas, que mis hijas se apresuraron a refutar, de manera que al fin me vi obligado a negarme rotundamente, lo que durante todo el día siguiente me valió miradas de descontento y contestaciones áridas y breves.

CAPÍTULO X

La familia hace lo posible por estar a la altura de sus superiores. Las desgracias de los pobres cuando intentan parecer más de lo que son

Entonces empecé a comprender que todos mis largos y penosos sermones sobre la templanza, sencillez y contento eran enteramente menospreciados. Las distinciones que nos acababan de dispensar nuestros superiores volvieron a despertar aquel orgullo que yo había podido adormecer, pero no destruir. De nuevo vi nuestras ventanas llenas, como en otro tiempo, de lociones para el cuello y la cara. Fuera de casa, el sol fue tenido como enemigo del cutis, y dentro, el fuego del hogar como destructor de la tez. Mi esposa observó que mis hijas, levantándose de madrugada, se dañaban los ojos y que trabajando después de comer se les enrojecía la nariz, y me convenció de que las manos ociosas son más blancas. Así, pues, en lugar de acabar las camisas de Jorge, las vimos arreglarse a la moda sus antiguas gasas y adornarse con armaduras de faldas. Las pobres señoritas Flamborough, sus alegres amigas hasta entonces, se vieron tenidas a distancia, como relaciones inferiores, y en nuestra casa ya no se hablaba más que de la alta sociedad, del gran mundo, de cuadros, del buen gusto, de Shakespeare y de la armónica de cristal.

Mas todo esto hubiera sido soportable si una gitana de las que echan la buenaventura no hubiese venido a elevarnos a la total sublimidad. Apenas apareció aquella bronceada sibila, mis muchachas acudieron precipitadamente a mí para que les diera la moneda con que la gitana hacía la cruz en la mano. La verdad es que yo estaba ya cansado de ser siempre severo, y no pude resistir a su petición, porque me gustaba verlas felices. Di a cada una un chelín, si bien hay que indicar, por el honor de la familia, que nunca salían de casa sin dinero, puesto que mi mujer siempre les dejaba una guinea a cada una para que la llevaran en el bolsillo, pero con indicación estricta de no cambiarla.

Después de estar algún tiempo encerradas con la adivinadora, cuando salieron noté en sus rostros que se les había prometido algo grande.

–Vamos a ver, hijas mías, ¿cómo ha sido el negocio? Dime, Livy, ¿te ha dado la adivina algo que valga un penique?

–Te lo aseguro, papá –respondió la muchacha—; creo que debe estar en relación con seres que no pueden nombrarse, porque me ha afirmado positivamente que me casaré con un *squire* antes de doce meses.

–Está bien; y tú, Sofía, hija mía, ¿qué clase de marido tendrás?

–Señor –respondió–, tendré un *lord*, poco después que mi hermana se haya casado con el *squire*.

–¿Y eso es todo lo que habéis sacado en limpio? ¡Solamente un *lord* y un *squire* por dos chelines! ¡Tontas! Por la mitad os hubiera prometido yo un príncipe y un *nabab*.

Sin embargo, esta curiosidad de mis hijas fue acompañada de graves consecuencias: empezamos a creer que nuestras estrellas nos destinaban a algo elevado, y ya nos preveíamos nuestra futura grandeza.

Más de mil veces se ha observado, y yo debo observarlo una vez más, que las horas pasadas en felices esperanzas son más agradables que las que se pasan en el disfrute. En el primer caso, aderezamos el plato con arreglo a nuestro apetito; en el segundo, la naturaleza lo guisa para nosotros. Sería imposible enumerar la multitud de ilusiones que nos forjábamos en nuestras conversaciones. Considerábamos que volvía a elevarse nuestra fortuna, y como en toda la parroquia se afirmaba que el *squire* estaba enamorado de mi hija, ella, excitada por tan halagadores propósitos, se enamoró también. También mi esposa tuvo todas las noches los más brillantes sueños durante aquel feliz intervalo, y todas las mañanas nos los contaba con gran solemnidad y exactitud. Una noche soñaba un ataúd y huesos en cruz, signo de casamiento próximo; otras se imaginaba los bolsillos de sus hijas llenos de cuartos de penique, señal indudable de que en poco tiempo estarían llenos de oro. También las muchachas tenían sus pronósticos. Sentían extraños besos en los labios; veían anillos en las velas; bolsas que saltaban de la lumbre del hogar y verdaderos lazos de amor ocultos en el fondo de cada taza de té.

A fines de semana recibimos una tarjeta de las dos damas de la capital, en la que, con grandes cumplidos, nos manifestaban que esperaban ver a toda nuestra familia en la iglesia el domingo próximo. A consecuencia de esto, vi que toda la mañana del sábado, mi mujer y mis hijas estaban en conferencia secreta, y de vez en cuando me miraban con ojos que denunciaban la existencia de una conspiración oculta. Para ser sincero, presentí que preparaban alguna propuesta absurda para presentarse con esplendor al día siguiente. Por la tarde dieron principio a su asedio en forma regular, pues mi esposa, después de tomar el té, suponiéndome en buena disposición de ánimo, empezó de esta manera.

–Charles, esposo mío, mañana tendremos excelente acompañamiento en nuestra iglesia.

–Es posible, amada mía –le dije–; mas no te inquietes por ello; el sermón no os faltará en ningún caso.

–Así lo espero –replicó–; pero me parece que debemos procurar presentarnos todo lo decentes que nos sea posible, porque quién sabe lo que puede suceder.

–Tus precauciones –afirmé– son muy laudables. Un porte decente y modesta apariencia en la iglesia es lo que más me encanta. Allí debemos mostrarnos piadosos y humildes, alegres y serenos.

–Sí –respondió mi mujer–, ya lo sé; pero lo que quiero decir es que debemos presentarnos lo mejor posible, y no como esas fregonas que tenemos alrededor.

–Tienes mucha razón, amada mía –volví a afirmar–, y yo iba a haceros la misma proposición. La mejor manera de ir es presentarnos lo antes posible, a fin de tener tiempo en meditar antes de que empiece el oficio...

–Pero, Charles –interrumpió–, todo eso es muy cierto; mas, sin duda, no me comprendes. Quiero decir que debemos ir elegantes. Sabes que la iglesia está a dos millas de aquí, y te aseguro que no quiero ver a mis hijas llegar con esfuerzo a su banco, sofocadas, rendidas de la caminata y en el mismo estado que si acabasen de ganar una carrera. He aquí, pues, esposo mío, mi proposición. Tenemos dos caballos para el arado, el potro que nos nació hace nueve años y su compañero *Blackberry*, que durante este mes apenas ha hecho nada. Los dos engordan y holgazanean. ¿Por qué no han de trabajar como nosotros? Y permíteme que te diga: cuando Moisés los arregla un poco, presentan muy tolerable aspecto.

A estas insinuaciones objeté que ir a pie sería cien veces más elegante que llevados por tan mezquina pareja de caballos, puesto que *Blackberry* era tuerto y el potro no tenía cola; además, nunca habían sido amaestrados para las riendas y estaban muy viciados, sin contar con que en casa no teníamos más que una silla y una albarda. Pero todas estas objeciones fueron superadas; de suerte que me vi obligado a ceder.

A la mañana siguiente vi a mis mujeres muy atareadas en reunir lo necesario para la expedición, y viendo que aquello no tenía trazas de acabar en mucho tiempo, tomé la delantera hacia la iglesia, y ellas prometieron seguirme inmediatamente.

Cerca de una hora esperé su llegada en el púlpito; pero viendo que no se presentaban, tuve que empezar y seguir todo el oficio, no sin cierta inquietud por la ausencia de ellas. Mi temor subió de punto cuando, acabado todo, no vi a ninguno de mi familia. Me decidí, pues, a regresar siguiendo el camino de los caballos, que daba un rodeo de cinco millas, mientras el sendero tan sólo tenía dos, y a mitad del camino de casa vi la cabalgata, que avanzaba lentamente en dirección de la iglesia: mi hijo, mi esposa y los dos pequeños, en un caballo, y las dos hijas, en el otro. Pregunté la causa del retraso, pero en sus caras conocí pronto que habían ocurrido mil desdichados incidentes en la carretera. Primeramente, los caballos no quisieron arrancar de la puerta hasta que míster Burchell tuvo la amabilidad de ir arreándolos con su garrote unas doscientas yardas. Después, la cincha de la albarda en que iba mi mujer se rompió, y hubo que pararse a componerla. Remediado esto, a un caballo se le metió en la cabeza no moverse, y ni ruegos, ni gritos, ni golpes pudieron hacerlo andar. Justamente acababan de vencer esta fatal obstinación del animal cuando los encontré; y viendo a todos salvos, confieso que aquella mortificación no me desagradó mucho, porque me permitía varias oportunidades de futuro triunfo y de enseñar a mis hijas a tener más humildad.

CAPÍTULO XI

La familia persiste en levantar la cabeza

Por ser la fiesta de San Miguel al día siguiente, fuimos invitados a cascar nueces y a jugar a bromas en casa de nuestro vecino Flamborough. Nuestras recientes mortificaciones nos habían humillado un poco, o si no, es probable que hubiésemos menospreciado tal invitación: de todos modos, consentimos en estar contentos. La oca y los *dumplings*[1] de nuestro vecino eran muy buenos, y su *lamb's-wool*[2], aun en el concepto de mi mujer, muy entendida en tales cosas, era excelente. Verdad es que la manera que tenía él de contar historias no era muy ingeniosa. Eran muy largas y muy sosas, y siempre hablaba de sí mismo. Además, ya nos habíamos reído de ellas lo menos diez veces; no obstante, fuimos bastante amables para reírnos otra vez.

Míster Burchell, que era del grupo, era siempre aficionado a ver alguna diversión inocente en marcha, y puso a los chicos y chicas a jugar a la gallina ciega. También mi esposa intervino en la diversión, y me causó gran placer pensar que todavía no era demasiado vieja. Entretanto, mi vecino y yo recordábamos nuestros antiguos tiempos, riéndonos a cada proeza y ensalzando nuestra destreza de cuando éramos jóvenes. Después de la «gallina ciega» vino el «adivina quién te dio»; luego siguieron las preguntas y res-

[1] Embutido de fruta y carne.
[2] Mezcla de cerveza, manzanas asadas, nuez moscada y azúcar.

puestas, y, por fin, se sentaron para jugar a la «caza del zapato». Como todos no están al tanto de este primitivo pasatiempo, puede ser oportuno observar aquí que los jugadores se sientan en el suelo formando círculo; pero uno de ellos permanece de pie en medio, y su cometido es capturar un zapato que los demás pasan de uno a otro por debajo de los muslos tan rápidamente como la lanzadera del tejedor. Como la señora que está en el centro no puede ver a todos a la vez, lo más bello del juego está en darle algún golpecito con el tacón del zapato en la parte menos susceptible de resistencia. En esta disposición se hallaba mi hija mayor, bloqueada y aporreada por todas partes, pero muy contenta y gritando: ¡juego limpio!, ¡juego limpio! con voz que le hubiera envidiado un cantor de baladas, cuando, ¡oh confusión!, quién iba a entrar en la sala sino nuestras dos grandes damas de la capital, lady Blarney y miss Carolina Guillermina Amelia Skeggs. ¿Dónde encontrar palabras para describir esta nueva mortificación? ¡Misericordia! ¡Ser sorprendidos por señoras de tan exquisita educación en postura tan ordinaria! No podía esperarse otra cosa de un juego tan vulgar, propuesto por míster Flamborough. Quedamos por unos instantes clavados en el suelo, como petrificados de asombro.

Las dos señoras habían ido a vernos a nuestra casa, y no encontrándonos, indagaron nuestro paradero, porque estaban impacientes por saber qué accidente nos había impedido ir a la iglesia el día anterior. Olivia se encargó de ser la portavoz, diciendo redondamente, sin más pormenores: «Nos caímos de los caballos». Las señoras, al oír esto, mostraron gran sentimiento; pero al decirles que la familia no había recibido daño alguno, se pusieron muy contentas; mas al informarlas de que estuvimos a punto de morir del susto, se afligieron mucho; y al oír que todos habíamos pasado muy bien la noche, volvieron a alegrarse. Nada podía exceder a su complacencia para con mis hijas: sus manifestaciones de amistad fueron muy calurosas la primera noche que las vieron, pero en aquel momento fueron ardientes. Aseguraron que deseaban que nuestras relaciones fuesen duraderas. Lady Blarney quería particularmente a Olivia; miss Carolina Guillermina Amelia Skeggs (me gusta darle todos sus nombres) manifestaba cariño más vivo por la menor. Ellas solas tenían la palabra, y mis hijas admiraban silenciosamente la refinada educación de las dos señoras. Mas como a todo lector, por mísero que sea, le gustan las anécdotas de lores, damas e ilustres caballeros de la Jarretera, tengo que pedirle permiso para exponerle la última parte de aquella conversación.

–Todo cuanto sé de este asunto –dijo miss Skeggs– es que puede ser cierto o no serlo; pero lo que puedo asegurar a vuestra señoría es que reinó el mayor desorden en la reunión; el señor se puso de mil colores, la señora se desmayó, pero sir Tomkyn, sacando la espada, juró que vertería por ella hasta la última gota de su sangre.

–Es posible –replicó nuestra Lady–; pero le aseguro que la duquesa jamás me dijo una sílaba del asunto, y creo que Su Gracia no tiene secretos para mí. Vuestra señoría puede estar segura de que, a la mañana siguiente, el duque gritó por tres veces a su ayuda de cámara: «¡Jernigan! ¡Jernigan! ¡Jernigan!..., tráeme mis jarreteras».

Pero en primer lugar, debí haber mencionado la grosera conducta de míster Burchell, quien durante este discurso, sentado de cara al fuego, al fin de cada frase gritaba invariablemente: *¡Cuentos!,* expresión que a todos nos desagradó mucho, y que en gran medida entibió el elevado espíritu de la conversación.

–Además, mi querida Skeggs –continuó nuestra Lady–, nada de eso se dice en la copia de los versos que el doctor Burdock hizo sobre aquel incidente.

–*¡Cuentos!*

–Me sorprende –dijo miss Skeggs–, porque él raras veces omite nada, puesto que solamente escribe para su propio pasatiempo. ¿Quiere vuestra señoría tener la amabilidad de dejármelos ver?

–*¡Cuentos!*

–Querida mía –exclamó la Lady–, ¿cree que traigo conmigo tales cosas? Los versos son muy bonitos, lo aseguro, y me creo suficiente para juzgarlos...; por lo menos sé lo que me gusta. Efectivamente, siempre he sido admiradora de las pequeñas composiciones del doctor Burdock. Fuera de lo que él hace y de lo que hace nuestra querida condesa en Hannover Square, no se publican más que fruslerías de baja estofa; no hay nada de gran mundo en estas composiciones.

–¡*Cuentos!*

–Vuestra señoría debe hacer una excepción –dijo la otra–, como, por ejemplo, sus propios escritos en el *Lady's Magazine*. Convendrá usted que en ellos no hay nada vulgar. Pero supongo que tendremos que esperar más de ese lado.

–¡*Cuentos!*

–Querida mía –dijo la señora–, ya sabe usted que mi señorita de compañía y lectora mía me dejó para casarse con el capitán Roach, y como mis pobres ojos no me permiten escribir, hace tiempo que ando buscando otra. Encontrar una persona conveniente no es tarea fácil; por otra parte, reconozco que un salario de treinta libras esterlinas al año no es gran cosa para una mujer instruida, que sepa leer, escribir y conducirse bien en sociedad, pues las chiquillas que se encuentran en la capital son insoportables.

–¡*Cuentos!*

–Lo sé por experiencia –respondió miss Skeggs–, porque de las tres señoritas de compañía que tuve el medio año pasado, una de ellas se negó a coser una hora al día; otra encontró que veinticinco guineas al año era un salario demasiado pequeño, y me vi obligada a despedir a la tercera porque sospeché una intriga con el capellán. La virtud, mi amada lady Blarney, la virtud no tiene precio; pero ¿dónde encontrarla?

–¡*Cuentos!*

Mi esposa escuchaba con profunda atención estos discursos, y la última parte la impresionó vivamente. Treinta libras esterlinas y veinticinco guineas al año harían cincuenta y seis libras y cinco chelines en moneda inglesa, todo lo cual, en cierto modo, esperaba quién lo quisiera, y podría quedar fácilmente asegurado para la familia. Estudió un momento mis miradas en busca de aprobación, y, para ser sincero, he de decir que fui de su opinión; pensé también que aquellas dos plazas convendrían perfectamente a mis dos hijas. Además, si el *squire* sentía verdadero afecto por mi hija mayor, ése sería el mejor medio de prepararla para la alta posición que la esperaba. Por consiguiente, mi esposa resolvió que no debíamos privarnos de tales ventajas, y tomó la palabra en nombre de la familia, diciendo:

–Espero que vuestras señorías me perdonarán mi presunción. Verdad es que no tenemos derecho a pretender tales mercedes; pero no extrañarán mi deseo de poner a mis hijas en condiciones de prosperar en el mundo. Me permito decir, además, que mis dos hijas poseen buena educación y suficiente capacidad; por lo menos, creo que el campo no puede ofrecer nada mejor. Saben leer, escribir y echar cuentas; entienden el manejo de la aguja, punto atrás, punto de calceta, y todas las formas de la costura ordinaria. Saben festonear, guarnecer y pespuntear, y conocen algo de música; hacen camisolas, peinadores y jubones; la mayor corta perfectamente en papel, la menor echa las cartas de manera muy graciosa.

–*¡Cuentos!*

Oído este precioso y elocuente discurso, las dos señoras se miraron durante unos minutos en silencio, con ademán de duda e importancia. Por fin, miss Carolina Guillermina Amelia Skeggs tuvo la amabilidad de observar que las dos señoritas, por lo que podían juzgar por sus relaciones tan someras con ellas, les parecían muy a propósito para aquellas funciones.

–Pero –añadió, dirigiéndose a mi esposa– asunto tan delicado requiere profundo examen de los caracteres y conocerse un poco mejor. No quiere decir esto, señora –prosiguió diciendo–, que yo tenga la menor sospecha de la virtud, prudencia y discreción de sus hijas; pero en todas estas cosas hay reglas, señora..., hay reglas.

Mi esposa aprobó mucho estas suspicacias, observando que también ella era muy recelosa, e indicó que todos los vecinos podrían informarles. Pero nuestra Lady lo consideró innecesario, alegando que la recomendación de su primo Thornhill era suficiente, y con el apoyo de éste contamos en adelante para asegurar el éxito de nuestra petición.

CAPÍTULO XII

La fortuna parece resuelta a humillar a la familia Wakefield. Las humillaciones son a veces más penosas que las calamidades reales

Cuando volvimos a casa, dedicamos la noche a trazar los planes de nuestra futura conquista. Deborah desplegó gran sagacidad en conjeturar cuál de las dos muchachas sería la que obtuviese la mejor plaza y las mayores oportunidades de ver buena sociedad. El único obstáculo para nuestro propósito era conseguir la recomendación del *squire,* pero nos había dado tantas pruebas de su amistad, que no podíamos dudar de ella en esta ocasión. Aun en la cama continuó mi mujer con el mismo tema.

–Entre nosotros, mi querido Charles, creo que el día de hoy ha sido excelente.

–Bastante bueno –afirmé, sin saber qué decir.

–¿Sólo bastante bueno? Creo que muy bueno –replicó ella–, puesto que nuestras hijas se crearán relaciones de buen gusto en la capital. Estoy segura de que Londres es el único lugar del mundo para encontrar maridos de todas clases. Además, esposo mío, ocurren todos los días cosas tan raras; y así como hay señoras de calidad prendadas de nuestras hijas, ¿por qué no han de prendarse también de ellas hombres de distinción? Entre nosotros, te diré que lady Blarney me gusta extraordinariamente... ¡Es tan amable, tan digna de agradecimiento! Sin embargo, miss Carolina Guillermina Amelia Skeggs me ha ganado el corazón. Ya ves con qué maestría las he atacado en cuanto han hablado de las plazas en la capital. Dime, marido mío: ¿no crees que he hecho algo por mis hijas ahí?

–Sí –respondí, sin saber a punto fijo qué pensar del asunto–. ¡Quiera el cielo que de aquí a tres meses se encuentren mejor empleadas!

Ésta era una de aquellas observaciones que yo solía hacer para dar a mi esposa alta idea de mi sagacidad; porque si las muchachas obtenían buen éxito, mi piadoso deseo quedaba plenamente realizado; pero si ocurría alguna desdicha, podría considerarlo como una profecía.

Por otra parte, toda aquella conversación era solamente preparatoria para otro proyecto, que verdaderamente me causaba gran temor. Era nada menos que éste: puesto que ahora íbamos a levantar la cabeza un poco más en el mundo, sería conveniente vender el potro, que ya se iba haciendo viejo, en una feria próxima, y comprarnos un caballo que pudiese llevar una o dos personas, si se ofrecía ocasión, lo que haría buen efecto para ir a la iglesia o para nuestras visitas. Al principio me opuse a ello enérgicamente; pero ella defendió la causa con mayor energía, y conforme yo iba flaqueando, mi antagonista ganaba en fuerza, hasta que al fin se resolvió la venta del potro.

La feria era al día siguiente, y tenía intenciones de ir yo mismo; pero mi esposa me persuadió de que estaba resfriado, y por nada del mundo pude conseguir que me dejara salir de casa.

–No, querido mío –me dijo–; nuestro hijo Moisés es muchacho muy discreto y sabe comprar y vender con grandes ventajas; ya sabes que todos nuestros grandes negocios los ha hecho él. Es testarudo, sabe regatear y, de hecho, les cansa hasta sacar el mejor partido de los negocios.

Como yo también tenía buena opinión de la prudencia de mi hijo, consentí en confiarle aquella misión, y al día siguiente, muy de mañana, vi a sus hermanas ocupadas en acicalar a Moisés para la feria; le arreglaron el pelo, le limpiaron las hebillas de los zapatos y le sujetaron con alfileres el sombrero de tres picos. Terminado el tocado, tuvimos al fin la satisfacción de verle montar en el potro, con una caja de pino delante de él para traer los víveres que había de comprar. Llevaba un traje hecho de aquella tela que se llama de «truenos y relámpagos»[1], y aunque se le había

[1] Probablemente, de tornasol.

quedado un poco corto, estaba aún en buen estado y no era cosa de tirarlo. El chaleco, de color verde ganso[2], y la cinta negra con que sus hermanas le habían anudado el pelo, le daban cierto aspecto señorial. Todos le seguimos algunos pasos por el camino, gritándole:

–¡Buena suerte!, ¡buena suerte! –hasta que lo perdimos de vista.

Apenas se había ido, se presentó en casa el mayordomo de míster Thornhill a felicitarnos por nuestra buena fortuna, diciendo que había oído a su amo citar nuestros nombres con el mayor encomio.

La buena suerte parecía decidida a no venir sola. Otro lacayo de la misma familia siguió al anterior con una misiva para mis hijas, manifestando que las dos damas habían recibido de míster Thornhill los mejores informes, y que, después de previas inquisiciones, esperaban quedar perfectamente convencidas.

–Sí –exclamó mi esposa–, ya veo que no es cosa fácil entrar en la familia de los grandes señores; pero es lo cierto que, una vez admitido, ya puede uno echarse a dormir, como dice Moisés.

Esta ocurrencia, que ella pretendía que fuera ingeniosa, obtuvo de mis hijas francas y alegres risotadas. En una palabra, era tal la satisfacción de mi esposa por aquel mensaje que, echando mano al bolsillo, dio al mensajero siete medios peniques.

Aquél iba a ser nuestro día de visitas. La última que llegó fue míster Burchell, que había estado en la feria. Traía para mis pequeños un penique de pan de jengibre, que mi esposa decidió guardar y dárselo siguiendo las letras a cada vez[3]. A mis hijas les trajo dos cajas, en las que podían guardar obleas, rapé, trapitos para remendar y aun dinero cuando lo tuvieran. Mi esposa prefería para este objeto una bolsa de piel de comadreja, porque traía buena suerte, dicho sea entre paréntesis. Aún teníamos cariño a míster Burchell, a pesar de que su último comportamiento grosero nos desagradó un tanto. Así, pues, no pudimos dejar de co-

---

[2] Verde amarillento: quizá haya aquí un influjo de los gustos indumentarios del propio autor.

[3] Ese pan de jengibre, en una suerte de galletas, tenía formas de letras del alfabeto.

municarle nuestras buenas impresiones y pedirle su opinión; aunque rara vez se siga un consejo, todos estamos dispuestos a pedirlo. Cuando leyó la carta de las dos señoras movió la cabeza y observó que negocio de tanta trascendencia exigía la mayor circunspección. Esta manifestación de desconfianza disgustó mucho a mi esposa.

–Jamás he dudado, caballero –le dijo–, de que está dispuesto a ponerse contra mis hijas y contra mí. Es usted más circunspecto de lo que se necesita; por consiguiente, creo que cuando necesitemos consejo, nos dirigiremos a personas que siempre hayan sido circunspectas en cuanto a ellas atañe.

–Señora –replicó él–, sea cual fuera mi conducta pasada, no se trata de ella ahora; aunque no he hecho uso de los consejos, debo en conciencia darlos a los que me los piden.

Como vi que la discusión tomaba mal cariz, y temí que esta respuesta diese origen a una réplica más viva, compensando con el insulto lo que le faltaba en ingenio, cambié el tema de la conversación, fingiendo preguntarme sobre la tardanza de mi hijo en regresar de la feria, puesto que ya la noche iba echándose encima.

–No temas por nuestro hijo –contestó mi esposa–; el retraso depende de que sabe dónde tiene su mano derecha. Te aseguro que nunca le veremos vender su gallina en un día de lluvia[4]. Le he visto concertar negocios sorprendentes. Sobre esto les contaré una historia que les hará morir de risa... Pero, por vida mía, ahí llega Moisés, sin el caballo y con la caja al hombro.

Y, en efecto, en aquel momento vimos acercarse a Moisés, muy despacio, a pie, sudando por el peso de la caja, que se había atado a la espalda con una correa, lo mismo que un buhonero.

–¡Bien venido, Moisés! Ven aquí, hijo mío; ¿qué nos traes de la feria?

–Me traigo a mí mismo –exclamó Moisés con mirada socarrona, dejando la caja en la mesa.

–Ya lo vemos –replicó mi esposa–; pero ¿dónde está el caballo?

–Lo he vendido por tres libras esterlinas, cinco chelines y dos peniques.

---

[4] Una expresión proverbial escocesa en sentido de «hacer mal negocio».

–Muy bien, hijo mío –volvió a decir su madre–; ya sabía yo que les sacarías algo bueno. Sea dicho entre nosotros, tres libras, cinco chelines y dos peniques no es mal negocio. ¡Ea!, enséñanos el dinero.

–No traigo dinero –respondió Moisés–. Lo he empleado todo en una ganga que van ustedes a ver –añadió, sacando un paquete del pecho–. Aquí está: una gruesa de gafas verdes con montura de plata y estuche de cuero.

–¡Una gruesa de gafas verdes! –repitió mi mujer con desaliento–. ¡De modo que saliste de aquí con el potro y vuelves con una gruesa de miserables gafas verdes!

–Madre –exclamó el muchacho–, ¿quiere usted oír las razones? Las he obtenido casi de balde; de no ser así, no las hubiera comprado. Las monturas de plata solamente las podemos vender por el doble.

–¡Vaya unas monturas! –replicó mi mujer desesperada–. Apostaría a que no te dan ni la mitad vendiéndolas a peso, a cinco chelines la onza.

–No os inquietéis por venderlas –intervine yo–, porque no valen ni seis peniques cada una, puesto que acabo de advertir que son de cobre plateado.

–¡Cómo! –exclamó mi esposa–. ¿Ni siquiera es plata? ¿Las monturas no son de plata?

–No –contesté–, no tienen más plata que tus cacerolas.

–¿De manera –repitió mi mujer– que nos hemos deshecho del potro para tener una gruesa de gafas con montura de cobre y estuche de cuero? ¡Que les dé la peste a esos estafadores! Y este tonto, que se ha dejado desplumar, ya podía haber conocido mejor con quién trataba...

–No estás en lo cierto, amiga mía –interrumpí–, porque más le hubiera valido no conocerlos en absoluto.

–¡Hábrase visto idiota como éste! –interrumpió su madre–. ¡Traerme tal porquería! Si las cogiera, las tiraría al fuego.

–Te repito que no tienes razón –volví a decir–, porque aunque son de cobre, las guardaremos; como gafas de cobre, ya sabes, siempre valen más que nada.

El desgraciado Moisés acabó de desengañarse, viendo que había sido víctima de un timo. Un timador listo, al ver su cara inocente, le había marcado, sin duda, como fácil presa. Quise saber las circunstancias de aquel engaño, y se lo pregunté. El muchacho dijo que, vendido el caballo, se puso a buscar otro por todos los rincones de la feria. Un hombre, de respetable aspecto, le llevó a su barraca, con el pretexto de que tenía uno para vender.

–Entonces –continuó Moisés– encontramos otro hombre, muy bien vestido, que deseaba tomar a préstamo veinte libras esterlinas sobre estas gafas, diciendo que necesitaba dinero y que las vendería por la tercera parte de su valor. El primer caballero, que pretendía ser amigo mío, me dijo al oído que las comprara y que sería lástima que perdiese aquella ocasión. Envié a buscar al señor Flamborough, a quien le hablaron con tanta finura como a mí, y al fin, convencidos los dos, compramos a medias las dos gruesas de gafas.

CAPÍTULO XIII

Donde se ve que míster Burchell es un enemigo porque se atreve a dar un consejo desagradable

Nuestra familia había intentado varias veces ser distinguida; pero siempre venía algún desastre imprevisto a echar por tierra todos los proyectos. Consideré oportuno sacar partido de todos aquellos contratiempos para traerlos al buen sentido, conforme iba frustrándose su ambición.

–Ya veis, hijas mías –les dije–, qué poco conseguimos con nuestros vanos intentos de imponernos al mundo poniéndonos a la altura de nuestros superiores. Los pobres que únicamente quieran asociarse con los ricos son despreciados por los que ellos esquivan y despreciados por aquellos a quienes siguen. Las combinaciones desiguales son siempre desventajosas para la parte más débil, puesto que el rico tiene los placeres y el pobre los inconvenientes que de éstos se derivan. Ven aquí, Dick, hijo mío, y repite la fábula que nos leías hoy, para que sirva de ejemplo a todos.

–Una vez –empezó diciendo el niño–, eran un Gigante y un Enano, muy amigos, y que siempre iban juntos. Hicieron pacto de no abandonarse nunca e ir en busca de aventuras. La primera batalla que libraron fue contra dos Sarracenos, y el Enano, que era muy valiente, dio un rudo golpe a uno de los campeones. Pero éste, ligeramente herido, levantó el sable y le cortó un brazo al pobre Enano. Hallábase éste en situación muy comprometida, cuando acudiendo el Gigante en su ayuda, dejó muertos a los dos Sarracenos en el suelo, y el Enano le cortó la cabeza al muerto en venganza. Después tuvieron otra aventura. Se trataba de tres sanguinarios Sátiros que se llevaban a una damisela en peligro. El Enano no se mostró esta vez tan fiero como antes, pero, con todo, dio el primer golpe, y como respuesta, un Sátiro le saltó un ojo. Intervino inmediatamente el Gigante, y si aquéllos no hubiesen puesto pies en polvorosa, es seguro que les hubiese matado a todos. Quedaron muy contentos de esta victoria, y la damisela salvada se enamoró del Gigante y se casó con él. Siguieron caminando más lejos de lo que puedo decir, hasta que toparon con una cuadrilla de ladrones. Esta vez fue el Gigante el primero en atacar, pero el Enano iba detrás muy cerca de él. El combate fue duro y largo. Donde el Gigante llegaba, todos caían delante de él; pero el Enano estuvo a punto de morir más de una vez. Al fin se inclinó la victoria por los dos aventureros, pero el Enano había perdido una pierna. De modo que ya le faltaba un brazo, una pierna y un ojo, mientras el Gigante no tenía la más leve herida. Entonces éste se dirigió a su menudo compañero, diciéndole:

»–Mi pequeño héroe, nuestra campaña es gloriosa; busquemos otra victoria y conquistaremos eterna fama.

»–No –respondió el Enano, que había aprendido a ser más discreto–. No; por mi parte, renuncio; no quiero luchar más, porque he visto que en todos los combates tú has encontrado honor y recompensa y los golpes han caído todos sobre mí.

Ya me disponía a comentar esta fábula, cuando nos llamó la atención una acalorada disputa entre mi esposa y míster Burchell sobre la proyectada expedición de mis hijas a la capital. Mi esposa insistía enérgicamente sobre las ventajas que de ella resultarían; míster Burchell, al contrario, trataba de disuadirla con gran ardor. Yo me mantuve neutral. Sus consejos presentes parecían la segunda parte de los que tan mal habían sido recibidos aquella misma mañana. La disputa iba animándose, mientras la pobre Deborah, en lugar de razonar sólidamente, gritaba cada vez más; y al fin, para evitar la derrota, se perdió en vociferaciones. No obstante, la conclusión de su arenga fue altamente desagradable para todos. Ella sabía, dijo, que algunos tenían secretas razones para lo que aconsejaban; pero por su parte, deseaba que tales personas no pusieran en lo sucesivo los pies en su casa.

–Señora –respondió míster Burchell con gran compostura y dignidad, que aún la irritó más a ella–, no se equivoca usted al atribuirme secretas razones. Las tengo, en efecto, y me abstengo de mencionarlas, porque no está usted en condiciones de contestar a las demás que no guardo secretas; mas como veo que mis visitas ya no son gratas aquí, me despido de ustedes ahora; y quizá vuelva una sola vez a darles mi último adiós, cuando deje definitivamente este país.

Y dicho esto, cogió el sombrero, y ni aun las miradas de Sofía, que parecían censurarle su precipitación, pudieron evitar que se marchara.

Cuando hubo salido, todos nos miramos confusos durante algunos minutos. Mi mujer, que se reconocía culpable, procuraba ocultar su pesar con una sonrisa forzada y aires de seguridad, que me pareció oportuno reprobar.

–¡Cómo es eso, mujer! –le dije–. ¿Es ésta manera de tratar a los forasteros? ¿Así es como pagamos sus atenciones? Has de saber, esposa mía, que aquellas palabras, las más duras que jamás han salido de tus labios, me han disgustado extraordinariamente.

–¿Por qué me provocó? –replicó ella–. Pero sé perfectamente los motivos de su consejo. Quiere impedirme que las muchachas vayan a la capital para disfrutar de la compañía de la menor aquí en esta casa. Pero, suceda lo que quiera, ella sabrá escoger mejor amistad que la de un vividor de tan baja estofa como él.

–¿Vividor de baja estofa le llamas? –pregunté–. Es muy posible que nos equivoquemos respecto a la condición de ese hombre, porque a veces parece el caballero más cumplido que en mi vida he visto. Dime, Sofía, hija mía, ¿te ha hablado alguna vez secretamente de su apego particular a ti?

–Padre, su conversación conmigo –respondió mi hija– siempre ha sido sensata, modesta y agradable. En cuanto a lo demás..., nada, nunca. Una sola vez recuerdo haberle oído decir que jamás conoció mujer alguna que hallase mérito en un hombre que parezca pobre.

–Ésa, querida mía –exclamé–, es la cantinela común de todos los desgraciados y ociosos. Pero confío en que ya sabes lo bastante para juzgar convenientemente a tales hombres, y que sería locura esperar la felicidad de quien tan mal ha administrado la suya. Tu madre y yo tenemos ahora mejores proyectos para ti. El próximo invierno, que probablemente pasarás en la capital, te ofrecerá ocasiones de hacer una elección más prudente.

Cuáles fueron las reflexiones de Sofía en aquella ocasión, es cosa que no puedo determinar. De mí sé decir que en el fondo no me disgustó verme libre de mi visitante, de quien tenía mucho que temer. Nuestra violación de la hospitalidad me dejó algunos remordimientos en la conciencia; pero pronto logré acallarlos por medio de dos o tres razones especiosas, que sirvieron para satisfacerla y reconciliarme conmigo mismo. Pronto se pasa la pena que la conciencia da al hombre que ya he hecho mal. La conciencia es cobarde, y cuando no ha tenido bastante fuerza para evitar ciertas faltas, raras veces tiene bastante justicia para acusarlas.

CAPÍTULO XIV

Nuevas humillaciones, o una demostración de que lo que parecen calamidades pueden ser verdaderas bendiciones

El viaje de mis hijas a la capital era cosa resuelta, puesto que míster Thornhill había prometido amablemente que inspeccionaría por sí mismo la conducta de ellas y nos informaría por carta. Así, pues, se consideró indispensablemente necesario que el aspecto exterior de las muchachas se pusiera en armonía con la grandeza de sus esperanzas, y esto no podía hacerse sin gastos. Por consiguiente, debatimos en consejo plenario cuál sería el medio más fácil de procurarnos dinero o, hablando con más propiedad, qué cosa teníamos más a propósito para vender. La deliberación terminó pronto: convinimos en que el único caballo que nos quedaba era impropio para el arado, por falta de compañero, y también para el camino, porque le faltaba un ojo. Por lo tanto, determinamos disponer de él para los propósitos arriba mencionados, en la feria próxima; y para evitar todo engaño, resolvimos que lo llevara yo. Aunque aquélla era una de las primeras transacciones mercantiles de mi vida, confiaba en salir airoso de mi cometido. La opinión que un hombre se forma de su propia prudencia depende en gran parte de la de los que le rodean; y como la mía se formó en el seno de la familia, concebí ideas bastante favorables de mi sabiduría mundana. No obstante, mi mujer, a la mañana siguiente, cuando yo me había alejado algunos pasos de la puerta, me llamó para advertirme en voz baja que no me fiara de mí mismo.

Como es costumbre, en cuanto llegué a la feria hice dar al caballo todos sus pasos; pero no se presentó ningún postor. Al fin, se acercó un chalán, y después de haber examinado el animal de arriba abajo, dijo que era tuerto, y no hizo ofrecimiento; llegó otro, pero observando que tenía un esparaván, declaró que no lo tomaría ni aunque se lo dieran de balde; un tercero vio que tenía una aventadura, y ni siquiera quiso decir el precio; un cuarto le conoció en los ojos que el animal tenía gusanos; el quinto se admiró de que me hubiese atrevido a presentarme en la feria con semejante penco, ciego y lisiado, que únicamente servía para descuartizarlo y echar los pedazos a una perrera. Poco a poco fui sintiendo yo también la mayor repugnancia hacia el pobre animal, y me llenaba de vergüenza cada vez que se acercaba algún comprador. Sin creer todo lo que aquéllos decían, reflexioné que el número de testimonios establecía cierta presunción de que tenían razón. También san Gregorio profesa la misma opinión en su *Tratado sobre las buenas obras*[1].

Hallábame en tan humillante situación, cuando un compañero mío, eclesiástico, a quien conocía de larga fecha, y que también tenía negocio en la feria, vino a darme un apretón de manos y me invitó a tomar un vaso en una taberna. Acepté con mil amores su ofrecimiento, y entrando en la cervecería fuimos conducidos a un cuartito de la parte de atrás, donde solamente había un venerable anciano, absorto en la lectura de un grueso volumen, abierto delante de él. En mi vida había visto una figura que más me predispusiera en su favor. Largos cabellos grises, de reflejos de plata, le sombreaban las sienes, y aquella lozana vejez parecía ser resultado de salud y benevolencia. A pesar de su presencia, no interrumpimos la conversación. Mi amigo y yo hablamos de las diversas vicisitudes de nuestra fortuna, de la controversia con Whiston, de mi último folleto, de la réplica del archidiácono y de las rigurosas medidas de que fue objeto. Pero pronto nos llamó la atención la aparición de un joven, que, entrando en la habitación, dijo con respeto algo al oído del viejo desconocido.

---

[1] Quizá alude a la quinta *Oración teológica* de san Gregorio Nacianceno en referencia a Juan 1:8.

–No admito excusas, hijo mío –dijo el anciano–; hacer bien es una deuda que tenemos con todos nuestros semejantes. Toma esto; yo desearía que fuese más; pero cinco libras ya son bastantes para remediar tus desgracias, y me felicito de poder ofrecértelas.

El humilde joven derramó lágrimas de gratitud, y puedo asegurar que su reconocimiento difícilmente podía igualar al mío. La benevolencia de aquel hombre me conmovió tanto, que le hubiera dado un abrazo. Volvió a su lectura, y nosotros continuamos la conversación, hasta que mi compañero, recordando que tenía que acabar un negocio en la feria, me dejó, prometiéndome volver en seguida, y añadió que siempre había deseado una ocasión de pasar algunos momentos en compañía del doctor Primrose. El anciano, al oír mi nombre, me miró atentamente durante unos instantes, y cuando mi amigo salió, me preguntó respetuosamente si yo era pariente del gran Primrose, el valiente «monogamista»[2], que había sido el baluarte de la Iglesia. Jamás sintió mi corazón arrebato más sincero que en aquel momento.

Señor –le dije–; el aplauso de un hombre tan digno como estoy seguro de que lo es usted, aumenta la alegría que la benevolencia de usted había despertado en mi corazón. Delante de usted está, señor, el doctor Primrose, el «monogamista» que usted se ha dignado calificar de grande. Aquí ve usted al desventurado eclesiástico que durante tanto tiempo, y quizá no debiera yo decirlo, ha combatido brillantemente la deuterogamia de la época[3].

–Señor –exclamó el desconocido, como sobrecogido de respeto–; temo haber usado demasiada franqueza, pero usted perdonará mi curiosidad.

–Caballero –le dije, cogiéndole la mano–; la franqueza de usted, lejos de disgustarme, me honra, y le ruego que acepte mi amistad, puesto que ya tiene usted toda mi estimación.

–Acepto con gratitud el ofrecimiento –me dijo apretándome la mano–. ¡Oh, tú, gloriosa columna de inquebrantable ortodoxia! Y cuando considero...

---

[2] Defensor, como se dijo antes, de que los clérigos no se volvieran a casar si enviudaban.

[3] La doctrina de que era correcto que los clérigos viudos contrajeran segundas nupcias: aquí el personaje habla de esto como si fuera una gran cuestión en la época.

Aquí interrumpí lo que iba a decir, porque si bien, en mi calidad de autor, podía digerir buena dosis de adulación, mi modestia no lo permitía. Jamás enamorados de novela cimentaron amistad tan repentina. Hablamos de diversos temas; lo primero que pensé de él es que me pareció más devoto que sabio, y empecé a pensar que despreciaba, como impuras, todas las doctrinas humanas. Mas esto no disminuyó en un ápice mi estimación, porque yo mismo me había nutrido durante algún tiempo con ideas de esa especie. No obstante, aproveché la ocasión para observar que el mundo, en general, empezaba a manifestar censurable indiferencia en materia de doctrinas, y seguía con excesivo ahínco las especulaciones humanas.

–¡Sí, señor! –me replicó, como si hubiese reservado toda su sabiduría para aquel momento–. Sí, señor; el mundo está en la chochez, y, no obstante, la cosmogonía, o creación del mundo, ha intrigado a los filósofos de todas las edades. ¡Qué de opiniones incoherentes se han expuesto sobre la creación del mundo! Sanconiathon, Manetho, Beroso y Ocello Lucano todo lo intentaron en vano[4]. Del último son estas palabras: *Anarchon ara kai atelutaion to pan,* lo que implica que todas las cosas no tienen principio ni fin. También Manetho, que vivió en tiempos de Nabocodon-Aser («Aser» era una palabra siríaca, que se aplicaba comúnmente como sobrenombre a los reyes del país, como Teglat Phael-Aser, Nabon-Aser), Manetho, digo, formó una conjetura igualmente absurda, pues así como solemos decir: *ek to biblion kubernetes,* lo cual significa que los libros nunca instruirán al mundo, así intentó él investigar... Pero usted perdone, señor; me estoy separando de la cuestión.

Y era verdad, porque en mi vida hubiera podido comprender qué relación tenía la creación del mundo con el asunto de que tratábamos; pero aquello fue suficiente para demostrarme que era hombre de letras, y con ello aumentó el respeto que me inspiraba. Además, yo estaba resuelto a probarlo hasta el fin; pero él era demasiado humilde y caballeroso para contender por la victo-

[4] Son nombres de sabios, respectivamente, fenicio, egipcio y caldeo: las referencias, claro está, son confusas y aun erróneas.

ria. Siempre que yo hacía alguna observación que parecía una invitación a la controversia, sonreía, movía la cabeza y no decía nada; por lo cual comprendí que podía haber dicho mucho si hubiera querido hablar. El tema de la conversación pasó insensiblemente de las cosas de la Antigüedad a los negocios que nos habían llevado a la feria. Le dije que tenía un caballo para vender, y, ¡qué casualidad!, él tenía que comprar uno para un rentero suyo. Al instante presenté mi caballo, y acabamos por arreglarnos. Solamente quedaba pagarme, y con este objeto sacó del bolsillo un billete de treinta libras, rogándome que se lo cambiara. Como yo no tenía cambio, ni mucho menos, hizo llamar a un lacayo, que llevaba una librea muy elegante, y le dijo:

–Toma, Abraham, vete a traerme oro por este billete; encontrarás en casa del vecino Jackson o en otra parte.

Mientras el joven estuvo ausente, el anciano me entretuvo con una patética arenga sobre la gran escasez de plata, a la cual me creí en el deber de corresponder deplorando también la escasez de oro; así, pues, para cuando Abraham regresó, quedamos de acuerdo en que nunca fue tan difícil procurarse dinero. Abraham volvió a informarnos de que había recorrido toda la feria sin encontrar quien le cambiase el billete, a pesar de haber ofrecido media corona por el cambio. Aquella dificultad nos contrarió en gran manera; pero el venerable anciano, después de una pausa, me preguntó si conocía a un tal Salomon Flamborough, vecino de mi país, a lo que respondí que vivíamos puerta con puerta.

–En ese caso –replicó–, creo que nos arreglaremos. Llevará usted una letra contra él, pagadera a la vista, y permítame que le diga que no hay hombre más formal en cinco millas a la redonda. Hace muchos años que estamos en las mejores relaciones el honrado Salomon y yo. Recuerdo que, de jóvenes, siempre le ganaba yo a los «tres saltos»; pero a pata coja saltaba más lejos que yo.

Una letra contra mi vecino era para mí lo mismo que dinero, porque estaba suficientemente convencido de su solvencia. Firmada la letra y puesta en mis manos, míster Jenkinson (el venerable anciano), su lacayo Abraham y mi caballo, el viejo *Blackberry*, se alejaron al trote, muy satisfechos unos de otros.

Después de un rato, estando solo, empecé a reflexionar que había obrado mal tomando una letra de un desconocido, y, por prudencia, resolví correr tras del comprador, con el objeto de deshacer el trato. Pero ya era tarde para dar con él, y me puse en camino de mi casa, decidido a presentársela inmediatamente a mi amigo, a quien encontré fumando una pipa en la puerta de su casa. Habiéndole anunciado que tenía una pequeña letra contra él, y mostrándosela, la leyó dos veces de cabo a rabo.

–Supongo que leerá usted bien el nombre del librador –exclamé–: Ephraim Jenkinson.

–Sí –respondió–; el nombre está muy claro, y también conozco a ese caballero..., el mayor bribón que hay bajo la capa del cielo. Es el mismo perillán que nos vendió las gafas. ¿No era hombre de venerable aspecto, cabellos grises y sin tapas en los bolsillos? ¿No le echó a usted una retahíla de cosas sobre los griegos, la cosmogonía y el mundo?

A esto repliqué con un suspiro.

–Sí –continuó mi amigo–; eso es lo único que sabe, y siempre lo desembucha en cuanto se encuentra en compañía de un hombre de letras; pero ahora ya conozco a este tunante, y procuraré echarle mano.

Aunque ya me encontraba suficientemente humillado, mi mayor amargura estaba en presentarme delante de mi mujer y mis hijas. Jamás escolar alguno, después de haber hecho novillos, sintió tanto miedo de volver a la escuela y ver la cara del maestro, como yo al entrar en mi casa. Por fin, determiné anticiparme al furor de ellas encolerizándome yo primero.

Mas, ¡ay!, cuando entré no vi a ninguno de la familia dispuesto a reñir. Mi esposa y las muchachas estaban llorando amargamente, porque míster Thornhill había estado allí aquella mañana a participarles que el viaje de ellas a la capital era de todo punto imposible. Las dos señoras, que habían recibido ciertos informes de nosotros por conducto de alguna persona maliciosa, regresaron aquel mismo día a Londres. El *squire* no había podido descubrir la intención ni el autor de aquellos informes; pero, fuese o no fundados y quienquiera que fuese el inventor de ellos, él continuaría asegurando a mi familia su protección y amistad.

Encontré, pues, que mi familia llevó con gran resignación mi desempeño. Pero lo que más nos intrigaba era quién podía ser la persona tan vil como para manchar la reputación de una familia como la nuestra, demasiado humilde para excitar envidia y demasiado inofensiva para crear disgustos.

CAPÍTULO XV

Toda la villanía de míster Burchell, descubierta de un golpe. La locura de ser demasiado juiciosos

Toda aquella tarde y parte del día siguiente las empleamos en estériles investigaciones para descubrir a nuestros enemigos; apenas una familia del vecindario se libró de nuestras sospechas, y cada uno de nosotros tenía razones especiales para acusarlas, razones que nos reservábamos. Estando en esta perplejidad, uno de los hijos pequeños, que había estado jugando en el campo, nos trajo una cartera que se había encontrado en el prado. Inmediatamente conocimos que pertenecía a míster Burchell, a quien se la habíamos visto, y examinándola, encontramos notas referentes a diversos objetos; pero lo que particularmente nos llamó la atención fue un pliego lacrado, que llevaba esta inscripción: «Copia de una carta para ser entregada a las dos señoras del castillo de Thornhill». En el acto se nos ocurrió que aquél era el vil calumniador, y nos pusimos a deliberar sobre la conveniencia de abrir el pliego. Yo me opuse; pero Sofía, que dijo estaba segura de que entre todos los hombres aquél era el último a quien pudiera atribuirse tanta bajeza, insistió en que leyéramos la carta. En lo cual fue secundada por todo el resto de la familia, y he aquí lo que leímos:

Señoras:

El portador satisfará a ustedes suficientemente respecto a la persona de quien procede la presente: al menos, un amigo de la inocencia, dispuesto a evitar que sea seducida. Estoy informado, como cosa cierta, de que tienen ustedes intención de llevarse a la capital, en calidad de señoritas de compañía, a dos jóvenes que conozco algo. Como no puedo consentir que se abuse de la sencillez ni que la virtud sea contaminada, debo manifestarles que la inconveniencia de tal paso acarreará peligrosas consecuencias. Jamás ha sido mi costumbre tratar con severidad al infame ni al disoluto, y no hubiera acudido a este medio de revelar mi pensamiento, ni reprobar tal locura, si ello no apuntase a algo culpable. Reciban, pues, el consejo de un amigo, y reflexionen seriamente en las consecuencias de introducir la infamia y el vicio en un rincón donde siempre han habitado la inocencia y la paz.

Con esto acabaron nuestras dudas. En aquella carta había algo aplicable a las dos partes, y sus censuras podían referirse así a aquellos a quienes iba dirigida como a nosotros; pero la intención maliciosa era evidente, y no quisimos saber más. Mi esposa apenas tuvo paciencia para oír la lectura hasta el fin, e injurió al autor de la carta con duras palabras de nada contenido resentimiento. Olivia se mostró también muy severa, y Sofía pareció también asombrada de tanta bajeza. Por mi parte, consideré aquel acto como el más vil ejemplo de ingratitud, imputable solamente al deseo de retener a la menor en el país, a fin de tener con ella más frecuentes entrevistas. Ya empezábamos a maquinar nuestros proyectos de venganza, cuando el otro hijo pequeño llegó corriendo a decirnos que míster Burchell se acercaba por el otro extremo del campo. Es más fácil sentir que describir las complicadas sensaciones que procuran a la vez la pena de una injuria reciente y el placer de ver acercarse la venganza. Si bien nuestras intenciones eran solamente reprocharle su ingratitud, resolvimos hacerlo en forma perfectamente tajante. Con tal objeto, acordamos recibirlo con nuestras habituales sonrisas; charlar con él al principio con más amabilidad que de ordinario, divertirle un poco; y después, en medio de aquella calma engañadora, estallar contra él como un terremoto, y aplastarlo bajo la vergüenza de su propia bajeza. Acordado esto, mi esposa se encargó de empezar, porque, realmente, poseía cierta disposición para tales empresas. Le vimos acercarse, entró, cogió una silla y se sentó.

–El día está hermosísimo, míster Burchell.

–Espléndido, doctor; pero creo que tendremos lluvia, me lo anuncia el dolor de mis callos.

–¡Conque sus callos! –exclamó mi mujer, dando una carcajada, y pidiéndole inmediatamente perdón, excusándose de que le gustaba mucho la broma.

–Señora –replicó él–, perdono a usted de todo corazón; pues si no lo hubiera usted advertido, no hubiera creído que yo había dicho un chiste.

–Tal vez no, señor –dijo mi esposa echándonos una mirada de inteligencia–. Y desearía que nos dijese usted cuántos chistes entran en una onza.

–Se me figura, señora –replicó míster Burchell–, que esta mañana ha debido usted leer algún libro de bromas, porque la idea de pesar los chistes por onzas es verdaderamente ingeniosa; y la verdad sea dicha, señora, con media onza de entendimiento me iría mucho mejor.

–Creo, en efecto, que la necesita usted –insistió mi mujer, sonriéndonos, si bien la partida parecía volverse contra ella–, pues he visto algunos hombres que alardean de un entendimiento del que tienen poca cosa.

–No lo dudo –afirmó su antagonista–; también habrá usted conocido mujeres que van tras el ingenio, sin alcanzarlo jamás.

Empecé a comprender que mi mujer llevaba trazas de perder, y resolví intervenir en tono más severo.

–Ingenio y entendimiento –dije– son bagatelas si no se posee integridad. Esto es lo que da valor a todo carácter. El aldeano ignorante, pero sin faltas, es mayor que el filósofo con muchas, porque ¿de qué sirve el ingenio sin corazón puro? «Un hombre honrado es la obra más noble de Dios»[1].

–Siempre he reputado esta trillada máxima de Pope –dijo míster Burchell– como indigna de un hombre de ingenio y como un bajo abandono de su propia superioridad. Así como la reputación de los libros resulta no de estar libres de defectos, sino de la grandeza de sus bellezas, así los hombres debieran apreciarse no

[1] Pope, *An Essay on Man,* IV, v. 248.

por estar exentos de faltas, sino por la magnitud de las virtudes que poseen. El hombre de letras puede carecer de prudencia; el hombre de Estado puede ser orgulloso, y el valiente, tener ferocidad; pero ¿hemos de preferir sobre todos éstos al bajo trabajador manual que se fatiga penosamente durante toda su vida sin censura ni aplauso? Igual cabría preferir las pinturas minuciosamente correctas de la escuela flamenca a las erróneas, pero sublimes, creaciones del pincel romano.

–Señor –repliqué–, su observación es justa cuando se superponen virtudes y menudos defectos; pero cuando en el mismo corazón los grandes vicios se oponen a virtudes extraordinarias, tal carácter es digno de desprecio.

–Es posible –exclamó él– que existan monstruos como los que usted describe, de grandes vicios unidos a grandes virtudes; mas en todo el curso de mi existencia nunca encontré un ejemplar de esa especie; al contrario, siempre he visto que donde la mente era capaz, los efectos eran buenos. Parece como si la Providencia, mostrándose cariñosa amiga nuestra en este particular, hubiese querido atenuar la inteligencia donde el corazón está corrompido, disminuyendo de tal manera el poder de una facultad cuyo abuso sería temible. Esta regla se extiende también a los animales: los débiles e inmundos son pérfidos, crueles y cobardes; los fuertes y poderosos son valientes, generosos y dóciles.

–Esas observaciones suenan muy bien –repliqué–, y, no obstante, sería fácil en este momento señalar a un hombre –y clavé los ojos fijamente en él– cuya cabeza y cuyo corazón forman el más detestable contraste. Sí, señor –proseguí levantando la voz–, y celebro la oportunidad que se me ofrece para desenmascarlo cuando se cree más seguro. ¿Conoce usted esto, caballero, esta cartera?

–Sí, señor –respondió con cara de imperturbable serenidad–; esa cartera es la mía, y me alegro de que la haya encontrado usted.

–¿Y conoce usted esta carta? –volví a preguntar–. Veamos, no vacile usted, sea hombre, míreme cara a cara. Digo, ¿conoce usted esta carta?

–¿Esa carta? –repitió–. Sí, fui yo el que la escribió.

–¿Y cómo ha podido usted escribir semejante carta, modelo de bajeza e ingratitud? –le dije.

–¿Y cómo ha podido usted –me replicó con inconcebible descaro–, cómo ha podido usted cometer la mayor bajeza de abrirla? ¿No sabe usted que puedo mandarle a la horca? Con sólo jurar delante del juez más cercano que ha violentado usted el cierre de mi cartera, habría bastante para que los ahorcaran a todos ustedes delante de su puerta.

Esta salida de inesperada insolencia me sublevó de tal manera que no pude dominarme.

–¡Sal de aquí, miserable, ingrato, y no manches más tiempo mi domicilio con tanta ignominia! ¡Vete y no te presentes jamás delante de mí! ¡Fuera de esta casa! Y el único castigo que te deseo es la angustia de tu conciencia, que será tu propio verdugo.

Y diciendo esto le arrojé su cartera, que él cogió al vuelo sonriendo, y, cerrando el broche con la mayor compostura, nos dejó atónitos por su extraordinaria serenidad.

Mi mujer, especialmente, se encolerizó al ver que nada irritaba a míster Burchell ni le hacía avergonzarse de sus villanías.

–Querida mía –exclamé, con el propósito de sosegar aquellas pasiones exacerbadas entre nosotros en demasía–, no debe admirarnos que los malos no tengan pudor; únicamente lo manifiestan cuando se les sorprende haciendo el bien, pues suelen gloriarse de sus vicios. La Culpa y la Vergüenza, dice la Alegría –proseguí yo–, fueron compañeras al principio, y en sus primeros pasos iban siempre juntas. Pero pronto advirtieron que su unión era desagradable e inconveniente para las dos. La Culpa dio a la Vergüenza frecuentes disgustos, y ésta sacó a la luz muchas conjuras que aquélla hubiera querido tener ocultas. Por consiguiente, después de largas disputas, acordaron separarse. La Culpa se fue sola, alcanzando al Destino, que caminaba delante de ella, bajo la figura de un verdugo; mas la Vergüenza, tímida por naturaleza, retrocedió en busca de la Virtud, a la que al principio del viaje habían dejado atrás. De igual manera, hijos míos, después que los hombres han recorrido algunas etapas en el vicio, la vergüenza los abandona y retrocede para hacer compañía a las pocas virtudes que hayan podido quedarles.

CAPÍTULO XVI

La familia usa la habilidad, a la que se opone otra mayor

Cualesquiera que fuesen los sentimientos de Sofía, el resto de la familia nos consolamos fácilmente de la ausencia de míster Burchell gracias a la compañía del *squire,* cuyas visitas se hicieron más frecuentes y largas. Aunque contrariado en su deseo de procurar a mis hijas las diversiones de Londres, aprovechaba todas las oportunidades para suplir aquéllas con los menudos recreos que podía admitir nuestro retiro. Solía venir a casa por la mañana, y mientras mi hijo y yo salíamos a nuestras ocupaciones, él se quedaba con la familia y la entretenía describiendo las cosas de la capital, que parecía conocer a fondo. Les repetía los menores propósitos recogidos en la atmósfera de los teatros, y conocía de memoria las ocurrencias de los más célebres chistosos, mucho antes que las publicaran los almanaques. Los intervalos de la conversación los empleaba en enseñarles el juego del *piquet,* o a veces en ejercitar a los dos pequeños en el boxeo uno con otro, para hacerlos «agudos», como él decía; no me parecían muy bien tales ejercicios, pero la esperanza de tenerlo como yerno nos cerraba los ojos sobre todas las incorrecciones del *squire.* Confesemos también que mi esposa usaba mil estratagemas para atraparlo, o, hablando con más suavidad, empleaba toda clase de propósitos para ensalzar los méritos de mi hija. Si las pastas para el té estaban bien tostadas y las comía a gusto, las había hecho Olivia; si el vino de grosellas estaba bien fermentado, Olivia había escogido las grosellas; los bellos dedos de Olivia eran los que habían dado a las frutas en conserva su verde peculiar y en la composición de un *pudding*, fue su juicio el que mezcló los ingredientes. De vez en cuando, la pobre mujer solía decir al *squire* que le creía de la misma estatura que Olivia, y colocaba a los dos de pie delante de ella para ver cuál era más alto. Estos sagaces expedientes, que ella creía impenetrables, pero cuya intención se conocía a primera vista, parecían agradar a nuestro bienhechor, quien todos los días daba nuevas pruebas de su pasión, que si bien no habían llegado a proposiciones formales de casamiento, nosotros pensábamos que esto era cosa de poco tiempo. Su retraso lo atribuíamos en parte a su natural timidez y, en parte, al temor de ofender a su tío. Un suceso que ocurrió poco después nos quitó toda duda respecto a sus propósitos de entrar en nuestra familia; por lo menos, mi esposa lo consideró como promesa absoluta.

Habiendo ido mi esposa y mis hijas a devolver una visita a nuestro vecino Flamborough, supieron que todos los miembros de la familia se habían hecho retratar por un pintor ambulante que andaba recorriendo la comarca y sacaba el parecido a razón de quince chelines por cabeza. Como entre aquella familia y nosotros existía de mucho tiempo cierta rivalidad en punto a buen gusto, nos alarmó el hecho de que en este caso se nos adelantaran, y, a pesar de cuanto pude decir (y dije mucho), se resolvió que también nosotros nos hiciéramos los retratos.

Habiendo, pues, contratado al pintor –pues, ¿qué podía hacer yo?–, nuestra primera deliberación tuvo por objeto demostrar la superioridad de nuestro gusto en lo tocante a las posturas. La familia del vecino se componía de siete personas, y se habían retratado cada uno con una naranja en la mano, idea sin nada de gusto, sin variedad en la vida, sin composición ninguna. Nosotros buscábamos algo de estilo más brillante, y, después de varios debates, al fin llegamos a convenir por unanimidad que nos retratara juntos, representando un vasto cuadro histórico de familia. Esto sería, indudablemente, más barato, puesto que el mismo bastidor serviría para todos, y al mismo tiempo resultaría infinitamente más elegante, puesto que todas las familias de buen gusto se habían retratado de aquella manera. Como no nos fue posible encontrar inmediatamente un asunto histórico que se acomodara a nosotros, nos contentamos con retratarnos cada uno representando figuras históricas independientes. Mi esposa quiso ser pintada de Venus, y recomendamos al artista que no escatimara los diamantes en el peto ni en los cabellos. Los dos hijos pequeños, a su lado, en calidad de Cupidos; yo, con mi túnica y mi alzacuellos, presentándole los libros de mi controversia contra Whiston. Olivia quiso retratarse de Amazona[1], sentada en un banco de flores, con el traje de montar de color verde, lazos de oro y un látigo en la mano. Sofía, vestida de pastora, con todas las ovejas que el pintor quisiera poner alrededor de ella, pero de balde, y Moisés debía ser pintado con una pluma blanca en el sombrero. Nuestra combinación gustó tanto al *squire,* que suplicó insistentemente que le permitiéramos figurar como uno de la familia, representando a Alejandro Magno, a los pies de Olivia. Este ruego lo consideramos como indicio de sus deseos de entrar en la familia, y no era cosa de oponernos. El pintor puso manos a la obra, y como trabajaba con asiduidad verdaderamente ejemplar, en menos de cuatro días quedó concluida. El cuadro era grande, y conviene hacer constar que el artista no escatimó los colores, por lo que mi esposa lo elogió calurosamente. Quedamos muy satisfechos de la obra; pero hasta el momento de verla acabada no nos dimos cuenta de una circunstancia desastrosa, que nos llenó de consternación. Era tan grande el cuadro, que no había sitio en toda la casa para fijarlo. No comprendíamos cómo no habíamos previsto dificultad tan esencial; pero lo cierto era que nos habíamos descuidado mucho. Resultó, pues, que aquella pintura, en lugar de satisfacer nuestra vanidad, como esperábamos, tuvo que permanecer apoyada contra la pared de la cocina, en forma humillante, por no poder pasar por ninguna puerta, y fue por tal motivo la irrisión de nuestros vecinos. Éste lo comparaba con la chalupa de Robinsón Crusoe, demasiado grande para ser movida; aquél lo comparaba con un ovillo metido en una botella, algunos se preguntaban cómo haríamos para sacarlo de la

---

[1] En sentido mitológico, como una de las mujeres guerreras de países en la periferia del mundo conocido.

cocina, y otros se admiraban preguntándose cómo lo habían metido.

Y a la vez que el cuadro excitaba el ridículo de algunos, gran número de vecinos se permitían las sugestiones más maliciosas. El retrato del *squire,* unido a los nuestros, era un honor tan grande para nosotros, que indudablemente había de despertar envidia. Escandalosos susurros empezaron a circular contra nosotros, y nuestra tranquilidad se veía constantemente turbada por personas que iban, como amigos, a informarnos de lo que decían de nosotros nuestros enemigos. Rechazábamos tales habladurías con toda la energía posible, pero el escándalo siempre aumenta con la oposición.

Por consiguiente, acordamos celebrar consejo con el objeto de buscar el medio de sujetar las malas lenguas, y al fin llegamos a una resolución que tenía demasiada astucia como para satisfacerme del todo. Fue la siguiente: como nuestro principal objeto era poner en evidencia lo honroso de las atenciones de míster Thornhill, mi esposa se encargó de sondearle, con el pretexto de preguntarle su opinión respecto a la elección de un marido para la hija mayor. Si esto no era suficiente para inducirle a una declaración, se decidió que se estimularían sus temores con un rival. No obstante, a este último paso no di mi consentimiento hasta que Olivia me dio la más solemne seguridad de que se casaría con la persona propuesta como rival, a no ser que el *squire,* queriendo evitar esta unión, la tomara por esposa. Tal fue el plan, que, si bien no me opuse a él con gran energía, tampoco mereció mi entera aprobación.

De acuerdo, pues, con este plan, la vez siguiente que fue míster Thornhill a vernos, mis hijas tomaron la precaución de no mostrarse a él, a fin de dejar a la madre entera libertad para poner el proyecto en ejecución, y se quedaron en la habitación próxima, desde la cual podían oír toda la conversación. Mi esposa entró hábilmente en materia, observando que una de las señoritas Flamborough parecía haber encontrado excelente partido en la persona de míster Spanker. A esto asintió el *squire,* y mi mujer tomó pie de ello para manifestar que las que tienen buena dote están siempre seguras de encontrar buenos maridos.

–Pero ayude el cielo a las que no la tienen –continuó diciendo mi mujer–. ¿De qué sirve la hermosura, míster Thornhill? La virtud y todos los méritos del mundo, ¿de qué sirven en esta época en que no se mira más que el interés? Lo único que se pregunta no es ya «¿qué es ella?», sino «¿qué tiene ella?».

–Señora –respondió él–, apruebo la justeza tanto como la novedad de sus observaciones; y si yo fuese rey, las cosas irían de otro modo. Mi reinado sería la edad de oro para las muchachas sin fortuna, y nuestras dos señoritas serían las primeras a quienes colocaría.

–¡Ah, señor! –replicó mi mujer–. Veo que se complace usted en bromear; pero si yo fuese reina, ya sé adónde iría a buscar un marido para mi hija mayor. Y ahora que me hace pensar en eso, míster Thornhill, ¿puede usted recomendarme uno a propósito para ella? Ahora tiene diecinueve años, está bien crecida y bien educada, y, en mi humilde opinión, no carece de cierto encanto.

–Señora –volvió a decir el *squire*–, si la elección estuviese en mi mano, encontraría una persona que poseyese todas las perfecciones capaces de hacer la felicidad de un ángel. Uno que tuviese prudencia, fortuna, buen gusto y sinceridad; tal sería, en mi concepto, el marido conveniente.

–¡Sí, señor! –suspiró mi esposa–. Pero ¿conoce usted a tal persona?

–No, señora –respondió él–; es imposible conocer una persona que merezca ser marido de ella; es un tesoro demasiado grande para ser poseído por un hombre: es una diosa. Por la salvación de mi alma, juro a usted que digo lo que siento..., es un ángel.

–¡Oh, míster Thornhill!, ensalza usted demasiado a mi pobre muchacha; no merece tanto; pero hemos estado pensando en casarla con uno de los colonos de usted, cuya madre murió hace poco tiempo y necesita un ama de casa; ya lo conoce usted... el labrador Williams; hombre generoso, míster Thornhill; en su casa comerá mi hija un buen pan, y ya nos la ha pedido varias veces (lo cual era cierto); pero, señor, me complacería mucho tener la aprobación de usted.

–¡Mi aprobación!... ¡Que yo apruebe tal elección!... Nunca. ¿Cómo he de aprobar el sacrificio de tal belleza, talento y bondad a una criatura incapaz de comprender tal bendición? Perdone usted, pero yo jamás aprobaré tamaña injusticia. Y tengo mis razones.

–¿De veras, señor? –interrogó Deborah–. En fin, si usted tiene sus razones, ya es otra cosa; mas yo desearía conocerlas.

–Perdone usted, señora; son tan profundas –respondió el *squire*, llevándose la mano al corazón– que no puedo descubrirlas.

Después que se fue, reunidos en consejo general, no supimos qué deducir de aquellos hermosos sentimientos. Olivia los consideraba como testimonio de la pasión más exaltada; pero yo no participaba de sus optimismos: me parecía lisamente que aquellos sentimientos tenían más de amor que de casamiento. No obstante, cualquiera que fuese el alcance de ellos, resolvimos proseguir la combinación del labrador Williams, quien, desde la aparición de mi hija en el país, estaba prendado de ella.

CAPÍTULO XVII

Pocas son las virtudes que resisten el poder de una larga y agradable tentación

Preocupándome solamente la verdadera felicidad de mi hija, la asiduidad de míster Williams me complacía, puesto que era hombre de buena posición, prudente y sincero. Pocos requerimientos se necesitaron para hacer revivir su antigua pasión; así es que una o dos tardes él y míster Thornhill se encontraron en nuestra casa, y vi que se examinaban mutuamente con miradas de ira; pero Williams no debía renta alguna a su propietario, y le tenía sin cuidado su indignación. Olivia, por su parte, representaba el papel de coqueta a la perfección (si es que puede llamarse representar a lo que realmente era ella), dedicando todas sus ternuras a su nuevo pretendiente. Míster Thornhill, sumamente contrariado por tal preferencia, se despidió con semblante pensativo. Confieso que a mí me intrigaba de veras el hecho de que, hallándose tan apenado como parecía estar, no acudiera al facilísimo remedio que tenía en su mano para hacer desaparecer la causa, es decir, declarar su honorable pasión. No obstante, por grande que fuese la inquietud que parecía afligirle, se advertía fácilmente que la angustia de Olivia era mucho mayor. Después de todas estas entrevistas con sus dos adoradores, entrevistas que se repitieron varias veces, ella solía retirarse a la soledad, y allí se abandonaba libremente a su dolor. En tal situación la encontré una tarde, después que hubo estado largo rato mostrando ficticia alegría.

–Ya ves, hija mía –le dije–, que tu confianza en la pasión de míster Thornhill era un sueño; consiente la rivalidad de otro, por todos conceptos inferior a él, si bien sabe que en su mano está obtenerte, mediante una sincera declaración.

–¡Sí, papá! –me replicó–. pero tiene sus razones para esta demora, me consta que las tiene. La sinceridad de sus miradas y palabras me convencen de su real estimación. Espero que dentro de poco tiempo descubrirá la generosidad de sus sentimientos, y se convencerá usted de que mi opinión ha sido más justa que la de ustedes.

–Olivia, mi querida hija –repuse–; todos los medios puestos en práctica hasta ahora para inducirle a una declaración han sido propuestos y planeados por ti misma, y ni siquiera puedes decir que yo te haya obligado a nada. Mas no debes suponer, hija mía, que yo me preste indefinidamente a hacer de su honrado rival el juguete de tu mal colocada pasión. Te concedo, desde luego, el tiempo que creas necesario para traer a una explicación formal a tu supuesto admirador; pero en cuanto expire el plazo, si no ha tomado una determinación, insisto decididamente en que el honrado míster Williams sea recompensado por su fidelidad. Por una parte, lo exige la norma de conducta que he seguido durante toda mi vida; y por otra, mi ternura y condescendencia de padre nunca deben influir en mi integridad de hombre. Fija, pues, el día; aléjalo cuanto lo consideres conveniente; entretanto, no dejes ignorar a míster Thornhill la fecha exacta en que te entregaré a otro. Si él te ama realmente, su propio buen sentido le sugerirá que solamente hay un camino para evitar que te pierda para siempre.

Esta proposición, que mi hija no podía menos de considerar perfectamente justa, fue aceptada por ella. Renovó su más positiva promesa de casarse con míster Williams en el caso de que el otro se mostrara insensible, y en la primera ocasión declaramos, en presencia de míster Thornhill, que en el plazo de un mes se celebrarían los esponsales con su rival.

Tan vigorosos procedimientos parecieron redoblar la ansiedad de míster Thornhill; pero lo que Olivia sentía realmente me causó viva inquietud. En aquella lucha entre la prudencia y la pasión, su vivacidad iba disminuyendo por momentos, y buscaba con ardor las ocasiones de estar sola para dar libre curso a sus lágrimas. Pasó una semana, y míster Thornhill nada hizo por evitar el casamiento anunciado. Durante la semana siguiente fue más asiduo, pero no más explícito. A la tercera cesaron sus visitas enteramente; pero mi hija, en lugar de mostrar la menor impaciencia, como yo esperaba, pareció tranquila y pensativa, lo que consideré como resignación. Por mi parte, yo experimentaba verdadera satisfacción al pensar que mi hija continuaría viviendo en una modesta situación, garantía de paz interior, y aplaudí frecuentemente que la prefiriera a la vanidad.

Cuatro días solamente faltaban para celebrar la boda; mi familia, reunida aquella noche alrededor de agradable fuego, recordaba historias del tiempo pasado y trazaba planes para lo venidero, amontonando mil proyectos y riendo de cada locura que se nos ocurría.

–Ea, Moisés –exclamé–; pronto vamos a tener casamiento en la familia. ¿Qué opinas tú de eso y de las cosas en general?

–Mi opinión, padre, es que todo va bien; y cabalmente estaba pensando ahora que cuando mi hermana Livy esté casada con el labrador Williams pediremos a éste que nos preste la prensa de sidra y los cubos para la cerveza.

–Se lo pediremos –le dije– y, además, para tenernos contentos, con el arreglo nos cantará la balada de «La Muerte y la Dama».

–Esa canción se la ha enseñado a nuestro Dick –afirmó Moisés–, y creo que éste la canta muy bien.

–¿De veras? –pregunté admirado–. Hay que verlo. ¿Dónde está Dick? Que venga y la cante sin miedo.

–Mi hermano Dick –intervino Bill, el más pequeño– acaba de irse con mi hermana Livy; pero míster Williams me ha enseñado a mí dos canciones, y las cantaré, si a usted le place, papá. ¿Cuál prefiere usted, «El cisne moribundo», o «La elegía a la muerte de un perro rabioso»?

–Venga la elegía, hijo mío, porque nunca la he oído. Y tú, Deborah, puesto que ya sabes que esos cantos son tristes, tráenos una botella de tu mejor vino de grosella para alegrarnos un poco. He vertido tantas lágrimas por las elegías de todas clases que nos agobian de algún tiempo acá, que sin un vaso alegrador, estoy seguro de que ésta daría cuenta de mí; y tú, Sofía, amada mía, toma la guitarra y témplala al tono del pequeño.

ELEGÍA A LA MUERTE DE UN PERRO RABIOSO[1]

Venid, buena gente;
oíd mi canción:
si dura muy poco,
será lo mejor.

En Islington hubo un hombre
de quien el pueblo decía
que era un portento en la iglesia
(por lo poco que asistía).

Generoso corazón,
enemigos no tenía:
dábale ropa al desnudo
(cada vez que se vestía).

Entre los sabuesos, dogos,
y otros de menor valía,
cierto can dejóse ver
en Islington cierto día.

El hombre y el perro
ya son camaradas;
pero al cabo riñen
por unas palabras.

El perro se pone rabioso,
al hombre un mordisco le da:
la alarma cundió por la calle,
acude la gente al lugar.

---

[1] Traducción de Alfonso Reyes.

El perro está loco
–dice la opinión–:
¡Mire usted que morder a un sujeto
de tal condición!

Dolorido está el herido,
que verlo da compasión;
el perro estaba rabioso;
juran que no hay salvación.

Pero ¡maravilla de las maravillas!
–el pueblo mentía, miente la opinión–.
Muy pronto el doliente sanó de la herida:
sólo el triste perro murió.

–Muy bien, Bill, palabra; he ahí una elegía que puede llamarse trágica. ¡Ea, hijos míos, a la salud de Bill, y quiera Dios que llegue a ser obispo!

–Me adhiero de todo corazón –afirmó mi esposa–, y si predica tan bien como canta, no dudo de su suerte. Casi toda su familia, por parte de madre, son buenos cantores. En nuestro país era proverbial que la familia de los Blenkinsop nunca podían mirar cara a cara, ni los Hugginsons soplar una candela; que ni uno de los Gograms sabía cantar una canción, como tampoco los Marjorams sabían contar un cuento.

–De todos modos, la balada más vulgar de todos ellos me gusta más que las ampulosas odas modernas, que con una sola estrofa nos petrifican..., producciones que detestamos y aplaudimos a la vez... Dale el vaso a tu hermano Moisés... El gran defecto de estos elegíacos es que se desesperan por cosas que en nada interesan a la mayor parte del género humano. Una dama pierde el manguito, el abanico, o el perrito faldero, y el necio poeta corre a su casa a poner en verso tal desastre.

–Tal vez sea la moda para las composiciones sublimes –replicó Moisés–; pero de Ranelagh[2] nos vienen canciones más fa-

[2] Un parque de moda a la orilla del río en Chelsea.

miliares, y así todas cortadas por el mismo molde: Colin encuentra a Dolly, y entablan un diálogo. Él le da una baratija de feria para que se la ponga en el cabello, y ella le obsequia con un ramito; después se van del brazo a la iglesia, donde dan buenos consejos a zagalas y pastorcitos, para que se casen tan pronto como puedan.

–Y muy buen consejo –exclamé–. Ya he dicho que no hay otro lugar en el mundo donde pueda darse un consejo con más propiedad que allá; porque si nos aconseja casarnos, también nos procura mujer, y seguramente es buen mercado, hijo mío, aquel en que se nos dice lo que necesitamos, poniéndolo al mismo tiempo a nuestra disposición

–Sí, señor –respondió Moisés–, y yo conozco en Europa dos mercados de mujeres para casarse: Ranelagh, en Inglaterra, y Fuenterrabía, en España[3]. El mercado español se abre una vez al año, pero nuestras mujeres inglesas están a la venta todas las noches.

–Tienes razón, hijo mío –exclamó su madre–; la vieja Inglaterra es el único lugar del mundo para que los maridos encuentren mujer...

–Y para que las mujeres gobiernen a sus maridos –interrumpí–. Es proverbial en el mundo que, si se echase un puente a través del canal, todas las señoras del Continente vendrían a tomar modelo de las nuestras porque en Europa no las hay como éstas. Pero tráenos otra botella, Deborah, vida mía, y Moisés nos obsequiará con alguna canción. ¡Cuántas gracias debemos al cielo por habernos concedido tranquilidad, salud y bienestar! En este momento me siento más dichoso que el monarca más grande de la tierra. Él no tiene un hogar como éste, ni caras tan amables a su alrededor. Sí, Deborah, ya nos vamos haciendo viejos; pero el crepúsculo de nuestra vida será seguramente feliz. Descendemos de antepasados que no conocieron la deshonra, y dejaremos tras de nosotros hijos buenos y virtuosos. Mientras vivamos, ellos serán nuestro sostén y nuestra alegría, y cuando muramos, transmi-

[3] La condesa de Aulnoy en *The Ingenious and Diverting Letters of the Lady - Travels into Spain,* dijo que cuando las muchachas que manejaban las barcas en Hendaya se querían casar iban a misa a Fuenterrabía y allí elegían los mozos a su gusto.

tirán nuestro inmaculado honor a su posteridad. Ea, hijo mío, estamos esperando tu canción; nosotros formaremos el coro. Pero ¿dónde está mi querida Olivia? Su voz de querubín es la más dulce del concierto.

Aún no había acabado de hablar, cuando llegó Dick corriendo.

–¡Papá, papá! Se ha marchado, nos ha dejado; mi hermana Livy nos ha abandonado para siempre...

–¿Que se ha ido, muchacho?

–Sí, se ha marchado con dos caballeros en una silla de postas; y uno de ellos la besaba y decía que estaba dispuesto a morir por ella, y ella gritaba mucho y quería volver a casa; pero él la persuadió, y al fin subió al coche diciendo: «¡Qué dirá mi pobre padre cuando sepa que estoy perdida!...».

–Se consumó nuestra desgracia, hijos míos –exclamé–; ya no podemos esperar una hora de alegría. ¡Caiga sobre él y los suyos el peso de la justicia eterna!... ¡Robarme así a mi hija! Será castigado seguramente, ha echado atrás aquella alma inocente, que yo guiaba hacia el cielo. ¡Una hija tan leal y tan cándida! Se acabó nuestra felicidad en la tierra. Hijos míos, nuestro destino será en adelante la miseria y la infamia; siento que se me parte el corazón...

–Padre –interrumpió mi hijo–, ¿ése es su valor?

–¿Valor, hijo mío? Sí, ya verá él que tengo valor. Tráeme mis pistolas. Voy en busca del traidor...; mientras esté en la tierra lo perseguiré. Aun viejo como soy, verá cómo sabré vengarme. ¡Villano!, ¡pérfido!, ¡cobarde!

Ya había descolgado mis pistolas, cuando mi pobre esposa, cuyos arrebatos no igualaban a los míos, me estrechó entre sus brazos.

–Esposo mío, mi querido esposo –me dijo–, la Biblia es la única arma que conviene a tus manos, debilitadas por la edad. Ábrela, amado mío, lee y nuestra angustia se trocará en paciencia, porque nos ha engañado vilmente.

–En verdad, señor –resumió mi hijo, después de una pausa–, la cólera de usted es demasiado violenta e impropia. Usted debería consolar a mi madre, y no obstante, le aumenta el dolor. No es propio de su reverendo carácter prodigar maldiciones ni aun a su mayor enemigo; no debe usted maldecirlo, por villano que sea.

–No lo he maldecido, hijo mío. ¿Es posible que haya hecho yo tal cosa?

–Sí, señor, y dos veces seguidas.

–Entonces, que Dios me perdone y a él también. Ahora comprendo, hijo mío, mejor que nunca, que para enseñarnos a bendecir a nuestros enemigos fue necesaria una caridad sobrehumana. Bendigamos su santo nombre por todo el bien que nos dio. Mas para arrancar lágrimas de estos ojos que tanto han llorado, ha sido preciso un golpe como éste. ¡Hija mía, perder aquella criatura tan amada!... ¡Dios confunda!... ¡Cielos, perdonadme!... ¡Qué iba a decir!... Recuerda, esposa mía, qué buena y encantadora era; hasta este vil momento, todo su cuidado fue hacernos felices. ¡Si estuviera muerta! Pero no, ha huido, manchando nuestra honra, y ya no puedo buscar la felicidad en este mundo... Pero tú, pequeño, ¿la viste marchar? ¿Acaso la llevaron a la fuerza? Si es así, aún puede ser inocente.

–No, señor –respondió el muchacho–; él la besaba y le decía: «¡Ángel mío!». Y ella lloraba mucho, apoyándose en su brazo, y se alejaron muy de prisa.

–¡Ingrata! –exclamó mi mujer, cuyas lágrimas le impedían hablar–. ¡Portarse así con nosotros, que jamás la hemos contrariado en sus gustos! La infame ha abandonado vergonzosamente a sus padres, sin haber sido nunca provocada. ¡Qué respeto a tu blanca cabellera! Esta desgracia precipita tus pasos hacia la sepultura, adonde te seguiré de cerca.

Aquella noche, primera de nuestras verdaderas desgracias, la pasamos en amargas lamentaciones y en mal soportados ataques. No obstante, resolví descubrir a nuestro traidor, quienquiera que fuese, y echarle en cara su bajeza. A la mañana siguiente, nuestras miradas buscaron en vano, durante el desayuno, a aquella desdichada, en el sitio en que acostumbraba darnos animación y alegría. Mi esposa, como había hecho antes, trataba de aligerar su corazón con estériles reproches.

–Jamás –exclamó– esa deshonra vil de la familia obscurecerá con su sombra estas puertas inmaculadas. Jamás le daré el nombre de hija. No, que siga su deshonrada vida con su infame seductor; que venga, si quiere, a cubrirnos de vergüenza, pero no nos engañará más.

–Mujer –le dije–, no hables con tanta dureza; tanto como tú detesto yo su culpa; pero esta casa y este corazón estarán siempre abiertos a la pobre pecadora arrepentida si vuelve. Cuanto más pronto vuelva, mejor será recibida. El más virtuoso puede pecar una vez, porque el artificio y la novedad que despliegan sus encantos persuaden. La primera falta es siempre hija de la sencillez; mas las que le siguen, ya pertenecen a la perversidad humana. Sí, la desventurada será bien acogida en este corazón y en esta casa, aunque venga manchada con diez mil vicios. Quiero volver a oír la música de su voz, y, como antes, me apoyaré tiernamente en sus pechos, si el arrepentimiento ha encontrado lugar en él. Hijo mío, tráeme la Biblia y el cayado: voy a buscarla dondequiera que esté, y si no puedo salvarla de la infamia, por lo menos impediré que la iniquidad se perpetúe.

CAPÍTULO XVIII

Pesquisas de un padre para traer una hija perdida a la virtud

Aunque el muchacho no pudo describir el aspecto del caballero que había hecho subir a su hermana a la silla de postas, mis sospechas recayeron enteramente sobre nuestro joven propietario, cuya reputación en semejantes intrigas era demasiado conocida. Por consiguiente, dirigí mis pasos hacia el castillo de Thornhill, resuelto a reconvenirle por su mala acción y a traerme a mi hija, si era posible; pero antes de llegar a su residencia encontré a uno de mis feligreses, el cual me dijo que había visto a una señorita muy parecida a mi hija en una silla de postas con un caballero, quien, por la descripción, sospeché que debía ser míster Burchell, y que ya debían estar lejos. No obstante, tales informes no me dejaron convencido. Así, pues, seguí caminando hacia la mansión del joven *squire,* y, aunque era muy temprano, insistí en verlo inmediatamente. Pronto se me presentó con la mayor tranquilidad, y pareció perfectamente asombrado del rapto de mi hija, asegurando por su honor que era enteramente ajeno a ello. Según esto, condené mis primeras sospechas y las dirigí solamente hacia míster Burchell, recordando en aquel momento que recientemente había tenido varias conversaciones secretas con ella, y la aparición de otro testigo no me dejó dudar de su villanía. El nuevo testigo me dijo que aquel hombre y mi hija iban seguramente hacia Los Manantiales, situados a unas treinta millas, donde había mucha gente.

Colocado en ese estado de ánimo en que estamos más dispuestos a obrar precipitadamente que a reflexionar rectamente, no me pregunté si aquellas noticias me habían sido dadas por personas puestas a propósito en mi camino con el objeto de despistarme, sino que resolví perseguir a mi hija y a su presunto raptor en la dirección indicada. Caminé con ardor, preguntando a cuantas personas encontraba en la carretera; pero nadie me dio noticia alguna, hasta que al entrar en la ciudad encontré una persona que iba a caballo y que recordé haber visto en casa del *squire,* y me aseguró que si yo los seguía hasta las carreras, que estaban a unas treinta millas más adelante, daría seguramente con ellos, porque él los había visto bailando la noche anterior, y por cierto que todos los presentes habían quedado encantados de las gracias de mi hija. Muy de mañana salí al día siguiente para el sitio indicado, y hacia las cuatro de la tarde llegué a las carreras. La concurrencia era muy brillante, todos afanados por el mismo objeto: el placer. ¡Qué diferencia del mío, que iba a volver a la virtud una hija perdida! Se me figuró haber visto a míster Burchell a cierta distancia de mí; pero como si temiese mi encuentro, al acercarme a él se perdió entre la multitud y no volví a verlo.

Entonces reflexioné y comprendí que sería inútil seguir más adelante; así, pues, resolví volver a casa, donde una familia inocente esperaba mi amparo. Pero la agitación de mi ánimo y las fatigas que había soportado determinaron en mí un acceso de fiebre, cuyos síntomas advertí antes de haber dejado las carreras. ¡Nuevo e inesperado golpe, y a más de setenta millas de mi casa! Entré, pues, en una pequeña taberna situada al borde de la carretera, y en aquel lugar, asilo ordinario de la indigencia y la frugalidad, me tendí para esperar pacientemente el resultado de mi enfermedad. Allí me consumí durante tres semanas; pero al fin venció mi buena constitución, si bien la falta de dinero no me permitió costear los gastos de los cuidados que tan convenientes me hubieran sido, ni aun siquiera los del hospedaje. La ansiedad que esta última circunstancia me causaba es posible que me hubiese determinado una recaída, si un viajero, que se había detenido a tomar un apresurado refresco, no hubiera venido en mi ayuda. Aquella persona era cabalmente el filántropo librero de

Saint Paul's Churchyard[1], que había escrito numerosos libros para niños; se llamaba a sí mismo amigo de ellos; pero, en verdad, era amigo de todo el género humano. Apenas se apeó, dio señales de tener mucha prisa, pues llevaba, como siempre, negocios de la más alta importancia, y en aquel momento estaba reuniendo materiales para la historia de un tal míster Thomas Trip[2]. Inmediatamente recordé la cara rubicunda y con hoyuelos de aquel buen hombre, que había publicado mis refutaciones contra los deuterogamistas contemporáneos, y le pedí prestadas unas cuantas monedas, pagaderas a mi regreso a casa. Dejé, pues, la posada, y como aún me encontraba débil, decidí volver a casa por cómodas jornadas de diez millas. Con la salud, recuperé mi calma habitual, y condenaba en mí aquel orgullo que me había hecho rebelde al castigo providencial. El hombre no sabe qué cantidad de calamidades es capaz de soportar sin que se le acabe la paciencia, hasta que aquéllas caen sobre él; subiendo a las alturas que la ambición nos muestra desde abajo tan brillantes, cada paso que damos hacia la cima nos ofrece obstáculos y dificultades ocultos antes a nuestras miradas; de igual manera, en nuestro descenso desde las cumbres del placer a los tristes valles de la miseria, éstos nos parecen al principio oscuros y desolados; sin embargo, el ánimo sereno y atento a su propio recreo encuentra algo que halaga y agrada. De cerca, los objetos más obscuros parecen brillar, y el ojo del espíritu consigue acomodarse a su tenebrosa situación.

Seguí adelante, y ya había caminado unas dos horas, cuando vi aparecer a distancia un carro y me propuse alcanzarlo; pero al llegar a su lado vi que era el carro de una compañía de cómicos de la lengua, cargado de decoraciones y otros accesorios escénicos, que llevaban a la próxima aldea, donde había de darse una representación. El carro iba atendido solamente por la persona que lo guiaba y uno de la compañía; los demás comediantes no debían llegar hasta el día siguiente. «Buen compañero de viaje –dice el proverbio– hace el camino más corto.» Por lo mismo, entré en

---

[1] John Newbery, editor de esta novela y amigo de Goldsmith.

[2] En 1761, Newbery anunció un libro para niños titulado *La historia de los pájaros y los animales de Tom Trip.*

conversación con el pobre histrión, y como yo había tenido en otro tiempo ciertas facultades teatrales, diserté sobre su arte con mi libertad habitual, y como estaba poco al corriente del presente estado del teatro, pregunté cuáles eran los escritores entonces en boga y quiénes eran los Dryden y Otway del día[3].

–Caballero –me dijo el comediante–, imagino que pocos de nuestros dramaturgos modernos se creerán muy honrados de ser comparados con los escritores que usted ha mencionado. El género de Dryden y de Rowe está enteramente fuera de moda; nuestro gusto ha retrocedido un siglo; Fletcher, Ben Jonson y todas las obras de Shakespeare son hoy las únicas que privan[4].

–¿Es posible –exclamé– que la edad presente halle placer en ese dialecto anticuado, en tan desusadas fantasías y caracteres tan exagerados, que abundan en las obras que usted menciona?

–Señor –replicó mi compañero–, el público no se preocupa del dialecto, de las humoradas ni de los caracteres, porque esto no le interesa. Lo único que quiere es divertirse, y se encuentra feliz cuando ve una pantomima bajo la sanción de los hombres de Jonson y Shakespeare.

–Según eso –observé–, supongo que los autores modernos son más bien imitadores de Shakespeare que de la Naturaleza.

–A decir verdad –replicó el cómico–, no creo que imiten nada; además, el público no les exige tal cosa. Lo que arranca aplausos no es la composición de la pieza, sino el número de sorpresas y actitudes que se introducen en ella. He conocido una comedia sumamente seria, que no tenía ni un chiste, y fue rechazada, y otra se salvó por un acceso de cólico del principal personaje. No, señor; las obras de Congreve y Farquhar son demasiado ingeniosas para el gusto del día[5]; nuestro moderno dialecto es mucho más natural.

---

[3] Dryden, además de su poesía, estrenó catorce piezas de teatro de gran éxito entre 1668 y 1681; de la obra de Otway se recuerda sobre todo *Venecia preservada,* de 1682.

[4] Recuérdese que Ben Jonson y Fletcher eran de la misma época que Shakespeare.

[5] Congreve, sobre todo con *Así va el mundo* (1700), y Farquhar, sobre todo con *El oficial de recluta* y *La estratagema de los elegantes,* fueron los introductores del teatro dieciochesco en que se insertaba el propio Goldsmith.

Para entonces, la impedimenta de la compañía ambulante había llegado a la aldea, en la que, al parecer, ya se tenía noticia de nuestra llegada, y todos los vecinos habían salido a vernos pasar; por mi compañero supe que los cómicos ambulantes siempre tienen más espectadores en la calle que dentro del teatro. No tuve en cuenta la impropiedad de hallarme en tal compañía hasta que vi que una multitud me rodeaba. Entonces me refugié en la primera taberna que hallé al paso, y una vez introducido en la sala general, se me acercó un personaje bien vestido, quien me preguntó si yo era realmente el capellán de los comediantes o si estaba disfrazado para representar ese papel. Habiéndole puesto al corriente de la verdad, diciéndole que en manera alguna pertenecía a la compañía, tuvo la amabilidad de ofrecerme, así como al actor, un tazón de ponche, tomando el cual discutió sobre política con grande ardor e interés. Lo primero que se me ocurrió fue que aquel hombre sería por lo menos un parlamentario; y casi me confirmé en mis conjeturas cuando, después de haber informado de lo que había en la casa para cenar, insistió en que el comediante y yo cenáramos con él en la suya, a lo que accedimos, después de algunas negativas de puro cumplimiento.

CAPÍTULO XIX

Retrato de una persona descontenta del Gobierno actual y temerosa de la pérdida de nuestras libertades

La casa en que íbamos a ser obsequiados estaba a corta distancia de la aldea; nuestro anfitrión observó que, no estando dispuesto el coche, nos conduciría a pie, y pronto llegamos a una mansión de las más espléndidas que yo había visto en aquella comarca. La habitación en que nos hicieron entrar era de estilo perfectamente moderno y elegante; él salió para dar algunas órdenes referentes a la cena, mientras tanto, el comediante me dio a entender con un guiño que habíamos tenido suerte. Nuestro anfitrión volvió al poco rato; trajeron una cena selecta; se presentaron dos o tres señoras, en cómodos vestidos de casa, y se trabó la conversación en tono bastante vivo.

Pero la política era el tema en que principalmente se explayaba nuestro huésped, asegurando que la libertad era a la vez su vanagloria y su terror.

Levantados los manteles, me preguntó si había leído el último *Monitor,* y como le contestara negativamente, exclamó muy sorprendido:

–¿Y *El Auditor* tampoco?

–Ni el uno ni el otro –repliqué.

–¡Es raro, muy raro! –exclamó mi interlocutor–. Pues yo leo todos los periódicos que se publican: el *Daily,* el *Public,* el *Ledger,* la *Chronicle,* el *London Evening,* el *Whitehall Evening,* los diecisiete *Magazines,* las dos *Revistas*[1], y aunque todos ellos se odian entre sí, yo quiero cariñosamente a todos. ¡Libertad, señor, libertad es el orgullo de todo británico! Y por todas mis minas de carbón de Cornualles, yo reverencio y respeto a los que la mantienen.

–Entonces –observé yo–, ¿es de presumir que usted respetará al rey?

–Sí –respondió–, cuando hace lo que queremos que haga; pero si va por el camino que ha ido últimamente, no me volveré a tomar interés en sus asuntos. No digo nada; me limito a pensar. Hay cosas que yo hubiera hecho mejor. No creo que esté rodeado de consejeros bastante numerosos; debería conocer la opinión de toda persona que estuviese dispuesta a dársela, y entonces las cosas se harían de otra manera.

–Yo creo –dije– que tales consejeros intrusos merecen la picota. El deber de los hombres honrados es acudir en socorro del punto más débil de nuestra Constitución, ese sagrado poder que va declinando de día en día y perdiendo su legítima influencia en el Estado. Pero esos ignorantes se aturden al grito de libertad, y si tienen algún peso lo echan innoblemente en el platillo que ya se inclina.

–¡Cómo! –exclamó una de las señoras–. ¿Es posible que haya seres tan viles y sórdidos que sean enemigos de la libertad y defensores de los tiranos? ¡De la libertad, don sagrado del cielo, glorioso privilegio de los ingleses!

–¿Es posible –exclamó el anfitrión– que la esclavitud aún encuentre defensores en estos tiempos? ¿Alguien que bajamente piense en renunciar a los gloriosos privilegios de los británicos? ¿Puede haber, señor, alguien tan abyecto?

–No, señor –respondí–; yo estoy por la libertad, ese atributo de los dioses. ¡Oh, gloriosa libertad! ¡Tema de moderna elocuencia! Yo quisiera que todos los hombres fuesen reyes; yo mismo quisiera ser rey. Claro es que, por naturaleza, todos tenemos iguales derechos al trono; todos somos de igual origen. Tal es mi opinión, como lo fue en otro tiempo la de un grupo de hombres

[1] Las dos revistas, por antonomasia, eran la *Monthly Review* y la *Critical Review,* en las que colaboró Goldsmith.

honrados llamados «niveladores»[2]. Pretendían éstos erigirse en comunidad, en que todos disfrutaran igual libertad. Pero, ¡ay!, jamás lo consiguieron; había entre ellos unos más fuertes y otros más astutos y sabios que los demás, y ellos se hicieron amos de todos; porque así como el mozo de cuadra maneja los caballos de usted porque es más inteligente que ellos, de igual manera un ser más hábil y fuerte que él debe inevitablemente dominarle. Luego siendo la sumisión parte del destino de la humanidad, y puesto que unos han nacido para mandar y otros para obedecer, la cuestión está en saber, ya que siempre ha de haber tiranos, si es mejor tenerlos en la misma casa con nosotros, o en la misma aldea, o más lejos, en la metrópoli. Pues bien, caballeros: yo, que detesto la cara de un tirano, cuanto más lejos esté de mí más satisfecho estoy. La generalidad de los hombres son de esta manera de pensar, y por eso han creado por unanimidad un rey, cuya elección disminuye el número de tiranos y a la vez pone la tiranía a la mayor distancia del mayor número de personas. Ahora bien; los grandes, que también fueron tiranos antes de la elección de un solo tirano, son, naturalmente, enemigos del poder levantado sobre ellos, y cuyo peso debe gravitar siempre y de la manera más violenta sobre los órdenes subordinados. Por consiguiente, los grandes están interesados en disminuir en lo posible el poder real, porque todo lo que le quiten vuelve, por ley natural, a ellos, y lo único que tienen que hacer en el Estado es minar la autoridad del tirano único para reconquistar lo que antes poseían ellos. Pero el Estado puede encontrarse en tales circunstancias, sus leyes pueden estar dispuestas de tal modo y las clases opulentas obedecer a tales tendencias, que todos conspiren en el negocio de minar los cimientos de la monarquía. Examinemos detenidamente el asunto. En primer lugar, si las circunstancias de nuestro Estado son de tal naturaleza que favorecen la acumulación de riqueza y hacen ricos al más opulento, esto aumentará su ambición. Pues bien; una acumulación de riqueza debe ser consecuencia natural de lo que ocurre ahora, puesto que entra más riqueza del comercio

---

[2] Los *levellers* eran unos partidarios de Cromwell que pretendían abolir las diferencias de clase y propiedad; de ahí su nombre de «niveladores».

exterior que la que produce el trabajo interior; pero el comercio exterior solamente puede estar con ventaja en manos de los ricos, y ellos, además de los beneficios de las transacciones con el extranjero, poseen también todos los emolumentos derivados del trabajo del país; de suerte que los ricos, entre nosotros, tienen dos fuentes de riqueza, mientras los pobres solamente tienen una. Por esta razón, ocurre que en todos los Estados comerciales se acumula la riqueza en los mismos que hasta ahora, con el tiempo, llegan a ser aristócratas. Además, las mismas leyes de este país pueden contribuir también a la acumulación de la riqueza cuando por ellas se rompen los lazos naturales que unen al pobre y al rico; por ejemplo, cuando disponen que el rico solamente pueda casarse con una rica, o cuando los sabios son reputados incapaces para servir a su país como consejeros sencillamente por ser pobres, y de este modo se constituye la riqueza en objeto de ambición del sabio; por semejantes medios y otros por el estilo, digo, se acumula la riqueza. Ahora bien; el que posee riqueza acumulada, después de satisfacer las necesidades y placeres de la vida, no tiene otro modo de emplear lo superfluo de su fortuna sino en la compra de poder político; es decir, en otras palabras, en reunir personas que dependan de él, comprando la libertad de los necesitados o los venales, hombres que por un pedazo de pan no vacilan en soportar las humillaciones de la tiranía inmediata. De esta manera, cada hombre verdaderamente opulento suele reunir a su alrededor un círculo de los más pobres del pueblo, y la política fundada en la acumulación de riquezas puede compararse con el sistema de Descartes: cada orbe con un torbellino que le es propio[3]. Pero las personas dispuestas a moverse en el torbellino de un hombre poderoso son solamente los nacidos para esclavos, la canalla del género humano, aquellas almas cuya educación está acomodada al servilismo, y únicamente conocen la libertad por el nombre. Mas también debe haber gran número de personas fuera de la esfera de influencia del hombre opulento, ese orden de hombres colocados entre el muy rico y el muy canalla; hombres

[3] Para Descartes, el cosmos se componía de toberllinos que giraban sin dejar vacío entre ellos.

que, por poseer suficiente fortuna, no quieren someterse a un vecino poderoso, pero que no tienen bastante para sentar plaza de tiranos. En este orden medio del género humano se encuentran generalmente todas las artes, la sabiduría y las virtudes de la sociedad. Este orden sólo es el verdadero campeón de la libertad y el que puede llamarse el Pueblo. Ahora bien; puede suceder que este orden medio del género humano pierda toda su influencia en un Estado, y que su voz quede como ahogada por la del populacho; pues si la fortuna que basta para dar derecho a votar en asuntos políticos fuese actualmente diez veces menor que lo que se juzgó suficiente al establecer la constitución, es evidente que gran número de individuos de la clase ínfima se habrían introducido en el sistema político, y, arrastrados por el torbellino de los grandes, irán adonde éstos quieran conducirlos. Por consiguiente, en tal Estado, todo lo que el orden medio ha cedido ha sido para salvaguardar, con la más sagrada circunspección, las prerrogativas y privilegios del único gobernante principal. Pues sirve, efectivamente, de contrapeso a las clases poderosas, e impide que los grandes opriman con peso diez veces mayor al orden medio colocado debajo de ellos. El orden medio puede compararse a una ciudad sitiada por los opulentos, y para cuya defensa el gobernador se apresura a buscar fuera el socorro. Mientras los sitiadores teman a un enemigo superior a ellos, es natural que brinden a los ciudadanos las condiciones más seductoras, los halaguen con bellas palabras y les ofrezcan excepcionales privilegios; pero una vez derrotado desde atrás el gobernador, las murallas de la ciudad de poco alivio servirán ya a sus habitantes. Lo que entonces pueden esperar, lo vemos volviendo nuestros ojos a Holanda, Génova o Venecia, donde las leyes gobiernan al pobre y el rico gobierna a la ley. Soy, pues, partidario de la monarquía, sagrada monarquía, y moriría por ella; porque si hay algo sagrado entre los hombres, debe ser el soberano ungido de su pueblo, y toda disminución de su poder, sea en paz o sea en guerra, es una infracción de las verdaderas libertades del súbdito. Las palabras *Libertad, Patriotismo* y *Britanismo* ya han hecho bastante mal, y es de esperar que los verdaderos hijos de la libertad procuren que los daños no sean mayores. En mi juventud he conocido muchos presuntos campeones de la libertad; pues bien, no recuerdo uno que no fuese un tirano en su corazón, y un tirano en su familia.

Observé que el calor de la improvisación había llevado mi arenga más allá de los límites de la buena crianza; pero mi interlocutor, que frecuentemente estuvo a punto de interrumpirme, no pudo contener su impaciencia.

–¿Cómo es eso? –exclamó–. ¿Por ventura he estado obsequiando todo este tiempo a un jesuita con ropaje de clérigo? Pero, por todas las minas de Cornualles, que se va a marchar, como me llamo Wilkinson[4].

Comprendí que me había excedido, y pedí perdón por el calor con que me había expresado.

–¡Perdón! –repitió furioso–. Tales principios requieren no un perdón, sino diez mil perdones. ¿Cómo se entiende? ¡Renunciar a nuestras libertades y a nuestros bienes, y, como dice el *Gazeteer*, rebajarnos hasta llevar zuecos! Caballero, ruego a usted que se aleje de esta casa inmediatamente para evitar peores consecuencias.

Iba a renovar mis excusas, pero en aquel preciso instante un lacayo llamó a la puerta, y las dos señoras exclamaron:

–Seguro como la muerte que ahí están nuestro señor y nuestra señora que vuelven a casa.

Parece que nuestro anfitrión era sencillamente el mayordomo, que en ausencia de su amo había querido darse aires de gran señor; y, en honor a la verdad, hablaba tan bien de política como la mayoría de los señores rurales.

Pero jamás me vi tan confundido como en el momento en que vi entrar en el comedor al verdadero dueño, acompañado de su señora; y la sorpresa de ellos, al vernos confortablemente instalados alrededor de la mesa, no fue menor que la nuestra.

–Caballeros –exclamó el verdadero amo, dirigiéndose a mi compañero y a mí–, mi esposa y yo somos sus más humildes servidores; pero les aseguro que el inesperado honor que ustedes nos han hecho es tan inexplicable, que nos abruma el agradecimiento.

---

[4] Este nombre quizá aludía a John Wilkes (1727-1797), que atacó violentamente al Gobierno en aquella época en su publicación *The North Briton*, en sentido análogo al que vemos aquí.

Por muy inesperada que hubiese sido para ellos nuestra presencia, no fue menos la suya para nosotros, y el sentimiento íntimo de mi absurda situación me dejó mudo; pero ¿a quién se creerá que vi entrar inmediatamente después en la habitación? A mi apreciada miss Arabella Wilmot, que en otro tiempo estuvo comprometida para casarse con mi Jorge, y cuyo casamiento quedó deshecho, como ya se ha relatado. En cuanto me vio, voló a mis brazos con muestras de la mayor alegría.

–Mi querido señor –exclamó–, ¿a qué feliz circunstancia debemos su inesperada visita? Estoy segura de que mis tíos se alegrarán mucho de saber que hospedan en su casa al buen doctor Primrose.

Al oír mi nombre, el viejo caballero y su señora vinieron hacia mí con la mayor cortesía, y me ofrecieron la más cordial hospitalidad. No pudieron disimular una sonrisa cuando les informé de las circunstancias de mi presente visita; pero el infortunado mayordomo, a quien desde el primer momento habían pensado despedir, fue perdonado gracias a mi intercesión.

Míster Arnold y su esposa, a quienes pertenecía la casa, insistieron en que tendrían gran placer de que permaneciese con ellos algunos días; y como su sobrina, mi encantadora discípula, cuya inteligencia se había formado en cierto modo bajo mi propia dirección, unió sus ruegos a las de sus tíos, acepté. Me destinaron para aquella noche una habitación magnífica, y al día siguiente, muy temprano, miss Wilmot me invitó a pasear por el jardín, que estaba adornado a la moderna. Después de haberme enseñado durante un buen rato las bellezas de aquel lugar, me preguntó, con aparente indiferencia, si había recibido noticias de mi hijo Jorge.

–¡Ay, señorita! –contesté–, casi tres años hace que está ausente, y ni sus amigos ni yo hemos tenido carta suya. No sé dónde está; ¡quién sabe si volveré a verlo! No, apreciable señorita, jamás volveremos a disfrutar de aquellas horas deliciosas que pasábamos hace algunos años alrededor del hogar, en Wakefield. Mi pequeña familia se está dispersando rápidamente, y la pobreza no solamente nos ha traído privaciones, sino que nos ha cubierto de infamia.

La buena muchacha no pudo retener una lágrima el oír mis lamentaciones, y al verla tan dispuesta a un exceso de ternura, creí mi deber abstenerme de entrar en pormenores de nuestros sufrimientos. No obstante, para mí fue un gran consuelo la certidumbre de que el tiempo no había alterado su afecto hacia nosotros, y que la joven había rechazado muy buenos partidos y excelentes proposiciones de casamiento desde que nos fuimos de su parte del país. Me condujo por todos los lugares de aquella extensa posesión para enseñarme las mejoras recientemente hechas, y al mismo tiempo tomando pretexto de cada objeto para preguntarme algo relativo a mi hijo. De esta manera transcurrió la mañana, hasta que sonó la campana que nos llamaba a comer. En el comedor encontramos al director de la compañía de cómicos, de que antes he hablado, que había ido a ofrecer billetes para *La bella penitente,* que se representaba aquella noche; la parte de Horacio estaba encomendada a un joven que nunca se había presentado en escena[5]. El director se mostró muy pródigo en alabanzas al nuevo comediante, asegurando que nunca había visto otro que prometiese tan bella carrera.

–El oficio de actor –dijo– no se aprende en un día, pero este joven parece que ha nacido para la escena. Su voz, su figura y sus ademanes son admirables. Lo hemos encontrado por casualidad en el camino.

Estos relatos excitaron nuestra curiosidad, y, a ruego de las señoras, me vi obligado a acompañarlas al teatro, que se había instalado en un cobertizo. Como las personas con quienes yo fui eran incontestablemente las principales del pueblo, nos recibieron con el mayor respeto y nos colocaron directamente enfrente del escenario; nos sentamos con no poca impaciencia por ver comparecer a Horario. Por fin, salió. ¡Juzguen los padres de mis impresiones por las suyas propias, cuando vi que aquel actor era mi infortunado hijo! Iba a empezar, pero al dirigir sus miradas al público, nos vio a miss Wilmot y a mí, y se detuvo inmóvil y sin habla.

---

[5] *The Fair Penitent,* de Nicholas Rowe (1674-1718): Horacio es el gran amigo del protagonista.

Los actores, que estaban entre bastidores y que atribuyeron aquel silencio a natural timidez, procuraban animarle; pero, en lugar de proseguir, rompió en llanto y se retiró del escenario.

Me sería imposible describir los sentimientos que experimenté en aquella ocasión, porque sucedieron con excesiva rapidez; mas pronto fui despertado de aquel desagradable sueño por miss Wilmot, que, pálida y con voz temblorosa, me suplicó que la condujese a casa de sus tíos. Cuando llegamos, míster Arnold quedó sumamente admirado de nuestra extraña conducta; pero informado de que el nuevo actor era mi hijo, le envió el coche y una invitación. Como mi hijo se negó obstinadamente a reaparecer en el escenario, pusieron otro en su lugar, y pronto lo tuvimos a nuestro lado. Míster Arnold le dispensó la recepción más cariñosa, y yo lo recibí con mi habitual arrebato, pues jamás he sabido simular un falso resentimiento. La conducta de miss Wilmot estaba mezclada de aparente indiferencia; sin embargo, pude advertir que representaba un papel estudiado. Pero el tumulto de su mente no parecía aún apaciguado; se le escapaban mil tonterías, indicio de secreta alegría, y después reía a carcajadas de las tonterías que había dicho. De cuando en cuando echaba una mirada furtiva al espejo, como satisfecha de su irresistible hermosura, y frecuentemente hacía preguntas, sin prestar atención alguna a las respuestas.

CAPÍTULO XX

Historia de un filósofo vagabundo que persigue la novedad y pierde la alegría

Terminada la cena, la señora Arnold ofreció cortésmente enviar dos lacayos suyos a buscar el equipaje de mi hijo, quien al principio rehusó tal favor; pero como la señora insistió en su propósito, Jorge se vio obligado a informarla de que un bastón y unas alforjas constituían toda la riqueza mobiliaria de que él podía vanagloriarse en la tierra.

–¿Es posible, hijo mío? –le interrogué–. Me dejaste pobre, y pobre te encuentro al volver; sin embargo, no dudo que habrás visto mucho mundo.

–Sí, señor –replicó mi hijo–; pero correr tras la fortuna no es el medio de alcanzarla; además, hace ya mucho tiempo que he dejado de perseguirla.

–Imagino, señor –dijo la señora Arnold–, que el relato de sus aventuras debe de ser muy divertido. La primera parte de ellas ya la conozco; se la he oído muchas veces a mi sobrina; pero si refiriese usted las restantes a los presentes, le quedaríamos muy agradecidos.

–Señora –respondió mi hijo–, el placer que usted puede disfrutar escuchando mis aventuras no será ni la mitad de la vanidad de que daré prueba refiriéndolas. Además, no puedo prometer a usted aventura alguna, puesto que mi relato se referirá más bien a lo que he visto que a lo que he hecho[1]. La primera desgracia de

[1] Las andanzas de Jorge se parecen a las del propio Goldsmith en ciertos años, según se indicó en el prólogo.

mi vida, que ustedes ya conocen, fue grande; pero, aunque me afligió profundamente, no pudo abatirme. No hay persona que se haya dado mejor maña para esperar que yo. Cuanto más quejoso estaba de los rigores de la desgracia, más esperaba la fortuna en otra parte, y como ahora estoy debajo de su rueda, una nueva vuelta me puede levantar, pero no aplastarme. Salí, pues, hacia Londres, una hermosa mañana, sin inquietarme por el día siguiente, alegre como las aves que cantaban al borde de la carretera, y consolado con la idea de que Londres era el emporio donde los talentos de toda especie son seguramente reconocidos y recompensados.

»Desde que llegué a la ciudad, señor, mi primer cuidado fue entregar la carta de recomendación que usted me dio a nuestro primo, el cual no estaba en mejores condiciones que yo. Mi primer proyecto, como usted sabe, señor, había sido hacerme ayudante en alguna academia; lo consulté con mi primo, quien acogió la idea con risa verdaderamente sardónica.

»"¡Ay! –exclamó–, ciertamente es una bonita carrera, como pintada para ti. Yo también he sido auxiliar en un colegio de pensionados[2], y, francamente, quizá muera colgado, pero más me hubiera valido ser un ayudante de carcelero de Newgate[3]. Me acostaba tarde y me levantaba temprano; el maestro me miraba siempre con ceño, su mujer me odiaba por mi fea cara, y los alumnos se burlaban de mí, y nunca se me permitía salir a la calle en busca de una cortesía. Pero, ¿estás seguro de tus aptitudes para una escuela? Permíteme que te examine un poco. ¿Posees el aprendizaje propio de este negocio?" "No." "Entonces no sirves. ¿Sabes peinar a los chicos?" "No." "Pues no sirves para la escuela. ¿Has tenido la viruela?" "No." "Pues no sirves. ¿Sabes acomodar tres en una cama?"[4] "No." "Pues es inútil que te presentes. ¿Tienes buen apetito?" "Sí." "Resueltamente, la escuela no es para ti. No, primo mío; si deseas una profesión adecuada a tu clase y có-

---

[2] *Usher,* un auxiliar para la enseñanza con tareas domésticas en la escuela, día y noche.

[3] La cárcel más tristemente famosa.

[4] Ésa era una de las tareas del «auxiliar».

moda, firma por siete años un contrato de aprendizaje para dar vueltas a la rueda de un cuchillero; pero huye de la escuela como del diablo. No obstante –continuó–, me pareces muchacho de talento e instruido, ¿qué piensas de ponerte a escribir, como yo? Sin duda, habrás leído en los libros que algunos hombres de genio se han muerto de hambre en esta industria; pero yo te mostraré cuarenta verdaderos idiotas que en esta ciudad viven en la opulencia, niños zangolotinos, asmáticos y de andares lentos, que escriben sobre historia y política, y son aplaudidos...; hombres, amigo, que si la suerte les hubiese hecho zapateros, habrían pasado toda su vida remendando zapatos, sin permitirse jamás hacerlos nuevos."

»Convencido de que el oficio de auxiliar de escuela no era propio para personas de cierta nobleza, resolví aceptar la proposición de mi primo, y mi elevado respeto a la literatura me hizo saludar con reverencia a la *antiqua mater* de *Grub Street*[5].

»Consideré como una gloria el seguir el camino en que Dryden y Otway me habían precedido. La diosa de aquel lugar me pareció madre del éxito, y si el tráfico mundano puede darnos buen entendimiento, creí yo que la pobreza que proporcionaba debía ser la nodriza del genio. Lleno de estas reflexiones, me senté y, advertido de que las mejores cosas estaban por decir por el lado malo, resolví escribir un libro que fuese enteramente nuevo. Aderecé, pues, hábilmente y con cierto ingenio, unas cuantas paradojas. Eran falsas, es verdad, pero nuevas. Las joyas verdaderas habían sido presentadas con tanta frecuencia por otros, que a mí únicamente me era dable presentar cosas espléndidas que miradas a distancia pareciesen buenas. ¡Oh potestades! ¡Dad testimonio de la quimérica importancia que me daba yo cuando escribía! No dudaba de que todo el mundo sabio se levantaría a combatir mis sistemas; pero ya estaba preparado para oponerme a todo el

[5] La calle de Londres donde malvivían no pocos de los que pretendían ganarse la vida escribiendo. El nombre de la calle era anterior a que fuera lugar de tal profesión, pero parece haber aquí una curiosa coincidencia, porque *to grub* es 'escarbar' tal como lo hace un topo, y metafóricamente, toma el sentido de 'trabajar mucho': un *grub* sería como un 'empollón'.

mundo. Hecho una bolsa, como un erizo, tenía apuntada una púa hacia cada adversario.

–Muy bien, muchacho –le dije–. ¿Y qué tema escogiste? Espero que no olvidarías la importancia de la monogamia. Pero te he interrumpido; continúa. Publicaste tus paradojas; ¿qué dijo el mundo sabio de ellas?

–Señor –replicó mi hijo–, mi mundo sabio no dijo nada de mis paradojas, ni una palabra, señor. Cada uno de ellos estaba ocupado en elogiar a sus amigos o alabarse a sí mismo y condenar a sus adversarios; y, desgraciadamente, como yo no tenía ni unos ni otros, tuve que sufrir la más cruel humillación...: la de ser menospreciado.

»Meditando un día, en un café, sobre la mala suerte de mis paradojas, un hombrecillo entró en la sala, se sentó enfrente de mí, y después de algunos preliminares, encontrándome hombre de letras, sacó del bolsillo un paquete de prospectos y me invitó a que me suscribiera a una nueva edición de Propercio, que iba a dar a la publicidad con notas[6]. A esta proposición contesté que no tenía dinero, y esta confesión le dio pie para preguntarme respecto a la naturaleza de mis esperanzas. Y viendo que éstas eran tan pobres como mi bolsillo: "Veo –exclamó– que desconoce usted enteramente la ciudad; yo se la enseñaré en parte. Mire usted estos prospectos...; con ellos he vivido cómodamente más de doce años. En el momento en que regresa un noble de sus viajes llega un criollo de Jamaica, o una viuda de su casa de campo, acudo a ellos a pedirles la suscripción. Primeramente, la adulación me sirve de asedio; después mis prospectos abren la brecha. Si se suscriben desde el primer momento, renuevo mis ruegos para que autoricen una dedicatoria, pagada de antemano. Si me permiten esto, les suplico que me autoricen para grabar su escudo de armas en la portada del libro. De este modo –continuó– exploto la vanidad y me río de ellos. Pero, dicho sea entre nosotros, ahora soy demasiado conocido, y me sería muy grato tomar a préstamo la cara de usted por algún tiempo. Cabalmente, acaba de regresar de

[6] Se empleaba el método de la suscripción previa a la edición: por ejemplo, Pope lo había hecho así con su gran traducción de Homero.

Italia un noble de distinción; su portero conoce demasiado mi cara, y si usted quiere presentarse con estos versos, le aseguro desde luego el éxito, y partiremos el botín."»

–¡Válgame Dios, Jorge! –interrumpí–. ¿Ésa es la ocupación de los poetas de hoy? ¿Rebajar sus talentos hasta el punto de mendigar? ¿Es posible que deshonren su profesión con el vil tráfico de adular por un pedazo de pan?

–No, señor –respondió mi hijo–; un verdadero poeta no se rebaja tanto, porque donde hay genio hay orgullo. Las personas que ahora describo son simplemente rimadores mendicantes. El poeta digno de este nombre arrostra todo obstáculo por la fama; pero es cobarde ante el desprecio, únicamente se rebajan a pedir protección los que son indignos de ella.

»Dotado de un alma demasiado altiva para someterme a tales indignidades, y en situación de fortuna demasiado humilde para aventurar una segunda tentativa en busca de celebridad, me vi obligado a aceptar un término medio y escribir para ganarme el pan de cada día. Pero no estaba cualificado para una profesión en que solamente la habilidad podía asegurarme el éxito. No pude despojarme de mi pasión por el aplauso; pero solía perder en vano el tiempo en esfuerzos hacia una perfección ideal, cuando debía haberlo empleado en difundir los menudos productos de una mediocridad fecunda. Mi pequeña obra se perdió entre las publicaciones periódicas, sin que nadie lo advirtiera. El público estaba ocupado en cosas de mayor importancia que la observación de la fácil sencillez de mi estilo y la armonía de mis períodos. Hoja tras hoja fueron enterrados entre los ensayos sobre la libertad, cuentos orientales y remedios contra la mordedura de un perro rabioso; mientras tanto, Filantos, Filaletos, Fileluteros y Filántropos, todos escribían mejor, porque escribían más de prisa que yo[7].

»Desde entonces empecé a asociarme con autores fracasados como yo, que se elogiaban, se quejaban y despreciaban entre sí. La satisfacción que encontrábamos en cada obra de escritores fa-

---

[7] Seudónimos imaginarios de escritores sujetos a las prisas editoriales, como el propio Goldsmith y como los de *Grub Street;* la raíz *fil-* en griego tiene sentido de 'amor' o 'amistad'.

mosos estaba en relación inversa con sus méritos. Advertí que en otro no había talento que pudiese agradarme. Mis desventuradas paradojas habían agotado enteramente la fuente de mi entusiasmo. No podía leer ni escribir con satisfacción, porque aborrecía el talento en otro, y escribir era mi industria.

»En medio de aquellas sombrías reflexiones, estando un día sentado en un banco en Saint James' Park, se me acercó un joven distinguido con quien había trabado amistad en la Universidad. Nos saludamos con cierta vacilación; el joven pareció avergonzarse de ser conocido de uno tan andrajoso, y yo temí alguna repulsa humillante. Mas pronto se desvanecieron mis sospechas; porque Ned Thornhill era en el fondo un buen muchacho.

–¿Qué dices, Jorge? –interrumpí–. ¡Thornhill!... ¿No era éste su nombre? Seguramente no puede ser otro sino mi *landlord.*

–¡Dios mío! –exclamó la señora Arnold–. ¿Tan cerca de usted vive míster Thornhill? Hace mucho tiempo que es amigo de nuestra familia, y por cierto que pronto esperamos su visita.

–Mi amigo –continuó diciendo mi hijo– se encargó primero de cambiar mi aspecto exterior ofreciéndome un traje de los suyos propios, y después fui admitido a su mesa, mitad en calidad de amigo y mitad como subordinado. Mi empleo consistía en seguirle cuando iba a las subastas, alegrarlo cuando se sentaba para que le hicieran un retrato, tomar la izquierda en su carruaje cuando no estaba ocupado por otro, y acompañarle en sus visitas a burdeles, cuando quería correrse una juerga. Además de esto, yo tenía otros veinte menudos empleos en la familia. Tenía que hacer ciertas cosas sin previo requerimiento: descorchar las botellas; ser padrino de todos los hijos del mayordomo; cantar cuando me lo ordenaran; estar siempre de buen humor; ser siempre humilde, y, si podía, ser muy feliz.

»En esta honrosa colocación, sin embargo, no me faltaba un rival. Un capitán de marina, que la naturaleza parecía haber formado para tal oficio, me disputaba el afecto del amo. Su madre había sido lavandera de un hombre de calidad, y por ella el capitán había adquirido aptitudes de alcahuete y adulador de los grandes. Habiendo dedicado toda su vida a estudiar la manera de ser admitido entre Lores, si bien muchos de ellos lo despidieron por su estupidez, aún encontraba algunos, tan lerdos como él, que toleraban sus oficiosidades. La adulación era su oficio, y la practicaba con toda la desenvoltura imaginable; en cambio, yo era demasiado torpe en tales menesteres, y como el afán de adulación crecía de día en día en mi amo y sus defectos me repugnaban cada vez más, mis alabanzas iban disminuyendo a ojos vistas y de hora en hora me encontraba menos dispuesto a prodigarle elogios. Ya me creía a punto de tener que ceder el campo al capitán, cuando mi amigo necesitó mi asistencia para un asunto grave. Se trataba nada menos que de batirme en duelo por él, con un caballero cuya hermana se suponía que había sufrido ciertos malos procedimientos de mi amo.

»Condescendí fácilmente a su petición, y a pesar de que veo que mi conducta disgusta a ustedes, no pude negarme, como deuda inevitable a su amistad. Tomé, pues, el asunto por mi cuenta, desarmé a mi adversario, y poco después tuve el placer de saber que la señorita era sencillamente una cortesana y el amigo de ella un rufián y estafador. Ese servicio me fue pagado con las más calurosas protestas de gratitud; pero como mi amigo tuvo que salir de la capital a los pocos días, no encontró mejor manera de servirme que recomendándome a su tío, sir William Thornhill, y a otro noble de gran distinción que ocupaba un puesto en el Gobierno. Cuando mi amigo se marchó, mi primer cuidado fue llevar la carta de recomendación a su tío, hombre cuya virtud era universalmente reconocida y con justicia. Fui recibido por la servidumbre con las sonrisas más hospitalarias, lo que era de buen augurio, porque los ademanes de los criados siempre transmiten la benevolencia del amo. Introducido en un gran salón, adonde pronto fue a buscarme sir William, le entregué la carta, que leyó, y después de algunos minutos de silencio, me dijo: "¿Qué ha hecho usted por mi pariente para merecer una recomendación tan calurosa? Por más que supongo, caballero, es decir, adivino sus méritos... Usted se ha batido por él... y espera usted que yo le recompense por haber sido instrumento de sus vicios. Deseo, caballero, y lo deseo sinceramente, que mi presente negativa sirva de castigo a su falta; más aún, que ella le conduzca al arrepentimiento." Soporté pacientemente la severidad de aquella reprimenda, porque comprendí que era justa. Mi única esperanza estaba ya en la carta al otro personaje. Como las puertas de la nobleza están casi siempre sitiadas de pedigüeños, todos dispuestos a introducir alguna astuta petición, consideré que no era empresa fácil llegar hasta el que yo buscaba. No obstante, después de sobornar a los criados con la mitad de mi fortuna en este mundo, fui al fin introducido en un espacioso salón, desde donde mi carta pasó a ser previamente examinada por el aristócrata. Durante aquel ansioso intervalo, tuve tiempo de examinar lo que me rodeaba. Todo era allí grandioso y dispuesto con gusto: cuadros, muebles y adornos me petrificaron de respeto, porque ensalzaban en mi mente al propietario. "¡Ah! –pensaba yo–, ¡qué grande debe ser el poseedor de todas estas cosas, que lleva en su cabeza los negocios del Estado y cuya casa ostenta la mitad de la riqueza de un reino! ¡Seguramente su genio debe ser insondable!" Estando en esta reflexiones, oí pasos que avanzaban pesadamente. "¡Ah! –exclamé–, ¡éste es sin duda, el grande hombre!" Pero no, era una camarera. Otros pasos se oyeron poco después. "¡Éste debe de ser él!" Tampoco: era un lacayo del aristócrata. Por fin apareció su excelencia. "¿Es usted –me preguntó– quien ha traído esta carta?" Respondí con una reverencia. "Por ella –continuó– veo que..." Pero cabalmente en aquel instante un criado le entregó una tarjeta, y, sin acabar la frase, salió de la habitación y me dejó digerir mi propia felicidad con sosiego. No volví a saber más de él hasta que un criado me dijo que su excelencia iba a tomar el coche, que le esperaba a la puerta. Bajé inmediatamente, y uní mi voz a la de otros tres o cuatro, que fueron, como yo, a pedir favores. Pero su excelencia iba demasiado de prisa y no podía atendernos; ya tenía el pie en el estribo del carruaje cuando le pregunté gritando si podía esperar respuesta. Para entonces, ya había entrado en el coche y murmuró una contestación, de la que solamente oí la mitad; la otra mitad se perdió entre el ruido de las ruedas al ponerse en movimiento. Estuve algunos instantes con el cuello extendido y en la postura del que escucha para captar los sonidos gloriosos, hasta que, mirando alrededor de mí, me encontré solo delante de la puerta del magnate.

»Mi paciencia –continuó diciendo mi hijo– se había agotado ya. Atormentado por las mil indignidades que hube de soportar, perdí toda confianza en mí mismo, y solamente esperaba un abismo que me tragara. Me consideraba como una de aquellas criaturas destinadas por la naturaleza a ser arrojada a su cuarto de trastos viejos y perecer allí en la oscuridad. Sin embargo, aún tenía media guinea, de la que ni la naturaleza misma podría despojarme, según yo creía, y para asegurarme de ello resolví gastarla inmediatamente y confiar en el acaso para lo sucesivo. Dispuesto a ejecutar esta resolución, me pareció que la oficina de míster Cripse me brindaría amable recepción. En aquellas oficinas, míster Cripse ofrecía a todos los súbditos de S. M. británica la generosa promesa de treinta libras esterlinas al año; a cambio de esto, únicamente exigía el sacrificio de la libertad por toda la vida y permiso para trasladarlos a América como esclavos. Dichoso de encontrar un sitio en que podía perder mis temores, entré en aquella celda (que eso parecía) con la devoción de un monje. Allí encontré numerosas personas, todas ellas en circunstancias semejantes a las mías, esperando la llegada de míster Cripse y ofreciendo un verdadero compendio de la impaciencia inglesa. Aquellas desventuradas almas, desvanecidas con la fortuna, descargaban la cólera concentrada en sus corazones; pero al fin llegó míster Cripse, y todas las murmuraciones cesaron. Se dignó mirarme con aire de peculiar aprobación, y verdaderamente aquél era el primer hombre que desde un mes atrás me había acogido con una sonrisa. Después de algunas preguntas, se convenció de que yo era hombre dispuesto para toda clase de oficios. Pareció reflexionar sobre los medios más propios para mí, y dándose un golpe en la frente, como si los hubiera encontrado, me aseguró que en aquellos momentos el sínodo de Pensilvania estaba organizando una embajada para los indios chickasaws, y que se ocuparía con interés a fin de que me nombraran secretario. Mi corazón me decía que aquel hombre mentía, y, no obstante, había tal magnificencia en sus palabras que aquella promesa me halagó sobremanera. Dividí equitativamente mi media guinea, una mitad de la cual fue a añadirse a las treinta mil libras esterlinas que aquel hombre poseía, y con la otra mitad resolví ir a la taberna más próxima para ser allí, por un momento, más feliz que él.

»Al salir de aquella casa me encontré en la puerta al capitán de un barco mercante, a quien había tratado un poco en otro tiempo, y le invité a que me acompañase a tomar un ponche. Aceptó de buen grado, y, como nunca traté de hacer misterio de mis circunstancias, le referí mi situación, y él me aseguró que mi ruina sería segura si fiaba en las promesas de aquel embaucador, porque su único propósito era venderme a algún plantador. "Pero –continuó el marinero– creo que con un viaje mucho más corto puede usted encontrar un medio más decoroso de ganarse la vida. Siga usted mi consejo. Mi barco sale mañana para Amsterdam, ¿quién le impide tomar pasaje en él? Desde el momento en que desembarque, todo lo que tendrá usted que hacer es enseñar el inglés a los holandeses; le garantizo que tendrá muchos discípulos y bastante dinero. Supongo que usted entiende bien el inglés", añadió. Le di todas las seguridades posibles acerca de esto, pero también le expuse mis dudas respecto a que los holandeses quisieran aprenderlo. Me afirmó, bajo juramento, que sentían por el inglés verdadera pasión, y fiado en esta afirmación, acepté su consejo, y al día siguiente me embarqué para ir a enseñar el inglés en Holanda. El viento fue favorable; el viaje, corto; y después de haber pagado mi pasaje con la mitad de mis bienes muebles, me encontré como un extranjero caído del cielo en una calle de las principales de Amsterdam. En aquella situación no podía dejar pasar un momento sin poner mano a la obra. Así, pues, me dirigí a dos o tres transeúntes de aquellos cuyo aspecto me pareció que prometía buen resultado; pero me fue imposible entenderme con ellos. Hasta aquel instante no se me había ocurrido que para enseñar inglés a los holandeses era necesario que primero me enseñaran ellos el holandés. Es admirable que esta objeción no hubiera brotado antes en mi mente; pero la cosa ya no tenía remedio.

»El fracaso de este proyecto me sugirió la idea de volver a embarcarme para Inglaterra; pero habiendo entrado en conversación con un estudiante irlandés que volvía de Lovaina, y como la plática recayera sobre asuntos de literatura (diré de paso que cuando trataba este tema olvidaba siempre mis miserias), supe por él que en toda la Universidad ni siquiera había dos hombres que entendiesen el griego. Esto me admiró, y resolví inmediatamente ir a Lovaina y vivir allí enseñando el griego. Mi nuevo amigo me alentó a ello, insinuando que quizá había dado con el medio de hacer fortuna.

»A la mañana siguiente me puse atrevidamente en camino. Cada día se aligeraba el peso de mis efectos, lo mismo que le ocurrió a Esopo con sus cestas de pan, pues con ellos pagaba aún en las posadas holandesas. Ya en Lovaina, decidí no mendigar la protección de los profesores de segunda fila, sino ofrecer francamente mis conocimientos al principal. Fui a su casa, me recibió, y le ofrecí mis servicios como maestro de lengua griega, puesto que había oído decir que era el desiderátum de aquella Universidad. Pareció dudar al principio de mis aptitudes; pero le prometí convencerle traduciendo al latín el pasaje que él designara de cualquier autor griego. Persuadido de la seriedad de mi propósito, me habló de esta manera: "Joven, aquí me tiene usted, que jamás he aprendido griego ni nunca me ha hecho falta. Sin griego he obtenido el gorro y la toga de doctor; sin griego gano diez mil florines al año; sin griego, como a más no poder. En una palabra –prosiguió–, como no conozco el griego, dudo que pueda tener algo bueno."

»Estaba entonces demasiado lejos de mi patria para pensar en volver a ella; así, pues, resolví seguir adelante. Tenía algún conocimiento de música y una voz aceptable, y la suerte quiso que lo que aprendí por diversión se transformase en medio de subsistencia. Encontré albergue primero entre los inofensivos aldeanos de Flandes y después entre los franceses, que por ser bastante pobres les gustaba divertirse, pues observé que su alegría estaba siempre en relación con sus necesidades. Siempre que, a la caída de la tarde, me acercaba a alguna casa, cantaba una canción de las más alegres de mi repertorio, y esto me procuraba, no sólo alojamiento para aquella noche, sino la comida del día siguiente. Una o dos veces me aventuré a cantar para personas de tono; pero siempre encontraron detestable mi ejecución y nunca me recompensaron ni siquiera con una fruslería. Esto me pareció sumamente extraordinario, porque, cuando en mis mejores días solía cantar en la buena sociedad, puesto que el canto era mi mayor diversión, mi música no dejaba de entusiasmar, especialmente a las señoras; pero como ahora la música era mi único recurso, la recibían con desprecio...: prueba evidente de cómo el mundo desestima los talentos que un hombre utiliza para mantenerse.

»De esta manera continué el viaje a París, con el único objeto de mirar alrededor y después seguir adelante. Los parisienses quieren a los extranjeros que tienen dinero más que a los que tienen ingenio. Y como yo no podía presumir mucho ni de lo uno ni de lo otro, no me vi muy lisonjeado. Después de recorrer la ciudad durante cuatro o cinco días, contemplando las fachadas de las mejores casas, ya estaba dispuesto a dejar aquel retiro de venal hospitalidad, cuando al pasar por una calle principal, ¿a quién cree usted que encontré, padre? A nuestro primo, a quien usted me había recomendado. Tal encuentro me fue muy grato, y creo que a él no le disgustó. Me preguntó por el objeto de mi estancia en París y me informó de lo que él hacía allí, que era coleccionar cuadros, medallas, *intagli,* y antigüedades de todo género, para un caballero de Londres recientemente investido de rica herencia y de gusto repentino por las obras de arte. Me sorprendió ver a nuestro primo metido en tal oficio, pues, según él mismo me había asegurado frecuentemente, no entendía nada de aquellas cosas. Al preguntarle cómo había adquirido la erudición indispensable al *conoscente,* me respondió que no había en el mundo cosa más sencilla. Todo el secreto consistía en seguir estrictamente dos reglas: la una, observar siempre que tal o cual cuadro habría sido mejor si el pintor hubiese tenido más cuidado; y la otra, elogiar las obras de Pietro Perugino[8]. "Pero –añadió–, así como en otra ocasión te enseñé la manera de ser autor en Londres, ahora te instruiré en el arte de adquirir cuadros en París."

»Acogí con entusiasmo esta proposición, puesto que ella había de procurarme un medio de existencia, y toda mi ambición era vivir. Por consiguiente, fui a su alojamiento, arreglé un poco mi ropa con su ayuda, y al cabo de algún tiempo le acompañé a las subastas de cuadros, donde se esperaba que los compradores

---

[8] El maestro de Rafael empezaba a ser conocido, siendo objeto de una verdadera moda.

fueran nobles ingleses. No me sorprendió poco ver a mi primo en íntima confianza con personas de gran tono, que apelaban a él sobre cada cuadro o medalla, como árbitro infalible. En aquellas ocasiones sabía recurrir muy bien a mi asistencia, y cuando le pedían su opinión, me llevaba gravemente aparte, como para solicitar la mía, nos encogíamos de hombros, nos dábamos aires de sabios, volvíamos y él manifestaba a los presentes que no podía opinar en asuntos de tanta importancia. Pero a veces era necesario mostrar mayor seguridad y aplomo. Recuerdo que un día, después de manifestar que el colorido de un cuadro no era bastante suave, cogió deliberadamente un pincel cargado de barniz pardo, que por casualidad estaba a su alcance, y después de haberlo paseado con gran calma por todo el lienzo, preguntó a los presentes si no había ganado en matices[9].

»Acabada su comisión en París, me dejó muy recomendado a varios personajes distinguidos como persona propia para mentor de un joven en viaje, y poco tiempo después me dio un empleo de esta clase un caballero que había llevado a su pupilo a París, con objeto de encaminarlo en su excursión por Europa. Yo debía ser el tutor de aquel joven *gentleman;* pero con la condición expresa de que él tenía derecho a gobernarse por sí mismo. Mi pupilo, en efecto, entendía mejor que yo el arte de manejar dinero. Había heredado una fortuna de más de doscientas mil libras esterlinas, dejada por un tío muerto en las Indias Occidentales, y su tutor, para ponerlo en condiciones de administrarla mejor, lo colocó de aprendiz en el despacho de un procurador. La avaricia era, pues, su pasión dominante; en camino, todas sus preguntas se referían a saber cuánto dinero podía economizar, cuál era el modo más barato de viajar, y si podía comprar algo con la esperanza de revenderlo en Londres ganando mucho. No dejaba de ver todas las curiosidades que no costaban dinero; pero si había que pagar por verlas, solía afirmar que había oído decir que no eran dignas de una visita. Nunca pagaba una cuenta sin lamen-

---

[9] Literalmente, *tints:* gustaban los efectos de matices descoloridos, e incluso se inventaron unos cristales «Claude» para dar a los paisajes la atmósfera que se suponía que tenían los paisajes de Claudio de Lorena.

tarse de la enormidad de los gastos que requerían los viajes; ¡y todo esto dicho por un joven que apenas tenía veintiún años! Cuando llegamos a Livorno, un día que estábamos visitando el puerto y los barcos, aquel joven aprovechado preguntó el precio del pasaje por mar a Inglaterra. Le dijeron que era una bagatela en comparación con lo que costaría por tierra. Entonces no pudo resistir a la tentación y, pagándome una parte del salario convenido, se embarcó con un solo criado para Londres.

»Otra vez me encontré abandonado a los azares de este mundo; pero aquella situación no era para mí cosa nueva. Mi arte musical de nada podía servirme en un país en que cualquier campesino era mejor músico que yo; mas por aquel tiempo había adquirido otra ciencia que respondía perfectamente a mi propósito, y era la de discutir. En todas las Universidades y conventos del extranjero se exponen, en ciertos días, algunas tesis filosóficas mantenidas contra cualquiera que llegue, y si el campeón de fuera da prueba de destreza agresiva, tiene derecho a una prima en dinero, la comida y cama por una noche. De esta manera me abrí camino para Inglaterra, yendo de ciudad en ciudad, estudiando de cerca el género humano y, si puedo expresarme así, viendo los dos lados de la imagen. No obstante, mis observaciones se resumen en pocas palabras: encontré que la monarquía era el mejor gobierno para los pobres, y la república para los ricos. Comprobé que la riqueza era, en general, sinónimo de libertad, y que no hay hombre tan amante de la libertad que no desee que la voluntad de los otros esté sometida a la suya propia.

»Al volver a Inglaterra, resolví ofrecer mis respetos primeramente a usted, padre, y después alistarme como voluntario en la primera expedición que se diera a la vela. Pero mi resolución quedó quebrantada por el encuentro de un antiguo conocido, que formaba parte de una compañía de comediantes, e iba a empezar la campaña de verano por esta comarca. La compañía parecía bien dispuesta a admitirme; sin embargo, todos me hicieron ver las dificultades del oficio que quería emprender: que el público era un monstruo de cien cabezas, y que solamente una de primer calibre podría gustarle; que a representar no se aprendía en un día, y que sin algunos tradicionales «trucos» que se aprenden en la escena, y solamente en ella, nunca llegaría a gustar. Otra dificultad era la de encontrar un papel propio para mí, pues todos estaban distribuidos. Durante algún tiempo me llevaron de un personaje a otro, hasta que al fin me fijaron el de Horacio, que la presencia de las personas que ahora me rodean me impidió representar.

CAPÍTULO XXI

La poca duración de la amistad entre personas viciosas, que sólo dura tanto como la mutua satisfacción

Las cosas que tenía que contar mi hijo eran tantas, que no podían ser referidas de un tirón; aquella noche empezó la primera parte, y estaba concluyendo el resto al día siguiente, después de comer, cuando la aparición del carruaje de míster Thornhill ante la puerta de la casa hubo de imponer una pausa a la satisfacción que todos experimentábamos. El mayordomo, que se había hecho amigo mío, me informó de que el *squire* ya había hecho algunas proposiciones a miss Wilmot, y que sus tíos parecían aprobar el casamiento. Al entrar míster Thornhill y ver allí a mi hijo y a mí, hizo ademán de querer retirarse; pero yo lo atribuí a sorpresa, y no a que nuestra presencia le contrariase, porque cuando nos acercamos a él para saludarle correspondió a nuestra cortesía con la mayor franqueza, por lo menos en apariencia, y a los pocos momentos su compañía sirvió para aumentar el buen humor de todos.

Después del té me llamó aparte para informarse de mi hija; y al decirle que mis pesquisas habían resultado infructuosas, pareció muy sorprendido, añadiendo que desde aquel día había ido frecuentemente a mi casa con el objeto de consolar al resto de mi familia, a la que la última vez dejó perfectamente bien. Entonces me preguntó si había comunicado nuestra desgracia a miss Wilmot y a mi hijo, y al contestarle que aún no les había dicho nada, aprobó calurosamente mi prudente precaución, invitándome a que procurase guardar en secreto aquel triste suceso. «Porque

–añadió–, ¿a qué divulgar su propia infamia? Y tal vez miss Livy no es tan culpable como la imaginamos.» En esto fuimos interrumpidos por un criado que iba a rogar al *squire* que tomara parte en las contradanzas, de manera que me dejó enteramente complacido del interés que parecía tomar en mis asuntos. Por otra parte, sus asiduidades a miss Wilmot eran demasiado evidentes para ser malentendidas, pero no eran recibidas por ésta con agrado, y si ella las toleraba, era sin duda más por consideración a la voluntad de su tía que por verdadera inclinación. Incluso, tuve la satisfacción de ver que prodigaba a mi pobre hijo miradas cariñosas, que el otro, con todas sus riquezas y su asiduidad, no podía obtener. No obstante, la tranquilidad aparente de míster Thornhill me sorprendió no poco. Obedeciendo a los apremiantes requerimientos de míster Arnold, permanecimos en su casa más de una semana, y miss Wilmot se mostraba cada día más aficionada a mi hijo y la amistad de míster Thornhill para con él parecía aumentar en la misma proporción.

Nos prometió formalmente poner todo su valer al servicio de nuestra familia, y, en efecto, su generosidad no quedó limitada a simples promesas. La mañana que designé para marcharnos, míster Thornhill se me acercó con serias muestras de placer para informarme de un paso que había dado en favor de su amigo Jorge. Era nada menos que haberle procurado una comisión de abanderado en un regimiento que iba a salir para las Indias Occidentales, por la cual el *squire* había prometido un centenar de libras esterlinas, y los otros dos tercios del importe se los habían rebajado a causa de su influencia[1].

–Por un servicio tan nimio –continuó diciendo el joven *gentleman*– no deseo más recompensa que el placer de haber servido a un amigo. Y respecto a las cien libras que hay que pagar, si usted no se encuentra en condiciones de hacerlo, yo las adelantaré, y me las devolverá cuando pueda.

Me faltaban palabras para expresar mi gratitud por favor tan singular; firmé inmediatamente un pagaré por el dinero, y le testimonié tanto reconocimiento como si nunca pensara pagarlas.

---

[1] Los grados y cargos militares se obtenían, en muchos casos, pagando, *by purchase*.

Jorge debía salir para la ciudad al día siguiente, a fin de asegurar su comisión, conforme a las instrucciones de su generoso protector, quien juzgaba altamente necesaria la diligencia, por si algún otro se adelantaba con proposiciones más ventajosas. Así, pues, a la mañana siguiente, nuestro joven soldado ya estaba preparado para la marcha, y entre todos nosotros parecía el único a quien no afectó aquella repentina determinación. Ni los peligros ni las fatigas que iba a arrostrar, ni los amigos y la enamorada (pues miss Wilmot estaba realmente prendada de él) que dejaba detrás fueron bastante para abatir su espíritu. Después que se hubo despedido de todos los presentes, le di cuanto podía darle: mi bendición.

–Y ahora, hijo mío –exclamé–, vas a combatir por tu patria; recuerda cómo tu valiente abuelo luchó por su augusto rey, cuando la lealtad entre los ingleses era una virtud. Vete, hijo mío, e imítale en todo, pero no en sus infortunios, si es que infortunio puede llamarse a morir con lord Falkland[2]. Vete, muchacho, y si mueres en apartadas tierras, lejos de los que te aman, ten presente que las más preciosas lágrimas son aquellas con las que el cielo rocía la cabeza insepulta de un soldado.

A la mañana siguiente me despedí de aquella excelente familia que me había retenido tanto tiempo, no sin reiterar varias veces a míster Thornhill mi gratitud por sus últimas bondades. Dejé a todos en el goce de la dicha que dan las riquezas y los buenos principios, y emprendí el camino de mi casa, sin la esperanza de volver a ver a mi hija; pero enviando un suspiro al cielo para que la protegiera y perdonara.

Estaba ya a unas veinte millas de mi casa, en un caballo que había alquilado, porque aún me sentía débil, y procuraba animarme con la seguridad de ver de pronto a los que más amaba en el mundo. Pero me sorprendió la noche y tuve que detenerme en una venta situada al borde de la carretera, y supliqué al ventero que me acompañara a consumir una pinta de vino. Nos sentamos al amor de la lumbre en la cocina, que era la mejor habitación de

---

[2] Murió en la batalla de Newbury en 1643; por tanto, más que «abuelo» sería «antepasado».

la casa, y charlábamos de política y de los sucesos de la localidad. Entre otras cosas, hablamos del joven *squire* Thornhill, quien, según me aseguró el hostelero, era tan odiado como era querido su tío sir William, que algunas veces iba por aquellas tierras. Añadió que todo su afán estaba en engañar alevosamente a las hijas de las personas que le recibían en sus casas, y después de poseerlas dos o tres semanas, las abandonaba sin consideración alguna a las asechanzas del mundo. Tal era nuestra conversación, cuando entró en la cocina la mujer del posadero, que había salido a cambiar dinero, y al ver que su marido estaba disfrutando de un placer en el que ella no tomaba parte, le preguntó en tono agrio qué hacía allí, a lo que él como sola respuesta hizo un gesto irónico, echando un trago a la salud de ella.

–Señor Simmonds –exclamó la mujer–: me tratas muy mal, y no quiero tolerarlo más tiempo. Tres partes de los quehaceres pesan sobre mí, y la cuarta siempre queda sin concluir, porque te pasas el día bebiendo con los huéspedes. En cambio, si yo necesitara una cucharada de licor para curarme la fiebre, no conseguiría probar una gota.

Comprendí adónde iba a parar aquel sermón, e inmediatamente le ofrecí un vaso lleno, que ella trasegó a mi salud con una reverencia.

–Señor –dijo–, no me quejo precisamente por el valor del vino, pero me desespera el ver que la casa se va al traste. Cuando se trata de importunar a algún parroquiano o huésped para que pague, todo el peso cae sobre mí; éste –siguió diciendo, señalando a su marido– sería capaz de tragarse este vaso vacío antes de dar un paso detrás de ellos. Sin ir más lejos, ahora mismo tenemos arriba una joven que ha venido a albergarse aquí, y su excesiva cortesía me hace sospechar que no tiene dinero; tarda demasiado en pagar, y yo quisiera recordárselo.

–¿Qué es eso de recordárselo? –preguntó el ventero–. Los que tardan en pagar son los más seguros.

–No lo entiendo así –replicó la mujer–; lo cierto es que hace quince días que está en la casa, y aún no hemos visto la cruz de sus monedas.

–Supongo –advirtió el hombre– que querrá pagar todo de una vez.

–¡De una vez! –exclamó la otra–. Pues yo creo que ni de una ni de ninguna, y he resuelto asegurarme de ello esta misma noche, y si no me paga la pongo en la calle.

–Considera, amiga mía –dijo el marido–, que es una noble que merece el mayor respeto.

–Me tiene sin cuidado –replicó la ventera–; noble o plebeya, de aquí saldrá si no paga con creces.

Y diciendo esto, subió una estrecha escalera que ponía en comunicación la cocina con una habitación inmediatamente encima de ella, y por el alboroto de su voz y la actitud de sus reproches advertí pronto que no tenía que esperar dinero de sus huéspedes. Sus reconvenciones llegaron claramente a mis oídos.

–¡Largo de aquí! –decía–. Recoge tus trapos y márchate, infame ramera, o te hago una señal que te marcará en tres meses. Vil comedianta. ¡Atreverse a venir a una casa honrada, y sin una moneda para pagar! ¡Ea, a la calle!

–¡Señora! –suplicaba la desconocida–. ¡Tenga compasión de mí!... ¡Apiádese de una criatura abandonada!... ¡Una sola noche, y la muerte hará pronto lo demás!

Inmediatamente conocí la voz de mi pobre hija Olivia, y corrí a socorrerla. En aquel momento la mujer empezaba a arrastrarla, tirándole de los cabellos, y apreté entre mis brazos a la infeliz abandonada.

–¡Bien venida, sí, bien venida, mi amada hija perdida, mi tesoro, al seno de tu pobre anciano padre! Si el vicioso te abandona, en el mundo hay uno que nunca te abandonará; aunque hayas cometido diez mil crímenes, él los olvidará todos.

–¡Oh, padre mío! –durante unos instantes no pudo decir más–. ¡Amadísimo padre! ¡Los ángeles no serían más bondadosos que usted! ¿Cómo he merecido tanta indulgencia? Odio a aquel villano, como me odio a mí misma, por haber pagado de tal modo tanta bondad. Pero usted no puede perdonarme; comprendo que no puede ser.

–Sí, hija mía; te perdono de todo corazón; arrepiéntete de veras, y los dos podremos aún ser felices. Todavía nos esperan días placenteros, Olivia mía.

–Nunca, señor, nunca. El resto de mi existencia miserable

será únicamente infamia fuera de casa y vergüenza en ella. Pero, ¡ay!, padre, está usted más pálido que de ordinario. ¿Es posible que un ser tan despreciable como yo haya causado a usted tanta pesadumbre? Usted es bastante discreto para comprender que no es responsable de mi falta.

–Nuestro buen juicio, joven... –empecé a decir.

–¿Por qué me llama usted con un nombre tan frío, papá? –exclamó–. Ésta es la primera vez que me trata usted con tanta frialdad.

–Perdóname, querida mía; iba a decirte que el buen juicio opone sólo una lenta defensa a la desgracia, pero al fin triunfa.

La hostelera volvió en aquel instante para decirnos si queríamos una habitación más conveniente; asentí a ello, y nos pasó a un cuarto donde pudimos explicarnos con más libertad. Después que nuestra larga conversación nos hubo dado cierta tranquilidad, no pude contener el deseo de tener algunos informes sobre los grados que habían llevado a mi hija a aquella deplorable situación.

–Aquel miserable –me dijo ella– me hizo desde el primer día honrosas, aunque secretas proposiciones.

–¡Bellaco! –exclamé–. Y, sin embargo, me sorprendió en sumo grado que una persona de tanto talento y dignidad como parecía tener míster Burchell se hiciese culpable de tan deliberada bajeza y se introdujese así en una familia para deshonrarla.

–Mi querido padre –respondió mi hija–, es usted víctima de un extraño error. Míster Burchell nunca intentó engañarme; al contrario, jamás dejó de prevenirme contra los artificios de míster Thornhill, quien, ahora lo comprendo, es incluso peor de lo que aquél me lo representaba.

–¡Míster Thornhill! –exclamé, sorprendido–. ¿Es posible?

–Sí, señor –afirmó mi hija–; míster Thornhill es mi seductor, con ayuda de aquellas dos *ladies,* como él las llamaba; pero que, en realidad, eran dos perdidas, mal educadas y groseras, venidas de la capital para seducirnos y llevarnos a Londres a mi hermana y a mí. Recuerde usted que su odiosa estratagema estuvo a punto de verse coronada por el éxito, de no ser por la carta de míster Burchell, que contenía aquellos reproches para ellos y que usted creyó que venían dirigidos a nosotros. Para mí todavía es un misterio cómo él llegó a tener tanta influencia como para desbaratar todos los planes de aquellos infames; pero estoy convencida de que míster Burchell siempre ha sido nuestro amigo más caluroso y más sincero.

–Me llenas de confusión, amada mía –respondí–. Ahora veo que mis primeras sospechas de la perfidia de míster Thornhill estaban bien fundadas. Pero puede triunfar con toda seguridad, porque es rico y nosotros somos pobres... Dime, pobre criatura: grandes han debido ser las tentaciones cuando lograron borrar en ti todas las impresiones de una educación y un carácter tan virtuoso como el tuyo.

–Sí, señor –replicó mi hija–; su triunfo obedece enteramente al deseo que yo tenía de hacerle feliz a él y no a mí misma. Ya sabía yo que la ceremonia de nuestro casamiento, que se cumplió privadamente ante un sacerdote papista, no era legal, y que solamente podía confiar en el honor de míster Thornhill...

–¿Cómo? –interrumpí–. ¿Fuisteis realmente casados por un sacerdote ordenado?

–Sí, padre mío –respondió mi hija–; pero los dos juramos no revelar jamás el nombre de aquel eclesiástico.

–Pues entonces, hija mía, ven a mis brazos, que te reciben con satisfacción diez mil veces mayor que antes, porque eres su legítima esposa a todos los efectos y propósitos. No hay ley humana, aunque estuviese grabada en tablas de diamante, que pueda prevalecer contra la fuerza de ese lazo sagrado.

–¡Ay, papá! –suspiró ella–; conoce usted poco las villanías de ese hombre. Ya ha sido casado, por ese mismo sacerdote, con ocho o diez mujeres más, a las que ha engañado y abandonado como a mí.

–¿Es verdad? –interrogué asombrado–. Pues bien, debemos ahorcar a ese sacerdote; mañana harás una denuncia contra él.

–Pero, señor –preguntó mi hija a su vez–, ¿podrá hacerse eso habiendo jurado el secreto?

–Amada mía, si has hecho tal promesa, no puedo ni quiero inducirte a que la quebrantes. Aunque esto sería un servicio en beneficio público, no debes presentar queja contra él. En toda institución puramente humana, el mal pequeño es permitido si ha de procurar un bien mayor; como en el orden político puede cederse una provincia para asegurar un reino, y en medicina puede amputarse un miembro para salvar un cuerpo; pero en religión, la ley está escrita y es inflexible: «jamás» debe hacerse el mal. Y esta ley, hija mía, es justa, porque de otro modo, si cometemos un mal pequeño para procurar un bien mayor, la espera de ventajas que de aquél podrían hipotéticamente resultar, justificaría la comisión de actos culpables por sí mismos. Y aun admitiendo que la ventaja prometida viniera a continuación, el tiempo que media entre la comisión del hecho que nos hace reos de un delito y el resultado apetecido puede ser precisamente aquel en que seamos llamados a rendir cuenta de lo que hemos hecho en este mundo, y el libro de las acciones humanas queda cerrado para siempre... Pero te he interrumpido, amada mía; prosigue.

–A la mañana siguiente –continuó diciendo aquella desventurada– me di cuenta de lo que podía esperar de la sinceridad de él. Aquella misma mañana me presentó a otras dos infelices mujeres a quienes había seducido como a mí; pero que vivían contentas en prostitución. Le amaba tanto, que no pude soportar tales rivales en su afecto, y me esforcé por olvidar mi infamia en el torbellino de los placeres. Con tal propósito fui a bailes, usé bellos trajes; charlé; pero no encontré en ello la felicidad. Los hombres que me visitaban no cesaban de ensalzar el poder de mis encantos, y esto contribuía a aumentar mi melancolía, puesto que ya había abdicado de ese poder. Así, pues, yo más triste cada día, y él más insolente, llegó un momento en que el monstruo tuvo la avilantez de ofrecerme a un joven *baronet* amigo suyo. No es necesario describir, señor, el tormento que me causó su ingratitud. Mi contestación a tal despropósito fue casi insensatez. Me decidí a marcharme inmediatamente. En el instante en que me alejaba, me ofreció una bolsa, que le arrojé a la cara con indignación, y mi rabia fue tanta, que por un momento olvidé las miserias de mi situación. Mas pronto miré alrededor de mí, y me vi, ¡pobre, vil y abyecta criatura!, sin un amigo a quien recurrir en el mundo. En aquel momento acertó a pasar por mi lado una diligencia, en la que tomé asiento sin más objeto que alejarme en lo posible de un miserable a quien aborrecía y despreciaba. Me dejaron en esta venta, donde mis inquietudes y la aspereza de esta mujer han sido mis únicas compañeras. Aquellas horas de placer pasadas con mi madre y mi hermana son ahora para mí penoso recuerdo. Sus penas son muchas, pero las mías son mayores, porque están mezcladas con el crimen y la infamia.

–Ten paciencia, hija mía –le dije para consolarla–; espero que las cosas irán mejor. Procura descansar esta noche, y mañana te llevaré a casa con tu madre y el resto de la familia, que te recibirán con el mayor cariño. Tu madre..., ¡pobre mujer!..., tu conducta le ha desgarrado el corazón; pero aún te quiere, Olivia, y olvidará todo.

CAPÍTULO XXII

Cuando se ama, en el fondo, se perdonan fácilmente las ofensas

A la mañana siguiente senté a mi hija a la grupa del caballo y proseguí mi regreso a casa. Por el camino procuré calmar sus remordimientos, apaciguar sus temores e infundirle valor para arrostrar la presencia de su madre ofendida. Aproveché toda oportunidad que me ofrecía el aspecto de la preciosa campiña que atravesábamos para hacerle notar cuánto más generoso había sido el cielo con nosotros que nosotros lo éramos con los demás, y cuán pocas eran las desgracias imputables a la Naturaleza. Le aseguré que nunca advertiría cambio alguno en mi cariño, y que durante toda mi vida, que aún podía prolongarse mucho, en mí tendría siempre un buen guardián y un instructor. La armé contra la censura del mundo; le mostré que los libros eran los mejores compañeros de los desgraciados, y que, si no poseían el don de hacernos la vida dulce, por lo menos nos enseñaban a soportar sus rigores.

El caballo alquilado que nos llevaba tenía que entregarlo aquella noche en una posada de la carretera, situada a unas cinco millas de mi casa, y como yo deseaba preparar a la familia para la recepción de mi hija, determiné dejar a ésta en la venta aquella noche y volver a buscarla, acompañado de mi hija Sofía, a la mañana siguiente, muy temprano. Ya era de noche cuando llegamos a la mencionada posada; no obstante, después de haber visto a Olivia instalada en un cuarto decente y haber ordenado a la dueña que dispusiera el refrigerio consiguiente, di un beso a mi hija y proseguí la marcha.

Mi corazón recobraba nuevas sensaciones de placer conforme iba acercándome a la apacible mansión. Al igual que el pájaro que ha sido espantado de su nido, mis emociones aceleraban mis ansias de llegar, y revoloteaba alrededor de mi humilde hogar con estremecimientos de esperanza. Iba recordando las mil cosas que tenía que decir y previendo la afectuosa acogida que me esperaba. Ya sentía el dulce abrazo de mi esposa, y sonreía con la alegría de los pequeños. Como caminaba despacio, la noche avanzaba de prisa. Los trabajadores se habían retirado a descansar; las luces estaban apagadas en todas las cabañas; no se oía más ruido que el canto del gallo, y a lo lejos el ladrido del perro guardián. Por fin me acerqué a mi mansión de placer, y a los pocos pasos de ella acudió a mí nuestro fiel mastín a darme la bienvenida.

Era cerca de medianoche cuando llamé a la puerta; todo estaba tranquilo y silencioso; mi corazón se dilataba lleno de indecible felicidad, cuando, con la mayor consternación, vi la casa envuelta repentinamente en llamas y todas las aberturas inflamadas de resplandores rojizos. Lancé un grito convulsivo y caí al suelo, desvanecido. Aquel grito despertó a mi hijo de su profundo sueño, y al ver las llamas, en el acto despertó a mi mujer y a mi hija; y los tres, locos de terror, salieron corriendo, medio desnudos, de la casa. Sus clamores desesperados me volvieron a la vida; pero solamente para soportar nuevos terrores, porque las llamas acababan de invadir en aquel momento el techo, que empezó a hundirse por partes, mientras la familia, víctima de silenciosa angustia, contemplaba aquellos horrores como si disfrutase la llamarada. Mirando a ellos y al edificio alternativamente, hube de notar la falta de los dos pequeños. No se veían por ninguna parte.

–¡Oh, desgracia! –exclamé–. ¿Dónde están mis hijos?

–Han perecido entre las llamas –respondió mi esposa con sorprendente calma–. Y yo moriré con ellos –añadió.

En aquel momento oí los gritos de las criaturas, que el incendio acababa de despertar, y entonces nada pudo detenerme.

–¿Dónde estáis, hijos míos, dónde estáis? –exclamé, abalanzándome impetuosamente a través de las llamas y abriendo de un golpe la puerta del cuarto en que estaban confinados.

–¿Dónde están mis pequeñitos?

–Aquí, padre, aquí estamos –gritaron los dos a la vez, mientras las llamas lamían ya la cama en que estaban acostados.

Cogí a los dos en brazos y los saqué con la mayor prisa que pude a través del fuego, y cabalmente en el instante en que salí el techo se hundió con estrépito.

–Ahora –dije emocionado–, que el fuego consuma su obra y perezca cuanto poseo. Mi tesoro se ha salvado: sí, esposa mía, éstos son nuestros tesoros, y aún seremos felices.

Cubrimos de besos a nuestros hijitos, que se nos agarraron al cuello, participando de nuestros arrebatos, a la vez que su madre reía y lloraba alternativamente.

Presencié como tranquilo espectador la labor de las llamas, y al cabo de algún tiempo advertí que tenía un brazo horriblemente quemado hasta el hombro. Por consiguiente, no me fue posible prestar ayuda a mi hijo en el intento de salvar nuestros bienes ni en el de evitar que el incendio se extendiera al trigo. Por entonces ya se habían alarmado los vecinos y se apresuraron a socorrernos, si bien se vieron obligados, como nosotros, a ser espectadores pasivos del desastre.

Mis efectos, entre los cuales se encontraban los billetes que había reservado para dote de mis hijas, fueron consumidos enteramente, excepto una caja que contenía algunos papeles y que estaba en la cocina, y dos o tres objetos de escasa importancia, que mi hijo había sacado desde el principio. A pesar de todo, los vecinos contribuyeron, en cuanto les fue posible, a aligerar nuestras desgracias. Nos trajeron ropas y proveyeron de los utensilios más precisos una de las construcciones auxiliares, que el fuego había respetado; de manera que al amanecer ya teníamos nueva habitación, aunque miserable, donde recogernos. Mi honrado vecino míster Flamborough y sus hijos no fueron los menos asiduos en proveernos de todo lo necesario y ofrecernos los consuelos que su natural benevolencia pudo sugerirles.

Calmados un tanto los terrores de mi familia, empezó a aguijonearles la curiosidad respecto a la causa de mi larga ausencia. Y después de haberles dado algunos pormenores, empecé a prepararlos para la recepción de nuestra hija perdida; y si bien no teníamos más que miserias que ofrecerle, deseaba darle la bienvenida a participar de ellas. Mi tarea hubiera sido más difícil sin el reciente desastre, que había humillado el orgullo de mi esposa, y que había embotado el aguijón de sus antiguos dolores por aflicciones más punzantes. Como a causa de mi brazo, cuyo dolor se me hacía muy penoso, no me vi con fuerzas para ir yo en busca de la pobre Olivia, envié a Moisés y Sofía. Regresaron poco después, sosteniendo a la infortunada delincuente, que no se atrevía a levantar los ojos delante de su madre, a la que mis precedentes instrucciones no pudieron conducirla a una perfecta reconciliación, porque las mujeres sienten con más fuerza que los hombres los errores femeninos.

–¡Bien, señora! –exclamó su madre–. ¿Qué piensa usted hacer en un pobre sitio como éste después de haber vivido en medio de tanto lujo? Mi hija Sofía y yo difícilmente podemos ofrecer entretenimiento a una persona habituada al gran mundo. Sí, miss Livy, mi marido y yo hemos sufrido mucho; pero confío en que el cielo la perdonará a usted.

Durante esta recepción, la desventurada víctima, pálida y temblorosa, no podía ni llorar ni responder; pero yo no pude continuar siendo silencioso espectador de su desgracia. Así, pues, revistiendo mi voz y mis ademanes de la gran severidad que siempre era seguida de inmediata sumisión, hablé de esta manera.

–Te conmino, mujer, a que mis palabras te queden grabadas de una vez para siempre. Te he traído una pobre y engañada errante; su vuelta al deber exige la renovación de nuestra ternura. Los verdaderos rigores de la vida van cayendo uno tras otro sobre nosotros; no los aumentemos con disensiones. Si sabemos vivir en buena armonía, aún podemos esperar algunas alegrías, puesto que todavía somos bastantes para arrostrar la censura del mundo y apoyarnos mutuamente. El cielo prometió benevolencia al persistente; a este ejemplo debemos acomodar nuestra conducta. Hay más alegría en el cielo, nos dice la Sagrada Escritura, por un solo pecador arrepentido que por noventa y nueve personas que siempre siguieron sin desfallecer el camino de la rectitud[1]. Y esto es justo, porque solamente el esfuerzo por el cual nos detenemos en la senda cuesta abajo de la perdición es por sí mismo mayor expresión de virtud que cien actos de justicia.

---

[1] Mateo 18:12-14; Lucas 15:4-7.

CAPÍTULO XXIII

Solamente el perverso puede ser enteramente desgraciado, y por mucho tiempo

Aún se requirieron algunos cuidados para poner nuestra presente habitación tan conveniente como cra posible, y pronto estuvimos en condiciones de disfrutar de nuestra antigua serenidad No pudiendo, por mi invalidez, asistir a mi hijo en nuestras habituales ocupaciones, pasaba el tiempo leyendo a la familia los pocos libros que se habían salvado, y particularmente aquellos que, distrayendo la imaginación, contribuían a aliviar el corazón. Nuestros buenos vecinos nos visitaban todos los días con la simpatía más afectuosa y fijaron una época para ayudarnos a reparar el edificio incendiado. El honrado labrador Williams no era de los menos asiduos, y nos ofreció calurosamente su amistad. Aún estaba dispuesto a renovar sus atenciones a mi hija; pero ella lo rechazó de tal modo, que hubo de reprimir enteramente sus nuevas solicitaciones. La pena de Olivia parecía duradera, y ella era la única persona de nuestra sociedad que en la semana transcurrida no pudo recuperar su antigua jovialidad. Había perdido aquella inocencia que no conoce el rubor y que en otro tiempo le enseñaba a respetarse a sí misma y a buscar el placer de agradar. La ansiedad se había posesionado fuertemente de su ánimo; su hermosura empezaba a deteriorarse a la par que su constitución, y el descuido contribuía a acelerar aquella decadencia. Toda calificación tierna otorgada a su hermana añadía un tormento a su corazón y una lágrima a sus ojos; y así como un vicio, aunque curado, jamás deja de hacer germinar otros, así su pasada falta, aunque atenuada por el arrepentimiento, dejó tras de sí celos y envidia. Yo me esforzaba de mil maneras por aminorar su pena, y aun llegué a olvidar la mía propia para no pensar más que en la de ella; recordé cuantos pasajes entretenidos pudo suministrarme mi gran memoria, auxiliada con alguna lectura.

–Nuestra felicidad, amada hija mía –solía decirle–, está en poder de un ser que puede procurarla por mil medios inesperados que se burlan de nuestra previsión. Si es necesario demostrártelo, te contaré una historia referida por un gran historiador, aunque dado a veces a inventos novelescos. Es ésta:

«Matilde se casó muy joven con un noble napolitano de la más alta alcurnia, y a la edad de quince años se encontró viuda y madre. Cuando estaba un día acariciando a su hijo junto a la ventana abierta de una habitación que daba al río Volturno, el niño, con un brusco salto, se desprendió de sus brazos, cayó a la corriente y desapareció en un instante. La madre, sorprendida por aquella instantánea desaparición, queriendo salvarlo, se precipitó también al río; pero lejos de conseguir salvar a su hijo, con gran dificultad pudo llegar a la orilla opuesta en el preciso momento en que algunos soldados franceses estaban saqueando la comarca por aquel lado, e inmediatamente la hicieron prisionera.

»Como las guerras entre franceses e italianos se hacía entonces con inusitada crueldad, aquellos hombres se dispusieron a perpetrar los dos extremos que les sugería su concupiscencia y su inhumanidad. No obstante, aquella baja resolución fue refrenada por un joven oficial que, aunque la retirada de los suyos exigía la mayor celeridad, colocó a la cautiva a la grupa de su caballo y la llevó sana y salva a la ciudad en que él había nacido. La hermosura de la joven atrajo desde luego las miradas del oficial, cuyo corazón supo aquélla conquistar pronto con sus méritos. Se casaron. Él se elevó pronto a los grados más altos; vivieron mucho tiempo juntos y fueron felices. Pero la felicidad de un soldado nunca puede estar segura. Pasados algunos años, las tropas que él mandaba sufrieron grave derrota y tuvo que refugiarse en la ciudad en que había vivido con su esposa. Aquella ciudad fue sitiada y al fin pasó a manos del enemigo. Pocas guerras han conservado recuerdos tan atroces como la de franceses e italianos de aquella época. Los vencedores resolvieron pasar por las armas a todos los franceses prisioneros; pero particularmente al marido de la infortunada Matilde, que había contribuido más que nadie a la prolongación del sitio. Semejantes resoluciones suelen ser ejecutadas, en general, tan pronto como se dictan. Así, pues, el jefe cautivo fue entregado al ejecutor; éste ya había desnudado la espalda, y los espectadores, profundamente silenciosos, esperaban el golpe fatal, retenido solamente hasta que el general que presidía como juez diese la orden. En aquel intervalo de angustia y expectación, llegó Matilde a dar el último adiós a su marido y libertador, deplorando en alta voz el rigor de su destino y la crueldad de los hados que la libraron de una muerte prematura en la orilla del Volturno, para venir a presenciar calamidades aún mayores. El general italiano, que era joven, quedó sorprendido de la belleza de aquella mujer y se compadeció de su desventura; pero su emoción no tuvo límites cuando la oyó mencionar los peligros que corrió en el río. Aquel general era su hijo, el niño por el cual había expuesto la madre la vida. En seguida la reconoció como su madre, y se prosternó a los pies de ella. Lo demás de la historia es fácil de adivinar: el cautivo quedó libre y los tres personajes vivieron en lo sucesivo con toda la felicidad que el amor y el deber saben conferir.»

De esta manera procuraba distraer a mi hija; pero ella escuchaba con atención dividida en dos partes, porque sus propios infortunios absorbían toda la conmiseración que en otro tiempo sentía por los ajenos, y nada podía tranquilizarla. En compañía temía ser despreciada, y en la soledad solamente encontraba inquietudes.

Tal era el estado de su desdicha, cuando recibimos noticia segura de que míster Thornhill iba a casarse con miss Wilmot, por la que siempre sospeché que sentía verdadera pasión, si bien el *squire* nunca desaprovechaba ocasión de despreciar en mi presencia la persona y la fortuna de aquella joven. Estas noticias solamente sirvieron para aumentar la aflicción de la pobre Olivia, porque tan flagrante infidelidad era superior a lo que su valor podía soportar. Sin embargo, resolvimos procurarnos informes más seguros y frustrar, si era posible, la realización de los designios del aristócrata, enviando a mi hijo a casa del viejo míster Wilmot, con instrucciones para conocer la verdad de los informes, y entregar a míster Wilmot una carta explicándole la conducta de míster Thornhill con mi familia. Mi hijo siguió al pie de la letra mis órdenes, y a los tres días volvió confirmando todo lo que nos habían anunciado; pero dijo que le fue imposible entregar la carta y que se había visto obligado a dejarla, en vista de que míster Thornhill y miss Wilmot estaban visitando el país. Nos dijo que iban a casarse de allí a pocos días, y el domingo anterior a la llegada de mi hijo se habían presentado juntos en la iglesia, con gran boato, la novia con un séquito de seis señoritas, y el novio acompañado de otros tantos caballeros. La proximidad de la boda llenaba de regocijo a toda la comarca, y los futuros contrayentes salían todos los días en comitivas magníficas y brillantes, como en muchos años atrás no se había visto en aquellos parajes. Todos los amigos de las dos familias, nos dijo mi hijo, estaban allí, particularmente el tío del *squire,* sir William Thornhill, que gozaba de gran popularidad. Añadió mi hijo que todo era allí alegría y holgorio; que en todas partes ensalzaban la belleza de la novia y la buena presencia del novio y que estaban inmensamente prendados el uno del otro, concluyendo que no podía menos de considerar a míster Thornhill como uno de los más felices mortales.

–Que lo sea, si puede –repliqué–. En cambio, hijo mío, mira este lecho de paja y este techo que nos cubre; contempla aquellas paredes derruidas y este suelo húmedo; fija tus miradas en mi lastimoso cuerpo, inutilizado por el fuego, y en mis hijos, que lloran alrededor de mí pidiéndome pan. He aquí lo que encuentras a tu regreso. Pues bien; aquí tienes un hombre que por nada del mundo cambiaría su situación por la que acabas de describirme. ¡Oh, hijos míos! Aprended solamente a comulgar con vuestros corazones y a no aislaros de ellos, y si sabéis qué noble compañía pueden éstos haceros, siempre tendréis en poco la elegancia y esplendor de los seres indignos. Casi todos los hombres han enseñado a considerar la vida como un viaje, en el que ellos son los viajeros. Este símil es aún más justo si se observa que los buenos van gozosos y serenos, como el que camina hacia su patria, y los malos, sólo alegres a intervalos, como el que va al destierro.

Mi compasión por mi hija, agobiada por este nuevo desastre, interrumpió lo que me quedaba por decir. Supliqué a su madre que la asistiera, y pronto se reanimó. En lo sucesivo pareció más tranquila y me imaginé que había comprendido mejor su situación; pero las apariencias me engañaron, puesto que su tranquilidad era el inerte estupor de un resentimiento excesivo.

Un surtido de provisiones, caritativamente enviado por mis buenos feligreses, pareció difundir nueva jovialidad en el resto de la familia, y yo experimentaba vivo placer al verlos recuperar más animación y alivio. Hubiera sido injusto entibiar sus satisfacciones simplemente para condolerse de una melancolía inveterada, o imponerles una tristeza que no sentía. Así, una vez más, los cuentos empezaron a circular, las antiguas canciones volvieron a oírse a petición de algunos, y la alegría condescendió a cernerse sobre nuestra humilde habitación.

CAPÍTULO XXIV

Nuevas calamidades

A la mañana siguiente apareció el sol calentando más de lo ordinario en aquella estación, de modo que convinimos almorzar junto al macizo de madreselvas, donde, mientras nos acomodábamos, mi hija menor, a petición mía, unió su fresca voz al concierto de las aves escondidas en los árboles que nos daban sombra. En aquel sitio fue donde mi pobre Olivia encontró por primera vez a su seductor, y todos los objetos le avivaban su pesadumbre. Pero la melancolía excitada por cosas agradables en sí mismas, o inspirada por acentos armoniosos, acaricia el corazón en lugar de corroerlo. También su madre experimentó en aquella ocasión melancólica y grata tristeza, y lloró y volvió a amar a su hija como antes.

–Ea, mi querida Olivia –exclamó mi mujer–, cántanos aquella triste tonada que tanto le gustaba a tu padre. Tu hermana Sofía ya nos ha regalado con su voz. Ahora te toca a ti; tu padre te lo agradecerá mucho.

Ella lo hizo así, de manera tan exquisitamente patética, que me conmovió. He aquí la letra de su canción:

Cede una bella a un loco devaneo,
y tarde advierte el daño la cuitada.
¿Con qué mitigará su pesadumbre?...
¿Cómo borrar su falta?...

Único medio de encubrir la culpa,
y de hurtarse medrosa a las miradas
e inflingirle tormento al ser amado,
es... ¡la muerte del alma!

Cuando acabó esta última estrofa, a la que prestó particular dulzura una vacilación de su voz dolorida, la aparición del carruaje de míster Thornhill, que vimos a lo lejos, nos alarmó a todos, y la turbación de mi hija mayor fue tanta, que, deseosa de evitar el encuentro con su seductor, se retiró a casa con su hermana. Pocos minutos después bajó el *squire* del carruaje, y acercándose al lugar en que aún estaba yo sentado, me preguntó por mi salud con su habitual familiaridad.

–Sir –le repliqué–, su presente descaro solamente sirve para agravar la bajeza de su carácter. Hubo un tiempo en que hubiera castigado la insolencia de haberse atrevido a presentarse ante mí. Pero ahora nada tiene usted que temer: la edad ha enfriado mis pasiones y mi ministerio las refrena.

–Juro a usted, querido señor –me replicó–, que me asombran sus palabras; no puedo comprender qué significan. Sin duda, usted no cree que la reciente excursión de su hija conmigo tuvo nada de criminal.

–Vete de aquí –exclamé indignado–; eres un miserable, un desgraciado digno de compasión, y en todos conceptos un embustero; pero tu bajeza misma te libra de mi cólera. No obstante, señor, desciendo de una familia que no lo hubiera tolerado. Y tú, vil criatura, para satisfacer tu momentánea pasión, has hecho desgraciada por toda su vida a una pobre muchacha y has mancillado a una familia que no tenía más bienes que su honra.

–Si usted y su hija –replicó– están resueltos a ser desgraciados, yo no puedo remediarlo. Pero aún pueden ustedes ser felices; pues sea cual fuere la opinión que usted se haya formado de mí, siempre me encontrará dispuesto a contribuir a ello. De aquí a poco tiempo podemos casarla con otro, y, lo que es mejor, sin privarla de su amante, porque, lo juro, siempre guardaré para ella verdadero y profundo afecto.

Todas mis pasiones se sublevaron ante aquella degradante proposición, porque si bien es cierto que el ánimo conserva a veces su calma frente a las más grandes injurias, hay mezquinas bajezas que nos hieren el alma y suscitan arrebatos de furor.

–Huye de mí, reptil –exclamé–; no continúes insultándome con tu presencia. Si mi valiente hijo estuviera en casa, no toleraría esto; pero yo soy viejo, inválido y deshecho en todos conceptos.

–Veo –me dijo– que quiere usted obligarme a hablarle en tono más duro del que me había propuesto. Pues bien: así como le he demostrado lo que puede usted esperar de mi amistad, no será impropio hacerle ver las consecuencias de mi irritación. Mi procurador, a quien he transferido el reciente pagaré de usted, exige con urgencia el pago, y no sé cómo prevenir el curso de la justicia, a no ser que yo mismo pague la deuda, que, como he tenido ciertos gastos recientemente, no me será fácil. Además, mi administrador habla de un embargo por los alquileres que usted debe: seguro que conoce su deber, y yo jamás me mezclo en negocios de tal naturaleza. Sin embargo, aún deseo servir a usted, y me complacería que usted y su hija estuvieran presentes en mi casamiento con miss Wilmot, que pronto se celebrará. Precisamente hago a usted esta invitación a ruegos de mi encantadora Arabella, y espero que no la rechazará.

–Míster Thornhill –repliqué–, escúcheme una vez para siempre; como jamás podré avenirme ni aprobar un casamiento de usted con otra que no sea mi hija, sepa usted que, aun cuando su amistad pudiera ofrecerme un trono y su resentimiento abrirme al instante las puertas del sepulcro, despreciaría igualmente una y otra cosa. Me ha engañado alevosamente una vez y en forma irreparable. Confié mi corazón en su honor y he encontrado sus villanías. Jamás espere mi amistad. Vaya a gozar en paz lo que la fortuna le ha prodigado: hermosura, riqueza, salud y placer. Deje para mí la indigencia, la enfermedad y la deshonra, que, aunque agobiado por tantos dolores, mi corazón sabrá guardar su dignidad, y aun perdonándole como le perdono, por doquier le seguirá mi desprecio.

–Si es así –respondió–, pronto sentirá usted los efectos de semejante insolencia, y no tardaremos en ver quién será más despreciable, usted o yo.

Y dicho esto, se alejó precipitadamente.

Mi mujer y mi hijo, que presenciaron aquella escena, quedaron aterrados. Mis hijas también, cuando advirtieron que ya no estaba allí el *squire,* se apresuraron a informarse del resultado de nuestra conversación y se alarmaron no menos que los otros. Pero yo no hice caso de la extrema maldad de aquel ser empedernido; el peor golpe ya lo había dado, y me hallaba dispuesto a repeler todo nuevo ataque, como uno de aquellos instrumentos usados en el arte de la guerra, que de cualquier manera que se arrojen al suelo presentan siempre una punta al enemigo.

Pronto vimos que el *squire* no había amenazado en vano, pues al día siguiente llegó su administrador a reclamarme la anualidad del alquiler, que, a consecuencia de los accidentes ya relatados, no pude pagar. Mi incapacidad pecuniaria tuvo por resultado apoderarse de mi ganado, que fue subastado al día siguiente por menos de la mitad de su valor. Mi mujer y mis hijos me suplicaron entonces que aceptase todas las condiciones antes que llegar a la ruina segura e irremediable, y aun me rogaron que volviese a admitir las visitas de nuestro temible perseguidor, en la misma forma que en otro tiempo, y emplearon toda su elocuencia para pintarme las calamidades que íbamos a padecer..., los terrores de la prisión en una estación tan rigurosa..., en fin, el peligro que amenazaba a mi salud a causa del reciente accidente del incendio. Pero continué inflexible.

–¿Por qué, tesoros míos –interrogué–, por qué tratáis de persuadirme de una cosa que no es justa? Mi deber me ha enseñado a perdonarle, pero mi conciencia se niega a toda complicidad. ¿Quisierais, por ventura, verme aplaudir públicamente lo que en mi fuero interior condeno? ¿Quisierais verme humildemente sentado al lado de nuestro infame traidor, y, por evitar una prisión, soportar las cadenas, más duras aún, de un cautiverio mental? ¡Nunca! Si nos arrojan de aquí, permanezcamos fieles a la justicia, y sea cual fuere el lugar a donde la suerte nos lleve, siempre encontraremos una mansión de paz, si podemos penetrar en nosotros mismos y examinar nuestros corazones con santo orgullo y con placer.

Así pasamos la tarde. A la mañana siguiente, muy temprano, como la nieve había caído en gran abundancia durante la noche, mi hijo se encargó de barrerla y abrir paso delante de la puerta. No hacía mucho tiempo que estaba ocupado en esta labor, cuando entró corriendo, pálido y desencajado, para avisarnos que dos forasteros, a quienes conocía como agentes de la justicia, se dirigían a nuestra casa.

Aún no había acabado de hablar el muchacho, cuando aquéllos entraron, y acercándose a la cama en que yo estaba, y después de informarme de su empleo y de su objeto, me declararon preso, intimándome a que me dispusiera a seguirlos a la cárcel del condado, que estaba a once millas de distancia.

–Amigos –les dije–, mal momento han escogido ustedes para llevarme a la cárcel, con la circunstancia agravante de que tengo un brazo en mal estado a consecuencia de una quemadura reciente, que me tiene febril, y por añadidura carezco de ropas para abrigarme, y mi vejez y mi debilidad no me permitirán quizá andar muy lejos con tanta nieve... pero si ha de ser...

Volviéndome entonces a mi esposa y mis hijos, les ordené que reuniesen las pocas cosas que nos quedaban y se dispusieran a dejar inmediatamente aquel lugar. Les supliqué que se dieran prisa y encargué a mi hijo que asistiese a su hermana mayor, porque, reconociéndose culpable de tantas desventuras, se había desvanecido, perdiendo el sentimiento de su angustia. Infundí ánimo a mi esposa, que, lívida y temblando, oprimía contra su corazón a los pequeños. Estos, silenciosos y atemorizados, no se atrevían a levantar los ojos hacia aquellos personajes desconocidos. Entretanto, mi Sofía iba preparando todo para la marcha, y como la acosábamos para que acabase pronto, al cabo de una hora ya estábamos dispuestos a marchar.

CAPÍTULO XXV

No hay situación, por miserable que parezca, que no ofrezca algún consuelo

Alejándonos de aquel apacible vecindario, caminábamos despacio. A mi hija mayor, debilitada por una fiebre lenta, que la había atacado algunos días antes y que iba minando su salud, un agente que iba a caballo la puso caritativamente a la grupa; pues, al fin y al cabo, aquellos hombres no podían ser enteramente extraños a todo sentimiento de humanidad. Mi hijo llevaba de la mano a uno de los pequeños, y mi esposa al otro; yo iba apoyado en mi hija menor, que lloraba, no por sus infortunios, sino por los míos.

Estábamos ya a unas dos millas de la que fue nuestra casa, cuando vimos, corriendo y gritando detrás de nosotros, un tropel, compuesto de unos cincuenta feligreses míos de los más pobres. Con terribles imprecaciones, se apoderaron pronto de los dos agentes de la justicia, jurando que no dejarían que se llevaran a la cárcel a su ministro mientras les quedara una gota de sangre para defenderlo, y se disponían a inflingirles rudo castigo. Las consecuencias habrían sido fatales si no me hubiese interpuesto inmediatamente, y con gran dificultad pude librar a los dos alguaciles de las manos de la furiosa multitud. Mis hijos, que ya daban por cierta mi libertad, parecían llenos de gozo, y eran incapaces de reprimir sus arrebatos. Pero pronto se desvanecieron sus esperanzas al oír las exhortaciones que dirigí a aquellos pobres mal aconsejados, que imaginaban hacerme un favor.

–¿Qué es eso, amigos? –les dije–. ¿Así es como me amáis? ¿Es ésa la manera de obedecer las instrucciones que os he dado desde el púlpito? ¿Osáis oponeros a la justicia para vuestra perdición y la mía? ¿Quién es el cabeza de este motín? Mostradme al hombre que de tal manera os ha seducido, que sentirá el peso de mi enojo mientras viva. ¡Ay!, ovejas queridas y extraviadas, comprended mejor vuestro deber para con Dios, para con vuestro país y para conmigo mismo. Quizá algún día vuelva a veros aquí en condiciones más placenteras y me sea permitido trabajar para haceros más felices. Pero no me quitéis el consuelo de pensar que cuando reúna mi redil en la inmortalidad, ni una oveja dejará de responder a mi llamamiento.

Arrepentidos ya aquellos buenos aldeanos, se acercaron uno a uno a mí, llorando para decirme adiós. A todos y cada uno di un apretón de manos, y dejándoles mi bendición, continuamos la marcha sin nuevos percances. Unas horas antes de la noche llegamos a la villa, o, mejor dicho, a la aldea, porque se componía de unas cuantas miserables casuchas, y de su antigua importancia solamente conservaba, como signo de superioridad, un triste vestigio: la cárcel del condado.

Al entrar, paramos en una posada, donde nos ofrecieron los refrigerios que tenían disponibles, y cené en familia con la alegría de costumbre. Después de haber visto a todos convenientemente acomodados para pasar la noche, seguí a los agentes del *sheriff* a la prisión, que, edificada en otro tiempo para fines de guerra, estaba constituida por una extensa habitación, cerrada por fuertes rejas y con el suelo enlosado, habitación que en ciertas horas del día era el dominio común de los criminales y de los presos por deudas. Además de esta sala, cada recluso tenía una celda independiente, donde lo encerraban durante la noche.

Al entrar no esperaba oír más que lamentos y quejas de miseria; pero fue muy diferente. Los presos parecían tener un deseo común: olvidarse de pensar en un tumulto de ruidosa alegría. Me pusieron al corriente de la obligación requerida en aquellas ocasiones, e inmediatamente satisfice la demanda, si bien el poco dinero que yo tenía estaba muy cerca de agotarse. Con ello mandaron a buscar bebidas, y toda la prisión ofreció después una escena de desorden, risotadas y palabras malsonantes.

–¿Es posible –exclamé para mí– tanta alegría en estos malvados y que yo esté afligido? Lo único que tengo de común con ellos es la cautividad; por consiguiente, tengo más razón de ser feliz.

Con tales reflexiones me esforzaba por ponerme animoso, pero la alegría nunca ha sido resultado del esfuerzo, que por sí mismo es penoso. Estando, pues, sentado en un rincón de la sala, en actitud pensativa, un preso se acercó a mí, y, sentándose a mi lado, entró en conversación. Toda mi vida he tenido por norma no negar mi conversación a quien parece desearla; porque si es bueno, puedo aprovechar sus enseñanzas, y si es malo, él puede aprovecharse de las mías. Al punto vi que aquél era hombre experto, de buen sentido, aunque iletrado; tenía gran conocimiento del mundo, si así puede decirse, o, hablando con más propiedad, de la naturaleza humana en su lado malo. Me preguntó si había tenido la precaución de asegurarme una cama, circunstancia en la que no había pensado.

–Es una desgracia –añadió– porque el establecimiento solamente concede paja, y esta habitación es grande y muy fría. Con todo, usted parece ser un caballero, como yo lo fui en otro tiempo; por consiguiente, pongo a su disposición parte de mis ropas de cama.

Se lo agradecí mucho, expresándole mi sorpresa de encontrar tal humanidad en semejante lugar, añadiendo después, para dejarle ver que la literatura no me era desconocida:

–La sabiduría antigua parecía entender el valor de la solidaridad en la aflicción, cuando dijo: *Ton kosmon aire, ei dos ton etairon;* y, en efecto –continué–, ¿qué sería del mundo si solamente procurase soledad?

–Habla usted del mundo, señor –respondió mi compañero de infortunio–. El mundo está en su chochez, y, no obstante, la cosmogonía o creación del mundo, ha sido para los filósofos de todos los tiempos un impenetrable enigma. ¡Qué diversidad de opiniones ha suscitado este tema! Sanchoniathon, Manetho, Beroso y Ocello Lucano lo abordaron en vano. Del último son estas palabras: *Anarchon ara kai atelutaion to pan,* que significan...[1].

---

[1] Recuérdese en el capítulo XIV, nota 4 de la pág. 84.

–Perdone usted, caballero –le dije–. Perdone que interrumpa tanta ciencia; pero creo haber oído esa retahíla en otra parte. ¿No tuve el placer de ver a usted en la feria de Wellbridge, y no se llama usted Ephraim Jenkinson?

Al oír estas preguntas las contestó con un suspiro.

–Supongo que se acordará usted –continué– de un doctor Primrose, a quien le compró usted un caballo.

Entonces me reconoció, pues antes la obscuridad de la sala y la noche, que se acercaba, le habían impedido distinguir mis facciones.

–Sí, señor –respondió míster Jenkinson–; me acuerdo de usted perfectamente; le compré un caballo, pero me olvidé de pagárselo. Su vecino Flamborough es el único perseguidor que me inspira temor para la próxima vista de mi causa, porque está resuelto a declarar contra mí, diciendo que soy monedero falso. ¡Me apena profundamente, señor, haber engañado a usted, y también haber engañado a otros, porque ya ve usted –dijo mostrándome sus grillos– a qué estado me han traído mis fraudes y arterías!

–Muy bien, señor –repuse–; la bondad con que usted me ha ofrecido su ayuda cuando no podía esperar recompensa alguna será pagada con mis esfuerzos para atenuar y aun suprimir enteramente el testimonio hostil de míster Flamborough, y le enviaré mi hijo con este propósito en cuanto se le ofrezca ocasión. No dudo que atenderá a mi ruego, y respecto a lo que yo haya de declarar, no tiene usted por qué inquietarse.

–Bien, señor –replicó–; cuanto pueda ofrecer a usted mi gratitud, está a la discreción de usted. Esta noche tendrá usted más de la mitad de mis efectos de cama, y cuente que mi amistad no le faltará en esta cárcel, donde creo tener cierta influencia.

Le di las gracias, pero sin poder disimularle cuán sorprendido estaba de verle tan joven, puesto que la única vez que nos habíamos visto cara a cara me pareció rayar en los sesenta.

–Señor –me respondió–, ya se ve que usted conoce poco el mundo. En aquella ocasión llevaba cabellos postizos, pues he aprendido el arte de representar todas las edades desde diecisiete hasta setenta años. ¡Ay, señor!, si para procurarme una profesión honrada me hubiera tomado la mitad del trabajo que me ha costado la de estafador, hoy estaría rico. Pero por bribón que sea, aún puedo ser amigo de usted y servirle, quizá cuando menos se lo espere.

Nuestra conversación fue interrumpida por la llegada de los ayudantes del carcelero, que iban a pasar lista a los presos y encerrarlos en las celdas. Uno de aquéllos, llevando un haz de paja para mi cama, me condujo a una habitación enlosada como la sala común, y en un rincón, sobre la paja esparcida por el suelo, extendí las sábanas y mantas que debía a la amabilidad de míster Jenkinson; hecho lo cual, mi guía, que era bastante atento, me dio las buenas noches. Después de mi meditación habitual y de alabar a mi celestial corrector, me acosté, y dormí profundamente hasta la mañana siguiente.

CAPÍTULO XXVI

Reforma en la cárcel. Las leyes, para ser completas, deberían recompensar a la par que castigan

A la mañana siguiente, muy temprano, fui despertado por mi familia, que encontré llorando a la cabecera de mi cama. El sombrío aspecto de todo lo que nos rodeaba los había acobardado. Les reproché suavemente su aflicción, asegurándoles que nunca había dormido con mayor tranquilidad, y después pregunté por mi hija mayor, que no estaba entre ellos. Me dijeron que la pena y la fatiga del día anterior le habían aumentado la fiebre y que habían juzgado prudente no dejarla salir. Mi disposición inmediata fue enviar a mi hijo a procurarse una habitación o dos para establecer a la familia tan cerca de la prisión como fuese posible. Obedeció, pero solamente pudo encontrar un cuarto, que fue alquilado por poco dinero para su madre y sus hermanos; felizmente, el carcelero tuvo la caridad de permitir que el muchacho y sus dos hermanitos durmiesen en la prisión conmigo. Dispusieron en un rincón de mi celda la cama destinada a ellos, cosa que me fue sumamente agradable. No obstante, primero quise asegurarme de que mis hijos se acomodarían a vivir sin repugnancia en aquel lugar que había parecido asustarles cuando entraron.

–Vamos a ver, hijos míos –les pregunté–: ¿os gusta esta cama? Supongo que no os dará miedo dormir en esta habitación, por oscura que os parezca.

–No, papá –respondió Dick–; nunca me dará miedo acostarme donde esté usted.

–Y yo –dijo Bill, que apenas tenía cuatro años– prefiero siempre el sitio en que está mi papá.

Arreglado esto, asigné a cada uno de mi familia lo que había de hacer. Mi hija quedó particularmente encargada de velar por la salud de su hermana, mi esposa de cuidarme, y mis pequeñuelos de darme sesiones de lectura.

–Y tú, hijo mío –proseguí, dirigiéndome a Moisés–, ya sabes que en el trabajo de tus manos están todas nuestras esperanzas de poder vivir. Los jornales que ganes bastarán para sostenernos a todos, aun confortablemente, con la adecuada frugalidad. Ya tienes dieciséis años, eres robusto, y esa robustez te ha sido dada para fines muy útiles, puesto que ella puede salvar del hambre a tus desvalidos padres y a toda tu familia. Así, pues, prepárate esta noche a buscar trabajo para mañana, y cada noche traerás para el sostenimiento de todos, el dinero que hayas ganado en el día.

Después de haberle instruido como queda dicho y de poner en orden todas las cosas, salí a la sala común, donde podía disfrutar de más aire y más espacio. Pero no pude permanecer allí mucho tiempo; las blasfemias, desenfrenos y brutalidades que me asediaban por todas partes me obligaron a volver a mi cuarto. Allí estuve algún tiempo sentado, considerando detenidamente la extraña y ciega infautación de aquellos infelices que, habiendo sublevado contra ellos la sociedad entera, trabajaban por hacer de ella un futuro y tremendo enemigo.

La insensibilidad de aquellos hombres excitó mi mayor conmiseración y borré de mi ánimo mis propias inquietudes. Me pareció un deber que me correspondía intentar algo por aquellas almas, y resolví volver a salir y, a pesar del desprecio que podrían oponerme, darles consejos y conquistarlos con mi perseverancia. Salí inmediatamente y, ya entre ellos, informé a míster Jenkinson de mis intenciones. Éste se echó a reír, pero no dejó de notificarlo a los otros. La proposición fue recibida con el mejor humor, puesto que prometía nuevos elementos de distracción a personas que para matar el tiempo no tenían más recursos que las bromas de mal genio y los cuentos licenciosos.

Les leí, pues, una parte del oficio en voz alta, sin afectación, y mi auditorio se mostró absolutamente regocijado. Cuchicheos obscenos, suspiros de contricción burlesca, guiños y toses provocaban alternativamente la risa. No obstante, continué leyendo con mi natural solemnidad, sintiendo dentro de mí que podría enmendar a algunos, sin que a ellos les fuese dado contaminar la santidad de las palabras de lo alto.

Después de la lectura empecé mi exhortación, calculada al principio más para entretenerlos que para reprobarlos. Empecé diciéndoles que me inducía a hablar solamente la idea de contribuir a su bienestar, que yo era un preso como ellos y que nada ganaba predicándoles. Me apenaba en gran manera, les dije, la grosería de su lenguaje, porque nada conseguían con ello y podían perder mucho.

–Estad seguros, amigos míos (porque amigos míos sois, aunque el mundo renuncie a vuestra amistad), de que doce mil juramentos y blasfemias en un día no meterán un penique en vuestra bolsa. ¿Qué significa, pues, ese llamar a cada momento al demonio y solicitar su amistad, sabiendo lo tacaño que se muestra con vosotros? El diablo no os ha dado hasta ahora más que una boca llena de blasfemias y una barriga vacía, y, a juzgar por los informes que tengo de él, jamás os dará cosa alguna mejor. Cuando no estamos contentos del proceder de un hombre, nos dirigimos naturalmente a otra parte. ¿No creéis que sería oportuno y conveniente probar qué tal os parece el trato de otro amo, aquel que, por lo menos, es rico en bellas promesas? Vamos a ver, amigos míos, ¿qué mayor estupidez que la de un ladrón que después de robar en una casa fuese a pedir protección a los encargados de coger ladrones? Y no obstante, ¿sois vosotros más avisados que aquel ladrón? Pedís ayuda y protección a uno que ya os ha hecho traición, que os ha traído aquí, a un ser más perverso que el más cruel polizonte; porque éste solamente os atrae a la jaula con añagazas y os hace ahorcar, mientras el otro también os engaña y os conduce al patíbulo y, lo que es peor, no os suelta ni aún después que el verdugo ha cumplido su cometido.

Cuando concluí recibí los parabienes de mi auditorio, y algunos de ellos se me acercaron a darme un apretón de manos, jurando que yo les parecía un tipo honrado, con el que deseaban amistad más amplia. A cambio de esta manifestación de simpatía, les prometí repetir mi sermón al día siguiente, y concebí esperanzas de operar alguna reforma en aquel lugar de desolación, porque siempre he creído que ningún hombre es incapaz de corregirse, y que todo corazón está abierto a los dardos de la censura, si el arquero que los lanza sabe apuntar. Tranquilo mi ánimo sobre este punto, volví a mi cuarto, donde mi esposa estaba preparándome una frugal comida. Míster Jenkinson me pidió permiso para añadir su comida a la nuestra y participar del placer, como dijo amablemente, de mi conversación. Todavía no había visto a mi familia, porque éstos fueron a mi habitación por una puerta que daba a un estrecho pasillo, a fin de evitar el paso por la sala común. Jenkinson quedó, en esa primera entrevista, admirado de la hermosura de nuestra hija menor, cuya melancolía contribuía a realzarla, y mis pequeños tampoco pasaron inadvertidos.

–¡Qué lástima, doctor! –exclamó–. Estos niños son demasiado preciosos y buenos para un sitio como éste.

–Míster Jenkinson –repuse–, gracias a Dios, mis hijos tienen buenas cualidades morales, y esto es lo que más me importa. Siendo buenos, lo demás es poca cosa.

–Imagino, señor –insistió mi compañero de prisión–, que para usted debe ser un gran consuelo tener toda esta familia a su alrededor.

–Puede usted afirmarlo –repliqué–; un verdadero consuelo, y por nada del mundo quisiera estar sin ellos, porque solamente su presencia hace de este calabozo un palacio. Una sola cosa puede haber en esta vida que enturbie mi felicidad, y es que los ofendan.

–Siendo así, señor, temo ser culpable en cierta medida ante usted –exclamó arrepentido Jenkinson–, porque me parece ver aquí (y miraba a mi Moisés) uno a quien agravié y de quien espero ser perdonado.

Mi hijo recordó en seguida la voz y las facciones de aquel personaje, si bien solamente lo había visto disfrazado, y tomando la mano que aquél le ofrecía, le perdonó sonriendo.

–Y ahora –añadió mi hijo– me gustaría saber qué pudo usted notar en mi cara para escogerme como víctima fácil de embaucar.

–No fue su cara lo que me tentó, querido señor –afirmó el otro–, sino las medias blancas que usted llevaba y la cinta negra que le sujetaba los cabellos. Pero, sin que esto redunde en menoscabo de las cualidades de usted, en mis tiempos he engañado a hombres más listos, y, sin embargo, a pesar de todas mis astucias, los tontos han sido al fin demasiados para mí.

–Supongo –preguntó mi hijo– que el relato de una vida como la de usted debe ser muy instructivo y entretenido.

–No mucho de lo uno ni de lo otro –respondió Jenkinson–. Las narraciones que solamente describen las arterías y vicios del género humano aumentan nuestro recelo y retardan el éxito de nuestras empresas. El viajero que desconfía de toda persona que encuentra y retrocede porque en cada hombre cree ver un ladrón, raras veces llega a tiempo al término de su viaje. Mi propia experiencia me ha enseñado que el hombre que se tiene por «vivo» es el más mentecato que puede haber bajo el sol. Desde mi niñez me enseñaron la astucia; apenas tenía siete años, y ya las señoras decían que era un perfecto hombrecito; a los catorce años conocía el mundo, llevaba sombrero de tres picos y cortejaba a las bellas; a los veinte, aunque era perfectamente honrado, todo el mundo me creía tan astuto que nadie se fiaba de mí. Y al fin me vi obligado, en defensa propia, a poner en práctica aquella agudeza, y desde entonces he vivido de esta manera: mi cabeza, fraguando planes para engañar, y mi corazón palpitando de miedo de ser detenido. ¡Cuántas veces me he reído de la candidez del honrado vecino de ustedes, Flamborough, a quien de una manera u otra, engañaba una vez al año! Pues bien; ese hombre, que no sospechaba de nadie, se ha hecho rico, y yo, con mis miserables estratagemas, sigo siendo pobre y sin el consuelo de ser honrado. Y ahora –prosiguió diciendo– explíqueme usted su caso y qué circunstancias le han traído aquí; es posible que yo, que no he podido evitar la prisión, pueda sacar de ella a mis amigos.

Para satisfacer su curiosidad le puse al corriente de toda la serie de incidentes y errores que me habían sumergido en aquellas ansiedades y mi incapacidad para quedar libre.

Después de oír mi historia y de haber reflexionado unos instantes, mi interlocutor se dio un golpe en la frente, como si una idea salvadora hubiese acudido a su mente, y se despidió de nosotros diciendo que pensaría en lo que se podía hacer.

CAPÍTULO XXVII

Continuación del mismo tema

A la mañana siguiente hice saber a mi mujer y a mis hijos la idea que tenía de reformar a los presos, idea que acogieron con unánime desaprobación, alegando la imposibilidad e inconveniencia de tal propósito y añadiendo que mis esfuerzos en manera alguna contribuirían a la enmienda de aquéllos y, en cambio, podrían probablemente deshonrar mi ministerio.

–Perdonadme –repliqué–; estos desdichados, aunque caídos, son también hombres, y solamente este título les da derecho a mi afecto. Un buen consejo, rechazado por quien lo recibe, vuelve para enriquecer el corazón de quien lo ha dado; y si la instrucción que yo les inculque no les enmienda a ellos, seguramente me enmendará a mí mismo. Hijos míos, si estos desventurados fuesen príncipes, ya habrían venido miles a ofrecerles su ministerio; y, en mi concepto, el corazón enterrado en un calabozo es tan precioso como el que está sentado en un trono. Sí, tesoros míos, si puedo enmendarlos, los enmendaré; acaso no todos ellos están dispuestos a despreciarme. Quizá consiga sacar uno del abismo, y esto será gran ganancia, porque, ¿hay en la tierra joya tan preciosa como el alma humana?

Y dicho esto, los dejé para entrar en la sala común, donde encontré a los presos muy contentos esperando mi llegada y cada uno de ellos preparado con una jugada carcelaria que jugarle al doctor. Por ejemplo, cuando iba a empezar, uno me puso casualmente la peluca de través y me pidió perdón. Otro, que estaba a cierta distancia, tenía la habilidad de lanzar por entre los dientes surtidores de saliva, que caían en menuda lluvia sobre mis libros. Un tercero exclamó «Amén» en tono tan patético, que fue la delicia de los demás. Un cuarto me sacó disimuladamente las gafas del bolsillo. Pero hubo uno cuya travesura gustó extraordinariamente más que la de los otros, pues observando la manera en que había dispuesto mis libros en la mesa que tenía delante de mí, con mucha destreza quitó uno de ellos y puso en su lugar un cuaderno de chistes obscenos de los que él tenía. Sin embargo, supe pasar por alto cuanto aquel perverso grupo de pequeños seres pudiera inventar, y seguí adelante, enteramente persuadido de que el lado ridículo del propósito inspirado por mi celo no alegraría a aquella gente más que las dos o tres primeras sesiones, mientras lo serio perduraría. Y así fue; en menos de seis días, algunos se arrepintieron y todos me prestaban atención.

Entonces aplaudí mi perseverancia y habilidad en conmover a aquellos desgraciados, desposeídos de todo sentimiento moral, y empecé a pensar en hacerles algunos servicios temporales para aliviar su situación. Hasta entonces habían pasado sin transición del hambre al exceso, del tumultuoso desorden al amargo arrepentimiento. Consumían el tiempo en querellas, jugar a cartas y cortar atacadores para pipas de fumar. De esta industria tomé pie para invitar a los que querían trabajar a que hiciesen clavijas para los tabaqueros y zapateros; la madera necesaria se obtuvo por suscripción general y los objetos elaborados se vendían por mi mediación; de esta manera todos ganaban algo cada día... una bagatela, es verdad, pero que les ayudaba a vivir.

No me detuve aquí, sino que establecí multas para los que faltasen a la moral, y recompensas para los más celosos en el trabajo, y de esta manera, en menos de quince días hice de aquellos hombres seres sociables y humanos, y tuve el placer de considerarme como legislador que ha elevado hombres desde su nativa ferocidad al afecto y obediencia.

Y sería de desear que el legislador pensara más en reformar que en castigar, convenciéndose de que la supresión de los crímenes no es haciendo que los castigos no sean acostumbrados, sino temibles.

Entonces, en lugar de nuestras prisiones actuales, que encuentran o hacen culpables a los hombres, que amontonan desgraciados cautivos por un delito cometido y los devuelven, si salen vivos, dispuestos a cometer mil, veríamos, como en algunas partes de Europa, lugares de penitencia y soledad, donde el acusado encontraría personas capaces de inspirarle remordimiento, si es culpable, o alentarle a la perseverancia en la virtud, si es inocente. La condición moral de un pueblo no se mejora agravando la penalidad. No puedo resistirme a discutir la validez de ese derecho que han asumido las sociedades para imponer la pena de muerte por delitos de leve importancia. En casos de asesinato, ese derecho se justifica por sí mismo; ya que es deber de todos eliminar al hombre que atenta contra la vida del otro. Contra el asesino, toda la naturaleza se levanta en armas; pero no ocurre así contra el que roba lo que me pertenece. La ley natural no me da derecho a quitarle la vida, puesto que, en virtud de esta ley, el caballo que roba le pertenece tanto como a mí. Si tengo algún derecho, sería el de un pacto hecho entre nosotros, por el cual se hubiese convenido que aquel de los dos que robase al otro su caballo, deba morir. Pero este contrato es nulo, puesto que ningún hombre tiene derecho a traficar con su vida, así como tampoco puede quitarla, porque no le pertenece. Y además, ese contrato no es equitativo y sería anulado incluso por cualquier tribunal de moderna equidad, porque incluye una enorme penalidad por un beneficio insignificante; mucho mejor es que dos hombres vivan, que no que uno vaya a caballo. Pero un contrato que es falso entre dos hombres, lo es igualmente entre mil y entre millones; porque así como diez millones de círculos jamás harán un cuadrado, así la voz unida de miríadas de hombres nunca podrá prestar el menor fundamento de verdad a la mentira. Tal es el lenguaje de la razón, y la naturaleza no sometida a disciplina dice lo mismo. Los salvajes, dirigidos solamente por la ley natural, cuidan solícitamente la vida de los demás; raras veces vierten sangre, a no ser para vengar una crueldad anterior.

Nuestros antepasados los sajones, aunque feroces en la guerra, hacían pocas ejecuciones en tiempos de paz, y en todos los gobiernos que se organizan y que aún guardan el sello de la naturaleza, pocos son los delitos castigados con la pena capital.

Entre los ciudadanos de una refinada comunidad política es donde las leyes penales, que están en manos de los ricos, caen sobre el pobre. El gobierno, conforme va envejeciendo, parece adquirir la morosidad de la edad y, como si nuestros bienes se hiciesen más caros al paso que van aumentando; y como si nuestros temores se midiesen conforme a la enormidad de nuestra riqueza, todas nuestras posesiones se cercan con nuevos edictos cada día, rodeándose de horcas para espantar a todo invasor.

No sé decir si depende del número de nuestras leyes penales o de la extrema licencia de nuestro pueblo el hecho de que este país ofrezca más condenados en un año que la mitad de todos los Estados de Europa. Quizá obedece a las dos causas, porque se producen mutuamente. Cuando en virtud de leyes penales indiscriminadas una nación ve inflingir castigos igualmente rigurosos a diferentes grados de culpabilidad, los espíritus, que no perciben distinción en la penalidad, son propensos a perder todo sentido de distinción en el delito, y esta distinción es cabalmente el baluarte de toda moralidad; así, la multitud de leyes produce vicios nuevos, y los vicios nuevos hacen necesarias nuevas represiones.

Sería de desear que el poder, en lugar de imaginar nuevas leyes para castigar el vicio; en lugar de apretar los lazos de la sociedad hasta que una convulsión los haga estallar; en lugar de separar como inútiles a ciertos desgraciados, antes de haber procurado hacerlos útiles; en lugar de convertir la corrección en venganza... sería de desear, repito, que revisáramos los medios de restricción del Gobierno e hiciésemos de la ley el protector, pero no el tirano del pueblo. Entonces veríamos que ciertos seres, cuyas almas son tenidas como escoria social, solamente esperaban la mano de un refinador; veríamos que los desventurados sometidos ahora a largas torturas para evitar a la opulencia una angustia pasajera, si se trataran convenientemente, podrían servir para fortalecer el Estado en momentos de peligro; veríamos que sus caras son como las nuestras y sus corazones también; que pocas almas están tan degradadas que la perseverancia no pueda enmendarlas; que un hombre puede ver su último delito sin morir por él; en fin, que no se necesita tanta sangre para cimentar nuestra seguridad.

CAPÍTULO XXVIII

La felicidad y la desgracia en esta vida son más bien resultado de la prudencia que de la virtud. Los males y los bienes temporales son mirados por el Cielo como cosas sin valor, indignas de su cuidado de distribuirlas

Más de quince días llevaba en la cárcel, y, desde mi entrada, no había ido a verme mi hija Olivia; así, pues, mi ansia por verla era grande. Habiendo comunicado estos deseos a mi esposa, a la mañana siguiente entró la pobre muchacha en mi cuarto, apoyada en el brazo de su hermana. El cambio que se había operado en ella me dejó pasmado. Las gracias innumerables que en otro tiempo brillaban en su rostro, habían huido; la mano de la muerte parecía haber moldeado en ella sus facciones para alarmarme. Tenía las sienes hundidas, la frente más tensa, y una fatal palidez había invadido sus mejillas.

–Me alegro de verte, querida –le dije–; pero, ¿por qué ese abatimiento, Livy? Espero, amor mío, que siquiera por mí, no dejarás que el recuerdo de tu triste decepción acabe por minar una existencia que aprecio tanto como la mía. Anímate, hija mía, y aún podremos ver días felices.

–Siempre ha sido usted bueno conmigo, señor –repuso Olivia–, y mi pena aumenta cuando pienso que nunca me será permitido participar de la dicha que usted promete. Para mí se acabó ya la dicha en este mundo y solamente aspiro a dejar un lugar donde no he encontrado más que miserias. Ahora, señor, desearía que se sometiese usted a los deseos de míster Thornhill, eso le inducirá, en cierto modo, a apiadarse de usted, y yo moriría más tranquila.

–Jamás, hija mía –repliqué–; jamás me dejaré inducir a reconocer en mi hija una ramera, porque si el mundo puede mirar tu falta con desprecio, a mí me corresponde mirarla como señal de credulidad, no de maldad. Hija mía, por triste que parezca esta mansión, no me siento desgraciado en ella, y puedes estar segura de que mientras sigas dándome la bendición de tu vida, aquel hombre jamás tendrá mi consentimiento para hacerte más desgraciada casándote con otro.

Cuando mi hija hubo salido, mi compañero de prisión, que había presenciado esta entrevista, me predicó sensatamente sobre mi terquedad en rehusar una sumisión que seguramente me daría la libertad. Observó que el resto de mi familia no debía estar sacrificado a la paz de una muchacha sola, y por cierto la única que me había ofendido.

–Además –añadió–, yo no sé si es justo poner trabas a la unión de un hombre y una mujer, como lo hace usted ahora, negando el consentimiento para un casamiento que usted no puede impedir, pero sí hacerlo desgraciado.

–Señor –respondí–, no sabe usted quién es el hombre que nos oprime. Sé muy bien que no hay sumisión, entre las que pudiera hacer, que me procurase una hora de libertad. Me han referido que en este mismo cuarto dejó morir de necesidad a un deudor suyo hace poco más de un año. Pero aunque mi sumisión y aprobación me trasladasen de aquí a la habitación más bella de las que él posee, no le daría ni la una ni la otra, porque hay algo que me dice que eso sería sancionar un adulterio. Mientras mi hija viva, ningún otro matrimonio contraído por ese hombre será válido a mis ojos. Si ella muriese, yo sería el más vil de los hombres si por resentimiento personal tratara de estorbar una unión deseada por dos personas. No, por infame que él sea, desearía verlo casado, siquiera para prevenir las consecuencias de sus futuros desórdenes. Pero ahora, ¿no sería yo el más cruel de los padres si firmase un documento que enviaría a mi hija al sepulcro, solamente por evitarme la prisión, y por ahorrarme una pena rompiera con otras mil el corazón de mi Olivia.

Mi compañero de infortunio reconoció la justicia de esta contestación, mas no pudo dejar de observar que temía por la vida de mi hija, ya demasiado comprometida, si se prolongaba mi prisión, y añadió:

–Pues bien, si se niega usted a someterse al sobrino, supongo que no tendrá usted inconveniente en exponer el caso al tío, que tiene la mejor fama en todo el reino por su espíritu de benevolencia y de justicia. Aconsejo a usted que le envíe una carta por el correo denunciándole todas las malas artes de su sobrino, y apuesto mi vida a que dentro de tres días tiene usted contestación.

Le agradecí la idea y al instante quise ponerla en práctica; pero no tenía papel y desgraciadamente todo nuestro dinero se había gastado aquella mañana en provisiones. Mi amigo suplió esta falta.

Mi ansiedad fue indecible durante tres días por conocer la recepción que había merecido mi carta; al mismo tiempo me veía frecuentemente solicitado por mi esposa a que me sometiera a todas las condiciones, antes de permanecer allí, y cada hora recibía repetidas noticias del decaimiento de la salud de mi hija. Pasaron tres días y pasó el cuarto sin recibir contestación a mi carta. Las quejas de un extraño contra un sobrino favorito no era probable que fuesen atendidas; de manera que pronto se desvanecieron aquellas esperanzas, como todas las anteriores. Sin embargo, mi ánimo continuaba imperturbable, si bien aquel confinamiento y el aire malo que respiraba empezaron a alterar visiblemente mi salud, y la quemadura del brazo se me puso peor. Mis hijos, sin embargo, solían sentarse a mi lado, y mientras yo permanecía tendido en la paja, me leían por turno o escuchaban mis instrucciones, que a veces les hacían llorar. Pero la salud de mi hija declinaba con más rapidez que la mía; cada informe que recibía de ella contribuía a aumentar mis inquietudes y mis penas. El quinto día que sucedió a aquel en que envié la carta a sir William Thornhill me alarmaron con la noticia de que mi pobre Olivia había perdido la palabra. La privación de libertad se me hizo entonces verdaderamente penosa; mi alma volaba de mi prisión a la cabecera de mi hija para consolarla y fortalecerla, recibir sus últimos deseos y mostrarle el camino del cielo. Recibí otra noticia: Olivia estaba expirando, y yo me veía privado del triste consuelo de llorar cerca de ella. Al fin, mi compañero de prisión se encargó de darme el último golpe. Me exhortó a la paciencia: ¡mi hija había muerto!...

Al día siguiente volvió y me encontró con mis dos pequeños, mis únicos compañeros, que hacían todos los esfuerzos que les inspiraba su inocencia para consolarme. Me rogaban que les permitiera leerme algo, y que no llorase, porque ya era demasiado viejo para verter lágrimas.

–Dime, papá, ¿no es ahora mi hermana un ángel? –me preguntó el mayorcito–. ¿Por qué se aflige usted por ella? A mí me gustaría ser un ángel fuera de este horroroso lugar, con tal que mi papá estuviese conmigo.

–Sí –añadió el pequeñito–; el Cielo, donde ahora está mi hermana, es un lugar mucho más bello que éste; allí todas las personas son buenas, y las que hay aquí son muy malas.

Míster Jenkinson interrumpió la inofensiva charla de mis pequeñuelos haciéndome observar que, no existiendo ya mi hija, debería pensar seriamente en el resto de la familia y procurar salvar mi propia vida, que de día en día iba consumiéndose por falta de aire saludable y por las privaciones de todo género. Añadió que en conciencia yo debía el sacrificio de todo orgullo y resentimiento por el bienestar de los que contaban con mi apoyo, y que la razón y la justicia me obligaban a intentar reconciliarme con mi propietario.

–Gracias a Dios –repliqué–, ya no queda en mí orgullo de ninguna especie; detestaría a mi propio corazón si en él viese el menor vestigio de altivez o de mala voluntad. Al contrario, como mi opresor ha sido feligrés mío, espero presentarlo en su día ante el Tribunal Supremo con un alma limpia de todas sus manchas. No, señor, no le guardo rencor, y si bien me ha arrebatado lo que me era más querido que todos sus tesoros; si bien me ha estrujado el corazón –pues estoy a punto de desfallecer, amigo mío–, nada de eso me inspirará jamás el deseo de venganza. Apruebo ahora su casamiento, y si esta sumisión puede serle satisfactoria, háganle saber que si le he ofendido en algo, lo lamento de todo corazón.

Míster Jenkinson tomó una pluma y tinta, y redactó mi sumisión, poco más o menos en los términos en que yo acababa de exponer, y la firmé. Mi hijo se encargó de llevar la carta a míster Thornhill, que a la sazón estaba en su residencia en el campo. Salió a cumplir su cometido, y al cabo de unas seis horas regresó con una contestación verbal. Dijo que había tenido algunas dificultades para ver a nuestro propietario, porque los criados se manifestaron insolentes y suspicaces; pero que casualmente lo vio cuando aquél salía a sus negocios referentes al casamiento, que iba a celebrarse en el transcurso de tres días. Continuó diciéndonos que, acercándose a él de la manera más humilde, le entregó la carta, y después de leerla, míster Thornhill manifestó que toda sumisión era ya tardía e innecesaria; que ya sabía que nos habíamos dirigido a su tío, quien había recibido nuestra pretensión con el desprecio que merecía; y respecto a lo demás, que todas las futuras súplicas las dirigiéramos a su procurador, no a él. Finalmente, que como tenía muy buena opinión de la discreción de mis dos hijas, la intersección directa de ellas le hubiera sido mucho más agradable.

–Pues bien, señor –dije a mi compañero de cárcel–; ya ve usted de qué calaña es el hombre que me persigue. Puede, a la vez, ser bromista y cruel; pero aunque use conmigo todos los rigores que están en su mano, pronto seré libre. Voy caminando hacia una morada que me parece más brillante cuanto más me acercó a ella; esta esperanza aligera mis aflicciones, y aunque detrás de mí dejo familia y huérfanos desamparados, no quedarán en completo abandono; algún amigo encontrarán quizá que los socorra en memoria de su padre, y más de un alma caritativa les concederá su protección por el amor de aquel Padre que tenemos en el cielo.

Justamente al acabar estas palabras, mi esposa, a quien no había visto el día anterior, se presentó con el rostro descompuesto de terror, y haciendo impotentes esfuerzos para hablar.

–¿Por qué, amor mío –le pregunté, suplicante–, por qué aumentas mis aflicciones con las tuyas propias? Pues aunque no haya sumisión que pueda conmover a nuestro severo amo, aunque me haya condenado a morir en este lugar de desolación y hayamos perdido nuestra hija predilecta, aún podrás encontrar consuelo en tus otros hijos cuando yo no exista.

–Hemos perdido, en efecto, a una hija querida –confirmó mi esposa–; pero Sofía, la que más amaba mi corazón, ¡también se ha ido..., nos la han robado..., la han arrancado de mis brazos unos rufianes!

–¿Qué dice usted, señora? –preguntó mi compañero–. ¿También Sofía ha sido robada?... Parece imposible.

Mi mujer solamente pudo contestar con una mirada fija y un diluvio de lágrimas. Pero la mujer de un preso, que estaba presente y había llegado con mi esposa, nos dio pormenores más precisos: nos dijo que estando mi mujer, mi hija y ella misma paseando por la carretera, a poca distancia de la aldea, se detuvo cerca de ellas una silla de postas, tirada por dos caballos. Un hombre muy bien vestido, pero que no era míster Thornhill, salió del carruaje, cogió a mi hija por la cintura y la metió dentro a la fuerza, ordenó al postillón que arrancara y en un momento los perdieron de vista.

–Ahora –exclamé–la suma de mis miserias ha rebasado la medida; no hay poder en la tierra capaz de añadir otra angustia a mis angustias. ¡No dejarme una!... ¡Ni una!... ¡Oh, monstruo!... ¡La hija que más amaba!... ¡Bella y pura como un ángel!... ¡Cielos, socorredla, evitad que caiga!... ¡No dejarme ni una!...

–¡Ay, esposo mío! –murmuró mi mujer–. Veo que necesitas más consuelo que yo. Nuestras desgracias son grandes; pero yo las soportaría todas, y aun más, si te viese resignado. Llévenseme mis hijos y todo lo del mundo, con tal que me dejen a ti.

Mi hijo Moisés, que estaba presente, hizo cuanto pudo por moderar nuestro dolor, exhortándonos a la resignación y a la esperanza de que aún tendríamos razón para alabar a la Providencia.

–Hijo mío –le dije–, mira a tu alrededor y dime qué esperanza me puede quedar en este mundo. ¿Ves, por ventura, algún rayo consolador? Nuestras más bellas esperanzas únicamente están detrás de la tumba.

–Amado padre –replicó–, creo que aún puedo ofrecer a usted un intervalo de satisfacción, porque he recibido carta de mi hermano Jorge...

–¿Qué es de él? –interrumpí–. ¿Conoce nuestra desdicha? Espero que el pobre muchacho estará exento de todas las penas que su familia padece.

–Sí, señor –respondió Moisés–; está muy contento, alegre y feliz. Su carta trae buenas noticias; es el ojo derecho de su coronel, quien le ha prometido la primera vacante que haya de teniente.

–¿Estás seguro de todo eso? –preguntó mi esposa–. ¿Estás seguro de que nada malo le ocurre a mi hijo?

–Nada, señora –respondió Moisés–. Verá usted la carta, que le gustará mucho, y si hay algo que pueda consolarla, ella la consolará seguramente.

–¿Pero estás seguro de que la carta es suya –insistió mi mujer– y de que es tan feliz?

–Sí, señora –repitió el muchacho–; la carta es ciertamente suya, y no dudo que algún día él será la honra y sostén de la familia.

–En ese caso –exclamó mi mujer–, doy gracias a la Providencia de que se haya perdido la última carta que yo le escribí. Sí, amado mío –prosiguió mi mujer, dirigiéndose a mí–, ahora debo confesar que si la mano de la suerte ha pesado sobre nosotros en otros conceptos, en éste, al menos, se nos ha mostrado favorable. Mi última carta a mi hijo, escrita en momentos de irritación y amargura, le ordenaba, si quería merecer la bendición de su madre y si tenía corazón de hombre, que obrara en forma de que se hiciese justicia a su padre y a su hermana y vengase nuestra causa. Pero gracias al Cielo, que dirige todas las cosas, la carta se ha perdido y ya estoy tranquila.

–Mujer –exclamé–, has obrado muy mal, y en otras circunstancias mi censura hubiera sido más severa. ¡Oh! ¡De qué tremendo abismo has escapado, y en él os hubierais hundido tu hijo y tú por toda la eternidad! La Providencia se ha mostrado con nosotros más benévola que nosotros mismos: ha reservado aquel hijo para ser padre y protector de los míos cuando yo muera. Cuán injustamente me he quejado de estar privado de todo consuelo, cuando aún oigo que él es feliz y que nuestras aflicciones no han llegado hasta él, cuando sé que el Cielo le reserva para ser el apoyo de su madre viuda y el sostén de sus hermanos y de sus hermanas... ¿Qué digo, sus hermanas?... ¿Qué hermanas le quedan?... ¡Ya no tiene hermanas!... ¡Han muerto!... ¡Me las han robado!... ¡Estoy perdido!...

–Padre –interrumpió mi hijo–, permítame usted que le lea la carta... Estoy seguro de que le gustará.

Y con mi permiso leyó lo que sigue:

Venerado padre:

He desviado por un momento la imaginación de los placeres que me rodean para fijarla en objetos más agradables aún: el hogar querido de nuestra humilde morada. Mi fantasía me representa el inocente grupo escuchando con la atención posible toda palabra de la presente carta. Veo con deleite aquellos serenos rostros, jamás deformados por la ambición ni la angustia. Pero por felices que puedan ser ustedes en casa, estoy persuadido de que aún aumentaré esa dicha asegurándoles que estoy enteramente satisfecho de mi situación y que soy feliz en todos los conceptos.

Nuestro regimiento ha recibido contraorden y ya no dejará el reino. El coronel, que me profesa amable cariño, me lleva a las reuniones a que él asiste, y, generalmente, después de mi primera visita, puedo contar, al repetirla, con ser recibido con mayores muestras de consideración y afecto. Anoche bailé con lady G..., y si pudiera olvidar ya saben ustedes a quién, sería tal vez afortunado. Pero es mi destino recordar siempre a personas que se han olvidado de mí, entre las cuales temo, señor, contar a usted mismo, porque en vano espero el placer de recibir una carta fechada en casa. Olivia y Sofía me prometieron escribirme, pero también ellas parecen haberme olvidado. Dígales que son dos locuelas poco recomendables y que en este momento estoy furioso contra ellas; y no obstante, sin saber cómo, a pesar de mi deseo de maltratarlas un poco, mi corazón se inclina solamente a mis dulces emociones. Dígales, pues, que en realidad las quiero de todo corazón, y esté usted seguro de mi respeto.

Su reverente hijo.

–En medio de nuestras miserias –exclamé– ¡cuántas gracias debemos a la Providencia de que por lo menos uno de nuestra familia esté exento de lo que padecemos! ¡Quiera el Cielo velar por él y dejar intacta su felicidad, para que pueda ser el sostén de su madre viuda y padre de estos dos rapazuelos, que es todo el patrimonio que ahora puedo legarle! ¡Guarde el Cielo su inocencia de las tentaciones de la miseria y sea su guía en los senderos del honor!

Apenas había pronunciado estas palabras cuando un ruido tumultuoso se dejó oír en la prisión. Pronto se extinguió, y a lo largo del corredor que conducía a mi celda se oyó el roce metálico de cadenas arrastradas. El carcelero entró, empujando a un hombre cubierto de sangre, herido y cargado de pesados hierros. Miré compadecido al desdichado y, cuando se acercó a mí, vi con horror que era mi propio hijo.

–¡Jorge! ¡Jorge mío!... ¡En qué estado te veo!... ¡Herido!... ¡Encadenado!... ¿Ésa es tu felicidad? ¿De ese modo vuelves a mí? ¡Oh! ¡Por qué resiste aún mi corazón! ¡Por qué estoy condenado a vivir!

–¿Para cuándo reserva usted su valor? –me censuró mi hijo con intrépida voz–. Tengo que sufrir; mi vida está perdida, que la tomen.

Procuré reprimir mis pasiones durante unos momentos de silencio y creí morir de aquel esfuerzo.

–¡Oh, hijo mío! Mi corazón llora al verte en ese estado, y no puedo... ¡no puedo ayudarte! ¡En el momento en que te creía dichoso y pedía al Cielo tu seguridad, te veo aparecer de ese modo! Encadenado, herido... No obstante, morir en la juventud es una dicha. Pero yo soy viejo, muy viejo, y ¡haber vivido para ver este día! ¡Para ver caer prematuramente a mis hijos alrededor de mí, mientras yo sobrevivo miserablemente en medio de tanta ruina! ¡Caigan sobre el asesino de mis hijos todas las maldiciones que pueden pesar sobre un alma! ¡Ojalá viva, como yo, para ver!...

–¡Basta, señor! –interrumpió mi hijo–. Basta de imprecaciones, si no quiere que me avergüence de usted mismo. ¡Es posible, señor, que, olvidando su edad y su sagrado ministerio, se arrogue la justicia de los cielos y lance esas maldiciones, que pueden caer sobre su encanecida cabeza y quizá aplastarla para siempre!... No, señor; que su cuidado en estos momentos sea prepararme para la muerte ignominiosa que pronto voy a sufrir; armarme de esperanza y resolución; infundirme valor para beber la copa de amargura que pronto será mi suerte.

–Hijo mío, tú no debes morir; estoy seguro de que ningún delito tuyo puede merecer tan vil castigo. Mi Jorge nunca puede ser culpable de un crimen que pueda avergonzar a sus antepasados.

–Mi delito –respondió mi hijo– es, me temo, imperdonable. Cuando recibí la carta de mi madre, salí inmediatamente resuelto a castigar al que ultrajó nuestra honra, y lo reté en desafío; no contestó a mi reto en persona, sino que me envió cuatro criados suyos para que me prendieran. Herí al primero que puso la mano en mí, y temo que no cure; pero los otros me hicieron prisionero. El cobarde pretende descargar sobre mí todos los rigores de la ley; las pruebas son irrecusables; he enviado un desafío, y como soy el primer transgresor de lo estatuido[1], no tengo esperanza de perdón. Pero usted, que siempre me ha embelesado con sus lecciones de firmeza de ánimo, fortalézcame ahora con su ejemplo.

–Cuenta con él, hijo mío. Me encuentro ahora transportado por encima de este mundo y de todos los placeres que éste puede producir. Desde este momento rompo en mi corazón todos los lazos que lo sujetan a la tierra, y no quiero pensar más que en prepararnos a los dos para la eternidad. Sí, hijo mío, te enseñaré el camino y mi alma guiará la tuya en la ascensión, porque están destinadas a volar juntas. Ya veo que no puedes esperar perdón aquí y ahora, estoy convencido de ello; por consiguiente, tan sólo puedo exhortarte a buscarlo en el Supremo Tribunal delante del cual vamos a ser llamados muy pronto. Pero no seamos tacaños en nuestras exhortaciones, hagamos que también participen de ellas nuestros infortunados compañeros de prisión... Buen carcelero, permita usted que vengan todos a escuchar mis últimos consejos.

Y dicho esto, hice un esfuerzo para levantarme de la paja; pero me vi sin fuerzas y solamente pude reclinarme contra la pared. Los presos se reunieron, como yo había pedido, porque ya empezaban a escucharme con placer. Mi hijo y su madre me sostenían uno de cada lado; eché una mirada alrededor de mí, vi que no faltaba ninguno, y entonces les dirigí la siguiente exhortación.

---

[1] Aquí Goldsmith está dando por vigentes unas leyes que no existían.

CAPÍTULO XXIX

La equidad de la Providencia se demuestra con los felices y los desgraciados de aquí abajo. Considerado el placer y el dolor, comprendemos que los desgraciados están llamados a recibir en la otra vida la compensación de sus sufrimientos

–Hijos míos, amigos y compañeros de infortunio: Reflexionando en la distribución del bien y del mal aquí abajo, veo que el hombre ha recibido mucho para gozar, pero más aún para sufrir. Aunque recorriésemos el mundo entero, no encontraríamos un hombre tan feliz que nada tenga que desear; en cambio, todos los días vemos miles de ellos que, quitándose la vida, nos demuestran que nada tienen que esperar. Luego en esta vida no podemos ser enteramente felices, pero sí podemos ser completamente desgraciados.

»¿Por qué está el hombre condenado a padecer así? ¿Por qué nuestra desgracia es parte integrante y necesaria de la felicidad universal? ¿Por qué cuando los demás sistemas están hechos perfectos, por la perfección de sus elementos subordinados, el gran sistema requiere para su perfección partes que no solamente estén subordinadas a otras, sino que sean imperfectas en sí mismas?... Preguntas son éstas que jamás serán contestadas, y cuya respuesta podría ser inútil. La Providencia ha juzgado conveniente eludir nuestra curiosidad respecto a ello, satisfecha con concedernos motivos de consuelo.

»El hombre, dispuesto en esta forma, ha invocado la ayuda amistosa de la filosofía, y el Cielo, viendo la incapacidad de aquélla para consolar al hombre, ha dado a éste el socorro de la religión. Los consuelos de la filosofía son muy amenos, pero frecuentemente falaces; ella nos dice que la vida está llena de satisfacciones para los que saben aprovecharlas, y también nos dice que, si aquí hemos de soportar miserias inevitables, la vida es corta, y pronto acaban éstas. Así esos consuelos se destruyen mutuamente; porque si la vida es un lugar de comodidad, su brevedad debiera ser una desgracia, y si se prolonga, nuestras penas serán más duraderas. Así, pues, la filosofía es débil; pero la religión consuela desde un punto de vista más elevado. El hombre está aquí, nos dice, para acomodar su naturaleza moral y prepararla para otra mansión. Cuando el hombre bueno deje el cuerpo y sea un espíritu glorioso, encontrará que se ha hecho aquí un cielo de felicidad; mientras el malo, mutilado y contaminado por sus vicios, huye de su cuerpo con terror y ve que ha anticipado la venganza de los cielos. Luego en todas las circunstancias de la vida debe pedirse a la religión nuestro más verdadero consuelo; porque si ya somos felices, es un placer pensar que podemos dar a esta felicidad una duración indefinida, y si somos desgraciados, es muy dulce pensar que hay un lugar de descanso. Así, al afortunado la religión le ofrece la continuación de su dicha, y al desgraciado, un cambio desde el dolor.

»Y si bien la religión es bondadosa con todos los hombres, ha prometido a los desgraciados especiales recompensas: el enfermo, el desnudo, el que no tiene hogar, el agobiado de penas y el cautivo, encuentran promesas más frecuentes en nuestra sagrada ley. El Autor de nuestra religión se declara por todas partes amigo del desheredado y, a diferencia de los falsos amigos del mundo, otorga sus caricias al abandonado. Las personas irreflexivas han censurado esto como parcialidad, como preferencia no merecida; pero no advierten que no está en poder de nadie, ni aun del Cielo, hacer que el ofrecimiento de eterna felicidad sea para el hombre feliz tan seductor como para el miserable. Para el primero, la eternidad es un solo beneficio que lo único que hace es aumentar lo que ya posee. Para el último, tiene dos ventajas: aligera sus penas en la tierra y las recompensa con celestial bienaventuranza en la otra vida.

»Pero la Providencia es también en otros conceptos más favorable para el pobre que para el rico, porque como hace más deseable la vida que sigue a la muerte, suaviza el paso allá. Los desgraciados ya están acostumbrados a toda especie de terrores. El hombre que sólo ha conocido penas, sin bienes que lamentar y con pocas ligaduras que romper, se somete con resignación al último trance; siente solamente la angustia de la naturaleza en la separación final, pero no la encuentra tan punzante como otras muchas que antes ha sufrido, porque más allá de cierto grado de dolor, toda nueva brecha que la muerte abre en nuestra constitución, la naturaleza la cierra amorosamente con caritativa insensibilidad.

»De esta manera, la Providencia ha dado a los desgraciados dos ventajas sobre los felices de esta vida: más serenidad en el momento de morir, y en el Cielo aquella superioridad de goces que nace del contraste. Y, amigos míos, ¡no es pequeña la ventaja de esta superioridad! Ella sola constituyó uno de los mayores goces del hombre pobre de la parábola[1], porque si bien ya estaba en el Cielo y había gustado el éxtasis de las supremas delicias, se dice como añadidura a su felicidad que, habiendo sido infeliz, ahora era consolado, y que habiendo experimentado lo que era sufrir, ahora sentía mejor lo que era ser dichoso.

»Ya veis, amigos míos, que la religión realiza lo que la filosofía jamás podrá hacer: muestra la equidad con que el Cielo reparte sus dones entre los felices y los desgraciados, y mide con el mismo rasero todos los privilegios humanos. Asegura al rico y al pobre la misma felicidad futura e igual esperanza para aspirar a ello; y si el rico tiene la ventaja de gozar del placer aquí, el pobre tiene la infinita satisfacción de conocer lo que fue ser desgraciado cuando reciba la corona de inacabable gloria en el Cielo. Y este privilegio, que puede parecer de poca importancia, la adquiere muy grande si se piensa en que es eterna, y su duración compensa la intensidad de los cortos placeres que han podido procurarse los grandes.

»Éstos son los consuelos peculiares a los desgraciados, y por los cuales aventajan al resto de los hombres; en otros conceptos, están por debajo de ellos. El que quiera conocer a fondo las miserias del pobre, debe ver la vida y soportarla. Declamar sobre las

---

[1] Alusión, un tanto personal, a Lucas 16:20-25.

ventajas temporales que ellos gozan es sencillamente repetir lo que nadie cree ni practica. Los hombres que tienen lo necesario para vivir no son pobres, y los que no lo tienen son inevitablemente desgraciados. Sí, amigos míos, tenemos que ser miserables. Las vanas sutilezas de una imaginación refinada jamás calmarán las necesidades de la naturaleza, ni darán elástica dulzura al húmedo vapor de un calabozo, ni alivio a los latidos de un corazón angustiado. Dejemos al filósofo que desde su blanda poltrona nos diga que podemos resistir todos estos males... ¡Ay!, el esfuerzo que hacemos para resistirlos es nuestro mayor suplicio. La muerte es leve, y todo hombre ha de padecerla; pero los tormentos son horribles y no hay hombre que pueda soportarlos.

»Así, pues, amigos míos, las promesas de las venturas celestiales deberían ser singularmente preciosas para nosotros; porque si solamente en esta vida buscásemos nuestra recompensa, seríamos los más miserables de todos los hombres. Cuando veo estas sombrías paredes, hechas para aterrarnos tanto como para tenernos cautivos; esa luz que tan sólo sirve para revelarnos los horrores de este lugar; esos hierros que la tiranía ha impuesto o que el delito ha hecho necesarios; cuando examino esas caras macilentas y oigo esos gemidos..., ¡oh!, amigos míos, ¡qué gloriosa transformación hará el Cielo de todo esto! ¡Qué dulce volar a esas regiones infinitas!... ¡Calentarse al sol de eterna gloria!... ¡Entonar incesantes himnos de alabanza!... ¡Tener delante de nosotros, en lugar de un amo amenazador que nos insulta, la figura misma de la Divinidad, y por toda la eternidad!... Cuando pienso en estas cosas, la muerte se convierte en el mensajero de la buena nueva; cuando pienso en estas cosas, la flecha más aguda de la muerte es el cayado en que me apoyo; cuando pienso en estas cosas, ¿qué hay en la vida digno de poseer? Cuando pienso en estas cosas, ¿qué hay en la tierra que no merezca desprecio? Que los reyes en sus palacios ambicionen estas ventajas; pero nosotros, aunque humillados, compadezcámoslos.

»¿Y serán nuestras todas aquellas cosas? Lo serán infaliblemente si las buscamos y, lo que es gran consuelo, estamos protegidos de muchas tentaciones que retrasarían nuestro anhelo. Busquémoslas, y las poseeremos, y, lo que es otro consuelo, las poseeremos pronto. Una mirada a nuestra vida pasada nos la muestra muy corta, y lo que nos queda, aunque creamos lo contrario, durará mucho menos. Conforme nos vamos haciendo viejos, los días nos parecen más cortos, y nuestra intimidad con el tiempo nos hace perder la noción de su duración. Consolémonos, pues, con la idea de que el viaje se acerca a su fin; pronto dejaremos esta pesada carga, si bien la muerte, única amiga del desgraciado, suele burlarse del viajero fatigado que la cree más cerca y la ve huir delante de él; no obstante vendrá pronto el tiempo en que acabaremos nuestra fatiga; cuando los grandes de la tierra no nos pisotearán más; cuando evocaremos con alegría el recuerdo de nuestros males de aquí abajo; cuando estaremos rodeados, si no de todos los amigos, por lo menos de aquellos que tienen derecho a nuestro afecto; cuando nuestra gloria será inenarrable y, para coronamiento de todo, sin fin.

CAPÍTULO XXX

Empiezan a descubrirse perspectivas más felices. Seamos inflexibles, y al fin cambiará la fortuna en nuestro favor

Acabado mi discurso, y después de retirarse el auditorio, el carcelero, que era de los más humanos de su profesión, me rogó que no me disgustase, puesto que era su deber, si trasladaba a mi hijo a una celda más segura pero que le permitiría visitarme todas las mañanas. Le agradecí mucho su clemencia, di un apretón de manos a mi hijo, y me despedí de él recordándole el gran deber que tenía ante él.

Me tendí de nuevo en la paja, y uno de mis pequeñuelos se sentó a mi lado para leerme, cuando entró míster Jenkinson a informarme de que había noticias de mi hija; que había sido vista por una persona hacía dos horas en compañía de un forastero, que se habían detenido en una aldea cercana a tomar algún refrigerio, y que al parecer venían a la villa. Apenas había terminado de darme esta buena nueva, cuando el carcelero, alegre y presuroso, llegó a decirme que habían encontrado a mi hija. Un momento después llegó corriendo Moisés, diciéndome que su hermana estaba abajo y que ya subía con nuestro antiguo amigo míster Burchell.

Justamente en el instante en que me daba esta noticia entró mi queridísima hija, y, loca de alegría, se arrojó en mis brazos impulsada por un arrebato de filial cariño. Las lágrimas y el silencio de su madre atestiguaban también su placer.

–Aquí tiene usted, papá –exclamó la encantadora muchacha–, aquí tiene usted al hombre valiente a quien debo mi libertad; a la intrepidez de este caballero debo mi felicidad y mi salvación...

Un beso de míster Burchell, cuya satisfacción parecía mayor que la de ella, interrumpió lo que la joven iba a añadir.

–¡Ah!, míster Burchell –exclamé yo–, miserable es el lugar en que nos encuentra usted ahora; nuestra situación ha cambiado mucho desde la última vez que nos vio. Usted ha sido siempre nuestro amigo; hace tiempo que descubrimos nuestros errores con respecto a usted y nos hemos arrepentido de nuestra ingratitud. Después del trato vil que recibió usted entonces de mi parte, casi me avergüenzo de mirarle a la cara; pero confío en que usted me perdonará, puesto que yo estaba alucinado por un miserable que, bajo la máscara de la amistad, me ha perdido.

–Es imposible que yo le perdone a usted –contestó míster Burchell–, puesto que nunca ha dado motivo a mi resentimiento. Veía en parte entonces cuál era su error, y como el remedio estaba fuera de mi poder, me limité a compadecerle.

–Siempre sospeché que la intención de usted era noble –insistí–; pero ahora estoy persuadido de ello... Pero dime, mi amada Sofía, ¿cómo has sido socorrida y quiénes son los malvados que te han raptado?

–A decir verdad, señor –respondió la muchacha–, ignoro quién es el villano que me arrebató. Íbamos paseando mamá y yo, cuando, llegando detrás de nosotras y sin darme tiempo para pedir auxilio, me metió en el carruaje, y en un instante los caballos partieron al galope. Encontré varias personas en la carretera, a las que pedí socorro, pero todas desatendían mis súplicas. Al mismo tiempo, aquel tunante puso en obra mil artificios para impedirme que gritara; empleó toda suerte de halagos y amenazas, y me juró que si guardaba silencio, no intentaría hacerme daño. A pesar de esto, rompí la cortinilla que él había bajado y entonces vi muy cerca de nosotros a nuestro amigo míster Burchell, que caminaba, como de costumbre, a largos pasos, con aquel garrote que tantas veces le habíamos ridiculizado. En cuanto estuvimos al alcance de su oído, lo llamé por su nombre, suplicando su auxilio. Repetí mis exclamaciones varias veces; entonces él, con voz de trueno, mandó al postillón que se parase;

pero el mozo no hizo caso, sino que siguió con más celeridad. Pensé que mi protector no podía alcanzarnos; pero, en menos de un minuto, volví a ver a míster Burchell al lado de los caballos, y de un golpe echó a tierra al postillón. Al caer éste al suelo, los caballos pronto se detuvieron por sí solos, y el bandido salió del coche jurando y amenazando, desenvainó la espada y ordenó a míster Burchell que se retirase, si no quería arriesgar la vida. Pero mi salvador, acometiéndole, hízole trizas la espada y lo persiguió más de un cuarto de milla; no obstante, el cobarde escapó. Yo también me había apeado para ayudar a mi libertador; pero pronto volvió triunfante a mi lado. El postillón, que había recobrado el sentido, quiso escapar también; pero míster Burchell le ordenó, bajo amenazas, que volviese el carruaje a la villa. Juzgando imposible toda resistencia, obedeció a regañadientes, aunque la herida que había recibido me pareció peligrosa. Continuó quejándose, mientras nos conducía, para mover a compasión a nuestro amigo, quien, atendiendo a mis ruegos, lo reemplazó por otro en una posada en que nos detuvimos en nuestro regreso.

–Bien venida, hija mía –exclamé–, y tú, su valeroso libertador, mil veces bien venido. Nuestra situación es, por desgracia, muy triste; pero nuestros corazones están dispuestos a recibir a usted. Y ahora, señor Burchell, ahora que ha salvado usted a mi hija, si cree ver en ella una recompensa, ahí la tiene usted, suya es. Si puede usted descender a una alianza con una familia tan pobre como la mía, reciba usted a esa muchacha; obtenga su consentimiento, pues sé que su corazón es de usted, y cuente desde luego con mi bendición. Permítame añadir, señor, que no es despreciable el tesoro que le ofrezco; su hermosura es muy celebrada, es verdad; pero no es a esto a lo que me refiero: le entrego un tesoro en su ánimo.

–Pero supongo, amigo mío –replicó míster Burchell–, que está usted al tanto de mis circunstancias y de mi incapacidad para mantenerla como ella merece.

–Si esa objeción –repuse– es un medio de eludir mi ofrecimiento, desisto; pero no conozco hombre tan digno de ella como usted, y aun cuando yo pudiera darle miles, y miles fuesen los que la pretendieran, mi valiente y honrado Burchell sería el predilecto.

El silencio que guardó al oírme parecía darme una mortificante negativa, y sin la menor réplica a mis ofrecimientos, preguntó si podrían traer algún refrigerio de la posada más próxima. Y habiéndosele contestado afirmativamente, ordenó que se nos dispusiera la mejor comida que pudiera prepararse en tan poco tiempo. Pidió también una docena de botellas de su mejor vino, y licores fortificantes para mí, añadiendo, con una sonrisa, que por una vez podía permitirse aquello, y que, aun encontrándose en la cárcel, nunca se había sentido más dispuesto a alegrarse. El mozo apareció pronto con los preparativos para la comida; el carcelero, que se encontraba muy propicio a servirnos, nos prestó una mesa; pusiéronse las botellas en orden de batalla y dos grandes fuentes con manjares muy bien guisados hicieron su presentación.

Mi hija aún no había oído hablar de la deplorable situación de su pobre hermano, y ninguno de nosotros parecía deseoso de estorbar su alegría con tan triste noticia. Pero yo en vano procuraba mostrarme alegre; el estado de mi infortunado hijo pronto se manifestó a pesar de todos los esfuerzos por disimular. Al fin me vi obligado a entibiar aquel júbilo relatando los infortunios de Jorge, y expuse mis deseos de que se le permitiera participar de aquel breve intervalo de satisfacción. Después que mis oyentes se hubieron repuesto de la consternación que mi relato les había producido, solicité también que míster Jenkinson, compañero de prisión, fuese admitido, y el carcelero acogió mis requerimientos con ademanes de inusitada sumisión.

Pronto se oyó por el pasillo el ruido de las cadenas de mi hijo; su hermana, impaciente por verlo, corrió a su encuentro, y entretanto, míster Burchell me preguntó si mi hijo se llamaba Jorge, y cuando le hube contestado afirmativamente, volvió a quedar silencioso. Tan pronto como mi hijo entró en la habitación, pude observar que echó a míster Burchell una mirada de asombro y de respeto.

–Ven, hijo mío –le dije–; aunque hemos caído muy bajo, la Providencia se ha dignado concedernos algún lenitivo a nuestras penas. Tu hermana nos ha sido devuelta, y aquí está su libertador; a este hombre valeroso soy deudor de tener aún una hija; dale, hijo mío, la mano de amigo, porque merece nuestra mayor gratitud.

Mi hijo parecía no atender a mis palabras y aún continuaba quieto a una respetuosa distancia.

–Querido hermano –le suplicó su hermana–, ¿por qué no das las gracias a mi buen libertador? Los valientes deberían quererse recíprocamente.

Aún persistían en él su silencio y su asombro; al fin, nuestro huésped advirtió que había sido conocido, y recobrando su natural dignidad, invitó a mi hijo a que avanzara. Nunca había visto yo nada tan verdaderamente majestuoso como el aire que tomó en esa ocasión. Lo más augusto del universo, dijo un filósofo, es un hombre de bien luchando contra la adversidad[1]; pero aún hay algo más grande, y es el hombre de bien que acude a mitigarla. Después de haber contemplado un rato a mi hijo con cierto aire de superioridad, le dijo:

–Otra vez veo, joven irreflexivo, que el mismo delito...

Pero fue interrumpido por un vigilante de la cárcel, que iba a informarnos de que una persona de alta categoría, que había entrado en la villa en carruaje y con varios lacayos, enviaba sus respetos al caballero que estaba con nosotros y le rogaba que le hiciese saber a qué hora podría ser recibido.

–Diga usted a ese hombre –ordenó nuestro visitante– que lo recibiré cuando tenga tiempo libre.

Y volviéndose a mi hijo, prosiguió diciéndole:

–Veo, señor, que es usted culpable por idéntica falta por la que en otra ocasión mereció mis reproches y por la cual ahora la ley se dispone a inflingirle su más justo castigo. ¿Imagina usted acaso que porque desprecie su propia vida, eso le da derecho a atentar contra la de otro? ¿Dónde está la diferencia entre el duelista que arriesga una vida de poco valor y el asesino que obra con mayor seguridad? ¿Es una atenuante en el tahúr alegar que usaba moneda falsa?[2].

–¡Ay!, señor –exclamé–; quienquiera que usted sea, compadézcase de esa pobre criatura mal guiada. Ha obrado por obe-

---

[1] Séneca, *De providentia*, II 6.

[2] Literalmente, *counter*, en sentido de "pieza de moneda falsa usada como medio para llevar las cuentas".

diencia a una madre que, por la amargura de un arrebato de rencor, le pidió, amenazándole con negarle su bendición, que vengara su deshonra. Aquí está la carta que convencerá a usted de la imprudencia cometida por aquella madre desolada y que disminuirá la culpabilidad del hijo.

Cogió la carta y pasó rápidamente la vista por ella.

–Esto –dijo después–, aunque no es una exclusa completa, es un paliativo de la falta, que me induce a perdonarle. Y ahora, señor –continuó tomando a mi hijo de la mano–, veo que le ha sorprendido verme aquí; pero he visitado muchas veces a los presos en ocasiones menos interesantes. Hoy he venido a asegurarme de que se hace justicia a un hombre digno, por el que guardo la estimación más sincera. He sido mucho tiempo espectador disfrazado de la benevolencia de vuestro padre. En su humilde casa he gozado del respeto no contaminado por la adulación, y he sentido aquella dicha que las cortes no pueden dar, de los seres sencillos agrupados alrededor de su hogar. Mi sobrino, informado de mis intenciones de venir aquí, ha venido también. Sería agraviarle, y a usted también si le condenáramos sin oírle. Si hay injuria, será reparada, y puedo decir, sin que esto sea vanagloria, que nadie ha acusado a sir William Thornhill de haber patrocinado la injusticia.

Entonces supimos que aquel personaje que tantas veces habíamos acogido como inofensivo y gracioso compañero era nada menos que el célebre William Thornhill, tan conocido por sus excentricidades y sus virtudes. El pobre míster Burchell era en realidad un hombre de gran fortuna y mucha influencia, a quien los senados escuchaban con aplauso y los partidos guardaban merecida consideración; gran amigo de su país y leal servidor del rey. Mi pobre mujer, recordando su antigua familiaridad, parecía encogerse de temor, pero Sofía, que poco momentos antes había acariciado la esperanza de ser su esposa, viendo la inmensa distancia que la fortuna ponía entre ellos, no pudo retener las lágrimas.

–Señor –exclamó mi esposa, con acento lastimero–, ¿es posible que yo pueda merecer su perdón? Los desaires que usted recibió de mí la última vez que tuve el honor de verle en nuestra casa, y las bromas que audazmente me permití con usted..., estas bromas, sobre todo, creo que son imperdonables.

–Mi buena señora –respondió sonriendo–, si usted se burló yo supe responder. Los presentes pueden decir si mis bromas no fueron tan buenas como las de usted. A decir verdad, en este momento únicamente siento verdadero rencor contra el sujeto que tal susto ha dado a mi pobre Sofía. Ni siquiera tuve tiempo de examinar la figura de aquel bribón para describirlo en un anuncio. ¿Puede usted decirme, Sofía, querida mía, si lo reconocería usted?

–Ciertamente –respondió mi hija–, no puedo estar segura... ¡Ah!, sí; ahora recuerdo que tenía una cicatriz grande encima de una ceja...

–Perdone usted, señorita –interrumpió Jenkinson, que estaba cerca de nosotros–, pero tenga la amabilidad de decirme si aquel mozo tenía el pelo rojo.

–En efecto –respondió Sofía.

–¿Y observó Vuestro Honor –continuó Jenkinson, dirigiéndose a sir William– si tenía las piernas largas?

–No estoy seguro de la longitud –respondió el baronet–; pero quedé convencido de su celeridad porque me adelantó, cosa que suponía que pocos hombres del reino hubieran hecho.

–Pues con permiso de Vuestro Honor –afirmó Jenkinson–, yo conozco a ese hombre. Sí, es él..., el mejor corredor de Inglaterra. Venció a Pinwine en Newcastle. Su nombre es Timoteo Baxter; lo conozco perfectamente, así como el lugar de su retiro en este momento. Si Vuestro Honor se digna mandar al carcelero que me permita salir con dos vigilantes, me comprometo a traerlo en menos de una hora.

Dicho esto, fue llamado el carcelero, quien se presentó inmediatamente. Sir William le preguntó si le conocía a él.

–Ciertamente –respondió el carcelero–, conozco muy bien a sir William Thornhill, y cuantos lo conocen un poco desean conocerlo más.

–En ese caso –dijo el baronet–, mi deseo es que deje usted salir a este hombre, acompañado de dos vigilantes, a cumplir un servicio por orden mía, y como pertenezco a la comisión de jueces de paz, yo respondo de la seguridad de usted.

–Su promesa es suficiente –replicó el otro–, y dentro de un

minuto Vuestro Honor puede enviar los emisarios a cualquier punto de Inglaterra que le parezca.

Siguiendo la obediencia del carcelero, Jenkinson fue despachado en busca de Timoteo Baxter. Entretanto, nosotros nos divertimos con la asiduidad de Bill, nuestro hijo más pequeño, que acababa de llegar y había saltado al cuello de sir William para darle un beso, como en otro tiempo era su costumbre. Su madre se apresuró a reprimir aquella familiaridad; pero aquel hombre ilustre se opuso, y, poniendo al chico en sus rodillas, sin inquietarse de los andrajos del pobre niño, le dijo:

–¡Hola, Bill! ¿Aún te acuerdas de tu antiguo amigo Burchell?... Y tú, el veterano Dick, ¿también estás aquí?... Ya veis que no os he olvidado.

Y diciendo esto, dio a cada uno un gran pedazo de pan de jengibre, que las pobres criaturas devoraron con avidez, porque aquella mañana habían tenido un desayuno bastante escaso.

Entonces nos sentamos a tomar la comida, que ya estaba casi fría. El brazo continuaba doliéndome mucho; sir William escribió una receta, puesto que había estudiado medicina por pasatiempo y estaba bastante instruido en la profesión. Un farmacéutico que vivía cerca preparó el remedio, me lo aplicaron al brazo y encontré mucho alivio casi en el acto. El carcelero en persona quiso servirnos la comida, para hacer todos los honores posibles a nuestro ilustre huésped. Pero antes de acabar llegó otro mensaje del sobrino de sir William, pidiendo permiso para comparecer con el objeto de vindicar su inocencia y su honor. El baronet atendió a tal requerimiento y dio orden de que míster Thornhill fuese introducido.

CAPÍTULO XXXI

La anterior benevolencia, vuelta a pagar ahora con inesperado interés

Míster Thornhill hizo su aparición con la sonrisa que raras veces le faltaba, y se apresuró a abrazar a su tío; pero éste lo rechazó con desdén.

–Déjate de zalamerías por ahora –le dijo el baronet, mirándole severamente–. El único camino a mi corazón es el del honor, y aquí solamente veo una extraña complicación de falsedades, cobardía y opresión. ¿Cómo se explica, señor, que este pobre hombre, a quien, según creo, profesaba usted amistad, sea tratado con tanto rigor? Su hija, vilmente seducida, como recompensa de su hospitalidad, y él, encerrado en una prisión, quizá por haberse quejado del ultraje. Su hijo, a quien temiste hacer frente como un hombre...

–¿Es posible, sir –interrumpió su sobrino–, que mi tío considere un delito lo que sus repetidas instrucciones me han inducido a evitar?

–Tu reproche –dijo sir William– es justo; en este caso has obrado prudentemente y bien, aunque no enteramente como tu padre hubiera procedido; mi hermano era el prototipo del honor, pero tú... Sí, en esta ocasión has obrado bien y tu conducta merece mi más calurosa aprobación.

–Y espero –prosiguió el sobrino– que el resto de mi proceder tampoco merecerá censura. Me mostré con la hija de este caballero en algunos lugares de pública diversión, lo que dio lugar a calificar con nombres más duros una conducta simplemente ligera, y permitió decir que yo la había corrompido. Visité a su padre en persona, con el deseo de explicar satisfactoriamente el asunto, y me recibió con insultos e injurias. En cuanto a lo demás, es decir, a la causa de su encarcelamiento, mi procurador y mi administrador pueden informar mejor a usted, porque he puesto enteramente en manos de ellos todo lo concerniente a mis negocios. Si el señor ha contraído deudas y no quiere o no puede pagarlas, a ellos les incumbe proceder, y no veo ni rigor ni injusticia en emplear el medio más legal que se ha emprendido.

–Si los hechos son tal como dices –observó sir William–, nada hay imperdonable en tu conducta y, si bien pudiste haberte mostrado más generoso, evitando a este caballero la opresión de la tiranía de tus subalternos, lo cierto es que no has vulnerado la más estricta equidad.

–Este señor no será capaz de contradecir un solo particular de cuanto he manifestado –replicó el *squire*–; le reto a ello, y algunos servidores míos están dispuestos a confirmar lo que digo. Así, pues, señor –continuó diciendo al ver que yo permanecía silencioso (porque, en efecto, no podía contradecirle)–; así, pues, señor, mi inocencia queda justificada, y si bien, si usted lo desea, estoy dispuesto a perdonar a este caballero todas sus ofensas, no obstante, los esfuerzos que ha hecho para hacerme perder la estimación de usted han suscitado en mí un resentimiento que no puedo refrenar. Y esto, cabalmente en el momento en que su hijo se proponía quitarme la vida... Es tal la culpabilidad de éste, que estoy resuelto a dejar que la ley siga su curso. Aquí tengo el desafío que me envió y dos testigos para probarlo. Un criado mío ha sido herido gravemente, y aunque mi tío mismo pretenda disuadirme, y estoy seguro de que no lo hará, quiero que se haga justicia y que reciba el castigo merecido.

–¡Monstruo! –exclamó mi esposa–. ¿No está aún satisfecha tu venganza, sino que es preciso que mi pobre hijo sienta aún todo el peso de tu crueldad? Espero que el bondadoso sir William nos protegerá, porque mi hijo es tan inocente como un niño. Estoy segura de que lo es y de que jamás ha hecho daño a nadie.

–Señora –respondió el buen hombre–, sus deseos por salvar a este joven no son mayores que los míos; pero su culpabilidad es tan manifiesta, que si mi sobrino persiste...

La aparición de Jenkinson y de los dos subordinados del carcelero desvió en aquel instante nuestra atención. Entraron arrastrando a un hombre alto, elegantemente vestido y respondiendo a la descripción ya hecha del rufián que había raptado a mi hija.

–Aquí está –gritó Jenkinson, empujándolo hacia adentro–; ya lo tenemos aquí; y si alguna vez ha habido algún candidato a Tyburn, éste es uno.

En el momento en que míster Thornhill vio al preso y a Jenkinson, que lo custodiaba, pareció retroceder lleno de espanto. La repentina palidez de su cara denunciaba su culpabilidad, y seguramente hubiera huido; pero míster Jenkinson, que conoció su intento, lo detuvo, diciéndole:

–¿Cómo es eso, *squire*? ¿Se avergüenza usted de sus dos antiguos amigos Jenkinson y Baxter? Propio de los grandes hombres es el olvido de sus amistades; pero yo estoy decidido a que usted no nos olvide. Nuestro preso –continuó, dirigiéndose a sir William– ha confesado todo. Éste es el caballero que, según declara su amo, ha sido tan gravemente herido. Afirma que en todo ha obedecido a míster Thornhill; que él le dio el traje que ahora lleva, para aparecer como un caballero, y le procuró la silla de postas. El plan convenido entre ellos era que éste llevaría a la joven a un lugar seguro, y que allí la amenazaría y daría miedo; entonces aparecería míster Thornhill, como por casualidad, para salvarla; los dos simularían un combate, y entonces el raptor huiría. De este modo, míster Thornhill, en su calidad de defensor, hubiera tenido la ocasión más propicia para ganarse el afecto y la gratitud de ella.

Sir William recordó haber visto a su sobrino el traje que llevaba el preso, y éste, ya identificado, concluyó manifestando que míster Thornhill le había dicho muchas veces que estaba enamorado por igual y simultáneamente de las dos hermanas.

–¡Cielos! –exclamó sir William–. ¡Qué víbora he criado en mi seno! ¡Y tan aficionado como parece ser a la justicia pública!... Pues bien, la tendrá. Asegúrelo, señor carcelero... No; ¡deténgase! Temo que no haya pruebas legales para detenerlo.

Oído esto, míster Thornhill, con la mayor humildad, observó que dos miserables abandonados como aquéllos no podían ser admitidos como veraces testimonios contra él, sino que se interrogara a sus criados.

–¡Tus criados! –replicó sir William–. ¡Desgraciado! No los llames ya más tus criados. En fin, veamos lo que esos individuos tienen que decir. Venga primero el mayordomo.

Cuando éste entró, por el aspecto de su amo notó que el poder de éste se había desvanecido.

–Dígame usted –le preguntó sir William severamente–: ¿ha visto usted alguna vez juntos a su amo y a este sujeto que lleva su ropa?

–Sí, señor –contestó el mayordomo–; más de mil veces; es el hombre que siempre le llevaba las mujeres...

–¡Cómo! –interrumpió el joven *squire*–. ¿Te atreverás a sostenerlo delante de mí?

–Sí; y delante de todo el mundo. Y hablando francamente, míster Thornhill, he de decirle que nunca le he querido a usted, ni me ha gustado, y no me importa si lo que digo no es de su agrado.

–Ahora –rogó Jenkinson– diga usted a Su Honor si sabe usted algo de mí.

–Poco bueno es lo que puedo decir de usted –respondió el mayordomo–. La noche en que la hija de este caballero fue llevada a nuestra casa, usted era uno de la partida.

–¡Excelentes testigos invocas para probar tu inocencia! –dijo sir William–. ¡Tú, desdoro de la humanidad, asociarte con tales miserables! –y, siguiendo el interrogatorio, añadió–: Me ha dicho usted, señor mayordomo, que éste es el que llevó a mi sobrino la hija de este caballero...

–No, señor; no la llevó él, sino el mismo *squire,* pero aquél llevó el sacerdote que simuló casarlos.

–Exacto –afirmó Jenkinson–, no puedo negarlo; tal fue el empleo que se me asignó, y lo confieso avergonzado.

–¡Dios mío! –exclamó el baronet–. Cada nuevo descubrimiento de sus infamias aumenta mi angustia. Toda su culpa está bien demostrada, y veo que sus persecuciones eran dictadas por tiranía, venganza y cobardía. A ruego mío, señor carcelero, ponga en libertad a este joven oficial, de cuya custodia está usted encargado, y confíe en mí respecto a las consecuencias. Yo me encargo de presentar el asunto tal como es al magistrado amigo mío que ha firmado la orden de detención... Pero ¿dónde está aquella infortunada joven? Sería conveniente su presencia para carearla con este miserable; estoy impaciente por conocer los artificios de que se sirvió para seducirla. Suplicadle que entre... ¿Dónde está?

–¡Ay!, señor –exclamé yo–; esa pregunta me parte el corazón. Fui un tiempo feliz con aquella hija; pero sus desdichas...

Otra interrupción me cortó la palabra, porque quien se presentó allí fue nada menos que miss Arabella Wilmot, la que al día siguiente se iba a casar con míster Thornhill. Su sorpresa al encontrar allí a sir William y a su sobrino fue indescrptible, pues su llegada era enteramente casual. Su padre y ella iban de paso por la villa hacia el pueblo de su tía, que había insistido en que la boda se celebrase en su casa; pero se detuvieron a tomar un refrigerio en una posada situada en el extremo de la ciudad. La joven vio desde una ventana a un hijo mío que estaba jugando en la calle, e inmediatamente lo mandó a buscar por un criado; mi hijo le dio alguna noticia de nuestras desdichas, pero sin decirle que míster Thornhill era la causa de ellas. Las consideraciones que su padre le hizo sobre la inconveniencia de ir a una cárcel a visitarnos fueron ineficaces; ordenó al muchacho que la acompañara, lo cual hizo éste, y tal es la razón de que ella nos sorprendiera en coyuntura tan inesperada.

No puedo prescindir de hacer una reflexión sobre aquellos encuentros accidentales que, aun ocurriendo cada día, excitan raras veces nuestra sorpresa, a menos que vayan acompañados de alguna circunstancia extraordinaria. ¡A cuántos azares aparentes debemos todo placer y conveniencia de nuestra vida! ¡Cuántos accidentes aparentes deben encadenarse antes de que nos veamos vestidos y alimentados! Es preciso que el campesino esté dispuesto a trabajar, que caiga la lluvia, que el viento sople en la vela del comerciante...; de lo contrario, ¡cuántos hombres quedarían sin los recursos habituales!

Permanecimos silenciosos unos momentos, y mi encantadora discípula, pues tal era el nombre que yo daba generalmente a aquella señorita, revelaba sentir a la vez asombro y compasión, emociones que daban nuevo realce a su belleza.

–En verdad, mi querido míster Thornhill –dijo la joven al *squire,* suponiendo que éste había ido allí a socorrernos y no a oprimirnos–, casi merece usted mis censuras por haber venido aquí sin mí, y desde luego mi enfado por no haberme informado de la situación de una familia que nos es tan querida a los dos. Ya sabía usted que yo hubiera tenido gran placer en contribuir al alivio de mi reverendo antiguo maestro, a quien estimo tanto como usted pueda quererlo. Pero veo que usted, como su tío, disfrutan practicando el bien en secreto...

–¡Que disfruta haciendo el bien! –exclamó sir William, interrumpiéndola–. No, querida mía; sus placeres son tan ruines como él mismo. Es un ser tan vil como pueda existir para deshonra de la raza humana. Un miserable que después de haber seducido a la hija de este pobre hombre, después de haber conspirado contra la inocencia de la hermana de ella, ha metido al padre en la cárcel y ha hecho poner grillos al hijo mayor, porque tuvo el valor de pedir cuentas a este traidor. Y ahora, señorita, permítame usted que la felicite porque se va usted a ver libre de los abrazos de tal monstruo.

–¡Dios mío! –exclamó la encantadora joven–. ¿Es posible que haya sido engañada hasta ese punto? Míster Thornhill me había asegurado que el hijo mayor de este caballero, el capitán Primrose, se había casado y que estaba camino de América.

–Mi dulce señorita –dijo mi esposa–, cuanto ese hombre le ha dicho es falso. Mi hijo Jorge no ha salido de Inglaterra ni se ha casado. A pesar de que usted lo ha olvidado, él la alma a usted de tal manera que no puede pensar en otra, y repetidas veces le he oído decir que morirá soltero en obsequio a usted..

Y continuó hablando de la sincera pasión de su hijo; dio la verdadera explicación de su duelo con míster Thornhill; desde ahí, hizo una rápida digresión hacia los odiosos desórdenes del *squire* y sus presuntos casamientos, y concluyó pintando la cobardía de éste en los términos más insultantes.

–¡Dios misericordioso! –exclamó miss Wilmot–. ¡Qué cerca me he encontrado de mi ruina definitiva! ¡Qué feliz me siento de haberme librado de ella! ¡Este caballero me ha contado diez mil mentiras! Aún tuvo maña suficiente para persudiarme de que la felicidad del único hombre que yo amaba me desligaba de todo compromiso que hubiese contraído con él, puesto que había sido infiel. A fuerza de falsedades me había enseñado a detestar a un hombre tan valiente y generoso.

En aquel momento mi hijo estaba ya libre de las asechanzas de la ley, puesto que la persona que se suponía haber sido herida estaba convicta de impostura. Además, míster Jenkinson, que se había constituido en ayuda de cámara de mi hijo, le arregló el cabello y le procuró lo necesario para que se presentara convenientemente. Entró, pues, vistiendo el uniforme de su regimiento y, sin vanidad (pues jamás me dominó tal pasión), el traje militar nunca puso de relieve tan agradable conjunto de diversos atractivos. Al entrar saludó a miss Wilmot con una modesta inclinación de cabeza, porque aún no conocía el cambio que la elocuencia de su madre había obrado en su favor. Pero ninguna conveniencia pudo reprimir la impaciencia de su ruborizada adorada para perdonarle. Sus lágrimas, su semblante, todo contribuyó a descubrir las verdaderas sensaciones del corazón de la joven, por haber olvidado sus antiguas promesas y haber consentido ser engañada por un impostor. Mi hijo estaba asombrado de aquella condescendencia y apenas podía creer que fuese sincera.

–Seguramente, señorita –exclamó–, soy víctima de una ilusión. Nunca he merecido tanto. Recibir esta bendición es para mí excesiva felicidad.

–No, señor –repuso la joven–. He sido engañada, vilmente engañada; solamente eso ha podido hacerme quebrantar mi promesa. Usted conoce mi amistad, la conoce usted de mucho tiempo. Pues bien, olvide lo que he hecho, y usted, que en otro tiempo tuvo mis más calurosas promesas de constancia, ahora las tendrá repetidas, y esté usted persuadido de que si su Arabella no pudiese ser de usted, jamás será de otro alguno.

–Y no será usted de ningún otro –aseguró sir William– si es que tengo alguna influencia con su padre.

Esta alusión fue suficiente para que mi hijo Moisés fuese volando a la posada en que estaba míster Wilmot, para informarle de lo que ocurría. Entretanto, el *squire,* advirtiendo que por todas partes perdía terreno, y no pudiendo esperar ya nada de la adulación ni del disimulo, tomó el partido de dar cara a sus enemigos. Así, pues, dejando a un lado todo pudor, mostró abiertamente toda la fealdad de su bajeza.

–Veo –exclamó– que aquí no puedo esperar justicia; pero he resuelto hacérmela yo mismo. Sepa usted, señor –dijo volviéndose a su tío–, que en adelante no dependeré de sus favores. Los desprecio. Nadie puede quitarme la fortuna de miss Wilmot, que, gracias a la asiduidad de su padre, es muy grande. El contrato y las capitulaciones que me aseguran esa fortuna están firmados y salvos en mi poder. La fortuna de miss Wilmot, no su persona, ha sido lo que me indujo a desear el casamiento, y ya dueño de la una, dejo la otra a quien la quiera.

Este golpe era alarmante. Sir William, que había redactado los capítulos matrimoniales, comprendió la justicia de las pretensiones de su sobrino. Miss Wilmot, advirtiendo que su fortuna estaba irremisiblemente perdida, se volvió a mi hijo preguntándole si aquella pérdida la hacía desmerecer para él.

–No puedo ofrecer a usted riquezas –dijo la joven–; pero al menos dispongo de mi mano.

–Esa mano, señorita –exclamó el verdadero enamorado–, fue siempre el único objeto de mis deseos; por lo menos, es lo más digno de ser aceptado. Y ahora, Arabella mía, te aseguro que la pérdida de tu fortuna aumenta mi placer y mi dicha, porque ello sirve para convencer a mi dulce amada de la sinceridad de mi afecto.

A su llegada, míster Wilmot pareció no poco satisfecho de ver el peligro de que acababa de escapar su hija y aceptó inmediatamente la ruptura de la unión estipulada. Pero al saber que su fortuna, que en calidad de dote había asegurado a míster Thornhill, no le sería devuelta, su desesperación no tuvo límites. Vio que todo su dinero iba a enriquecer a un sujeto que no tenía nada. Podía tolerar que míster Thornhill fuese un pillo redomado; pero ver perdida la fortuna de su hija era para él un trago muy amargo. Permaneció algunos instantes sumido en humillantes reflexiones, hasta que sir William, procurando atenuar sus angustias, le dijo:

–Debo confesar, señor, que sus presentes angustias no me desagradan enteramente. Su inmoderada pasión por las riquezas encuentra ahora justo castigo. Y aunque esta joven ha dejado de ser rica, aún tiene lo bastante para ser feliz. He aquí un honrado soldado que consiente en tomarla sin fortuna; hace tiempo que los dos se aman, y la amistad que yo profeso al padre del prometido hará que no falte mi interés para que sea pronto ascendido. Renuncie, pues, a esa ambición que tantos disgustos le ha causado, y admita por una vez esa felicidad que acude a pedir su buena acogida.

–Sir William –respondió míster Wilmot–, esté usted seguro de que nunca he contrariado las inclinaciones de mi hija, ni me opongo a ellas ahora. Si aún continúa amando a este joven, se la doy de todo corazón. Gracias a Dios, todavía nos queda alguna fortuna, y la promesa que acaba usted de hacer la aumentará en algo. Permítame usted que ruegue a nuestro antiguo amigo (aludiendo a mí) que me dé la seguridad de consignar a favor de mi hija seis mil libras esterlinas, si algún día recupera su fortuna, y queda dispuesto desde esta noche a ser el primero en aprobar la unió de los dos jóvenes.

Como ahora dependía de mí la felicidad de mi hijo, me apresuré a garantizar el compromiso requerido, lo que, en mi concepto, para uno que tan poca esperanza tenía, no era gran favor. Entonces tuvimos la satisfacción de ver arrojarse mutuamente en sus brazos a los dos jóvenes en un arrebato de amor.

–¡Ser recompensado así, después de tantos infortunios! –exclamó mi hijo Jorge–. Esto es más de lo que yo podía esperar. ¡Verse en posesión de tanto bien, después de tantas penas! ¡Mis deseos más ardientes jamás se habían elevado a tanto!

–Sí, Jorge mío –respondió su encantadora prometida–; dejemos que ese desgraciado malgaste mi fortuna; puesto que tú eres feliz sin ella, también yo lo soy. ¡Qué cambio he hecho!... El hombre más vil por el mejor, el más amado ¡Qué derroche esos tesoros mal adquiridos; yo seré feliz aun en la indigencia misma!

–Y yo le prometo a usted –dijo el *squire* con risa burlona– que seré muy feliz con lo que usted menosprecia.

–Poco a poco, señor –intervino diciendo Jenkinson–, hay que agregar dos palabras a ese negocio. En lo tocante a la fortuna de esta señorita, señor, jamás recibirá usted ni un ochavo. Sírvase decirme Vuestro Honor –preguntó a sir William–, ¿podría el *squire* retener la fortuna de esta señorita si estuviese casado con otra?

–¿Cómo puede preguntar una cosa tan sencilla? –replicó el baronet–; claro es que no podría.

–Lo siento –agregó Jenkinson–; porque como ese caballero y yo hemos sido antiguos compañeros, aún le conservo cierto cariño; pero, aunque todavía le quiera, debo declarar que ese contrato no vale un ardite, porque ya está casado.

–¡Mientes como un bellaco! –exclamó el *squire,* que pareció irritado por aquel insulto–. Nunca me he casado legalmente con mujer alguna.

–Pues está usted casado, con permiso de Vuestro Honor –afirmó el otro–, y espero que agradecerá usted a su antiguo amigo Jenkinson que le traiga una esposa legítima; y si los presentes quieren reprimir un momento su curiosidad, de aquí a unos minutos podrán verla.

Y dicho esto, salió con su habitual celeridad, dejándonos perplejos y sin saber qué pensar de aquel suceso.

–Que vaya donde quiera –exclamó el *squire–;* haya hecho lo que haya hecho, en esto lo desafío. Soy demasiado viejo para asustarme con calumnias.

–No comprendo adónde quiere ir a parar ese sujeto –dijo el baronet–. Será cosa de broma, supongo.

–Es posible –observé yo– que sea seria; porque si se piensa en las estratagemas que este caballero ha debido emplear para seducir la inocencia, no sería raro que entre las víctimas haya encontrado una más hábil que las otras y lo haya engañado. Cuando consideramos a cuántos ha arruinado, cuántos padres sienten hoy con angustia la infamia y la vergüenza que ha introducido en sus familias, no me sorprendería que uno de ellos... ¡Oh, asombro!... ¿Veo a mi hija?... ¿Es mi hija muerta la que vuelvo a ver?... ¿Es ella la que estrecho en mis brazos?... ¡Sí, sí, ella; mi vida, mi esperanza!... ¡Te creía perdida para siempre, Olivia mía, y aún te tengo!... ¡Y aún vivirás para hacerme feliz!

Los arrebatos más fogosos del amante más tierno no fueron mayores que los míos cuando vi que míster Jenkinson me traía a mi hija, que la tenía en mis brazos, con un silencio que expresaba su alegría.

–Ya has vuelto a mí, querida mía –exclamé–, para ser alivio de mi vejez...

–Ella es –exclamó Jenkinson–, porque es una hija honrada, tan honrada como cualquiera de los presentes. Y usted, *squire,* sepa que esta joven, tan cierto como que está usted aquí, es su legítima esposa; y para convencerle de que digo la verdad, he aquí la licencia en virtud de la cual fueron ustedes casados.

Y así diciendo, puso la licencia en manos del baronet, quien la leyó y la encontró perfecta en todos conceptos.

–Y ahora, señores –continuó diciendo–, veo que se sorprenden ustedes de todo esto; pero unas pocas palabras aclararán la dificultad. Este *squire,* de triste renombre, por quien aún siento gran amistad, dicho sea entre nosotros, me empleó frecuentemente en algunos servicios para él. Entre otros, me comisionó para que le procurase una licencia falsa y un falso sacerdote, con el objeto de engañar a esta señorita. Pero como yo era muy amigo de él, ¿qué hice?, traje una licencia verdadera y un verdadero sacerdote, y los casé tan de prisa como puede hacerlo un clérigo. Ustedes creerán que hice todo aquello por pura generosidad; pero no. Para bochorno mío, confieso que mi único designio era conservar la licencia y hacer saber al *squire* que podía probarlo contra él siempre que me pareciera oportuno, y de este modo poder sacarle dinero siempre que lo necesitara.

Un estallido de placer llenó entonces toda la habitación; nuestra alegría se comunicó pronto a la sala común, donde los presos mismos simpatizaban con nosotros.

...agitando sus cadenas
en un rapto de salvaje armonía[1].

La dicha iluminaba todos los rostros, y aun las mejillas de Olivia parecían sofocadas de placer. Reconquistar su reputación y

---

[1] Cita de Congreve, *The Mourning Bride (La esposa enlutada):* «... and shook his Chains / in Transport and rude Harmony».

verse reintegrada a la vez a los suyos y a la fortuna eran cambios suficientes para detener su decadencia y devolverle su antigua salud y vivacidad. Pero, seguramente, entre todos no había uno que sintiese más sincero placer que yo. Teniendo aún en mis brazos a mi amada hija, pregunté a mi corazón si aquellos arrebatos no eran ilusorios, y volviéndome a míster Jenkinson, le interrogué:

–¿Cómo se atrevió usted a aumentar mis aflicciones diciéndome que mi hija había muerto? Pero no importa; el placer de haberla recuperado recompensa con exceso mis penas.

–Fácil es contestar a su pregunta –contestó Jenkinson–. El único medio que yo veía para librar a usted de la prisión era someterse al *squire* y consentir que se casara con la señorita. Pero usted juró no otorgar el consentimiento mientras viviese su hija. Así, pues, no había otra manera de obtenerlo sino persuadiéndole a usted de que ella había muerto. Convencí de ello a la esposa de usted, y hasta este momento no se había presentado ocasión de deshacer el engaño.

En toda aquella reunión no había más que dos caras en que no brillara radiante alegría. Míster Thornhill había perdido enteramente su serenidad; ahora veía ante él un abismo de infamia y necesidad, y temía hundirse. Cayó de rodillas delante de su tío, y con acento que partía el corazón, imploró misericordia. Sir William iba a rechazarlo con desprecio; pero a petición mía, lo levantó, y después de una pausa de unos instantes, le dijo:

–Tus vicios, tus crímenes y tu ingratitud no merecen ternura; pero no quedarás enteramente abandonado... Una renta suficiente te será concedida para cubrir tus necesidades, mas no tus locuras. Esta joven, que es tu esposa, entrará en posesión de la tercera parte de los bienes que en otro tiempo considerabas tuyos, y únicamente de su afecto podrás obtener más tarde algún beneficio extraordinario.

El desdichado iba a expresar su gratitud por tal benevolencia con un discurso propio del caso; pero el baronet se lo impidió, rogándole que no agravase su bajeza, que ya era demasiado manifiesta. Al mismo tiempo le ordenó que se retirase y que de todos sus criados escogiese uno, el que considerase más conveniente, que era todo lo que le concedía.

En cuanto el joven nos dejó, sir William se dirigió muy cortésmente a su nueva sobrina con una sonrisa, y la felicitó. El ejemplo fue seguido por miss Wilmot y su padre. También mi mujer dio un beso a su hija con mucho afecto, porque (usando sus propias palabras) ahora ya estaba hecha una mujer honrada. Sofía y Moisés se le acercaron a su vez, y aun nuestro bienhechor Jenkinson solicitó tal honor. Parecía que nada podía aumentar nuestra satisfacción. Sir William, cuyo mayor placer era hacer el bien, miró a su alrededor con radiante satisfacción, y por todas partes vio caras gozosas..., excepto la de mi hija Sofía, que, por algunas razones que no podíamos comprender, no parecía enteramente satisfecha.

–Creo –dijo el baronet, sonriendo– que todos los presentes, menos uno o dos, parecen enteramente felices. Ya no me queda por cumplir más que un solo acto de justicia. Ya conoce usted, señor –continuó dirigiéndose a mí–, las obligaciones que los dos debemos a míster Jenkinson, y es muy justo que ambos le recompensemos. Estoy seguro de que miss Sofía lo hará dichoso, y yo le concederé quinientas libras esterlinas como dote, con lo cual podrán vivir desahogadamente... Vamos a ver, miss Sofía, ¿qué dice usted de ese enlace propuesto por mí? ¿Lo acepta usted?

Al oír esta horrible proposición, mi pobre hija se vio a punto de caer abismada en los brazos de su madre.

–¿Aceptarlo? –exclamó tímidamente–. ¡No, señor, jamás!

–¿Por qué no? –repitió míster William–. ¿No es míster Jenkinson, el bienhechor de usted, un arrogante joven, con quinientas libras esterlinas y buen porvenir?

–Por favor, señor –replicó Sofía, que apenas podía hablar–, no insista usted; no me haga tan desgraciada.

–¿Se ha visto jamás obstinación semejante? –volvió a decir el baronet–. ¡Rechazar a un hombre a quien la familia debe tan grandes favores, que ha librado a su hermana de usted y que tiene quinientas libras esterlinas! ¡No querer aceptarlo!

–No, señor, nunca! –replicó ella airada y resueltamente–. ¡Antes morir!

–Si es así –repuso él–, si por nada del mundo quiere usted a míster Jenkinson... creo que será preciso que me case yo con usted.

Y diciendo esto, la cogió amorosamente, y estrechándola contra su pecho con ardor, exclamó:

–Amadísima Sofía, la más juiciosa de todas las criaturas, ¿cómo pudiste creer que tu amigo Burchell te engañara, o que sir William Thornhill dejara de admirar a una joven que le ha amado por él mismo? Durante varios años he andado en busca de una mujer que, ignorante de mi fortuna, reconociese en mí algún mérito como hombre. Después de haber buscado en vano, aun entre las descocadas y las feas, ¡qué grande fue, al fin, mi placer de haber conquistado tan buen juicio y tan soberana hermosura!

Después, volviéndose hacia Jenkinson, le dijo:

–Puesto que no puedo despojarme en favor de usted, señor, de esta joven que, no sé por qué, se ha encaprichado de mi cara, toda la compensación que puedo ofrecer a usted es darle la dote que le había señalado. Mañana puede usted presentarse en casa de mi administrador, quien le entregará quinientas libras esterlinas.

Entonces todos tuvimos que repetir nuestros cumplimientos, y la futura lady Thornhill tuvo que pasar por las mismas ceremonias que su hermana había sido objeto antes. En aquel momento apareció un lacayo de sir William a decirnos que los carruajes esperaban a la puerta para llevarnos a la posada, donde todo estaba dispuesto para recibirnos. Mi esposa y yo abrimos la marcha, y dejamos aquella oscura mansión de tristeza. El generoso baronet ordenó que se distribuyeran cuarenta libras esterlinas entre los presos, y míster Wilmot, estimulado por este ejemplo, añadió veinte más.

En el umbral de la puerta fuimos recibidos por las aclamaciones de los aldeanos, y yo vi y di un apretón de manos a dos o tres de mis honrados feligreses que se hallaban entre ellos. Todos nos siguieron hasta la posada, donde nos esperaba suntuoso festín, y grandes provisiones fueron distribuidas entre la gente del pueblo.

Después de cenar, como mi ánimo estaba agotado por las alternativas de placer y de dolor que me habían asediado durante el día, pedí permiso para retirarme, y, dejando la reunión en medio de su regocijo, en cuanto me encontré solo vacié mi corazón, lleno de gratitud, al Dador de la alegría y de la pena, y me dormí apaciblemente hasta la mañana siguiente.

CAPÍTULO XXXII
Conclusión

A la mañana siguiente, tan pronto como desperté, encontré a mi hijo mayor sentado cerca de la cabecera de la cama, quien había ido a aumentar mi alegría con otro cambio de la suerte en mi favor. Después de haberme relevado del compromiso que el día anterior hice en obsequio suyo, me hizo saber que mi banquero de la capital, que había quebrado, estaba detenido en Amberes y que había entregado efectos a cobrar en cantidad mucho mayor que la debida a sus acreedores. La generosidad de mi hijo me agradó tanto como aquella inesperada fortuna; pero me asaltaron algunas dudas respecto a si, en justicia, podría aceptar su oferta. Mientras yo meditaba sobre ello entró sir William en el cuarto, y a él le comuniqué mis recelos. Su opinión fue que, como mi hijo entraría pronto en posesión de grandes riquezas por su próxima boda, podía aceptar su ofrecimiento sin vacilación alguna. El objeto de su visita, sin embargo, era manifestarme que la noche anterior había enviado a buscar las licencias para los dos casamientos, que las esperaba de un momento a otro y que contaba con mi ayuda para completar la dicha de todos aquella misma mañana. Un lacayo entró, mientras estábamos hablando, a decirnos que el mensajero había vuelto, y como yo me había vestido entretanto, bajé y encontré a toda la familia disfrutando de toda la jovialidad que pueden ofrecer la riqueza y la inocencia. Con todo, estando entonces preparándose para celebrar una ceremonia tan solemne, aquellas risas me disgustaron. Les hablé del recogimiento grave y sublime a que les invitaba aquella mística ocasión y, para disponerlo mejor, les leí dos homilías y una tesis de mi propia composición. Pero ellos se mostraron refractarios a todo comedimiento e ingobernables. Aun en el momento en que íbamos camino de la iglesia, yo delante, abriendo la marcha, toda la gravedad parecía haberlos abandonado, y varias veces estuve tentado de volverme atrás para hacerles sentir mi indignación. Ya en la iglesia, se ofreció nuevo dilema que no prometía fácil solución. Se trataba de saber qué pareja se casaría primero: la novia de mi hijo insistió con empeño en que lady Thornhill (como así debía ser) fuese la preferida; pero ésta se oponía a ello con igual ardor, protestando que por nada del mundo se haría culpable de tal descortesía. La querella fue sostenida por algún tiempo entre las dos con el mismo alarde de obstinación y de buena crianza. Pero como yo estaba de pie y con el libro abierto, al fin me cansó aquel debate, y cerrando el libro, les dije:

–Veo que ninguna de las dos quiere casarse; por consiguiente, lo mejor que debemos hacer es volvernos atrás, porque parece que hoy no se hace nada.

Estas palabras las redujeron al punto a la razón. El baronet y su novia fueron casados primero, y después mi hijo y su amable compañera.

Aquella mañana había dado yo orden de que se enviase un coche en busca de mi honrado vecino Flamborough y su familia, por lo cual, al volver a la posada, tuvimos el placer de ver apearse delante de nosotros a las dos hijas de aquel buen amigo. Míster Jenkinson dio la mano a la mayor y mi hijo Moisés se encargó de la otra (después descubrí que Moisés tenía verdadera inclinación por la muchacha, y mi consentimiento y liberalidad los tendrá en cuanto los pida). Apenas habíamos llegado a la posada, gran número de mis feligreses, sabedores de mi buena suerte, acudieron a felicitarme. Entre ellos estaban aquellos que se amotinaron para salvarme y a quienes reñí con tanta aspereza. Conté el caso a sir William, mi yerno, quien salió inmediatamente y los reprendió con severidad; pero al verlos enteramente desalentados por tan duro reproche, les dio media guinea a cada uno para que bebieran a su salud y reanimasen sus decaídos espíritus.

Poco después fuimos invitados a un banquete verdaderamente regio, preparado por el cocinero de míster Thornhill... No será inoportuno observar, con respecto a este caballero, que ahora reside, en calidad de compañero, en casa de un pariente suyo, donde es muy estimado y raras veces se sienta a la mesa de servicio, a no ser que no haya sitio en la grande, porque no le tratan como a un extraño. Pasa el tiempo en distraer a su pariente, que es poco hipocondríaco, y aprendiendo a tocar la trompa. Mi hija mayor aún le recuerda con pesar, y muchas veces me ha dicho (y yo le guardo en secreto) que si él se corrigiese, ella se apiadaría de él.

Pero, volviendo a nuestro asunto, porque no me gustan estas digresiones, cuando nos dispusimos a sentarnos a la mesa, volvieron a surgir nuevos problemas de protocolo. El caso era saber si mi hija mayor, por ser ya una señora, no debía sentarse en sitio preferente a las dos recién casadas; pero mi hijo Jorge cortó de plano el debate que empezaba a iniciarse, proponiendo que nos sentáramos indistintamente, cada caballero al lado de su dama. Esta proposición fue recibida con general aplauso, a excepción de mi esposa que, según advertí, no estaba enteramente satisfecha, porque esperaba haber tenido el placer de sentarse a la cabecera de la mesa y trinchar la carne para todos los comensales. A pesar de esto, es imposible describir el contento de todos. No sé si es que teníamos más ingenio que de ordinario; lo cierto es que reímos más, lo cual es lo mismo. Recuerdo especialmente una broma: bebiendo el viejo míster Wilmot a la salud de mi hijo Moisés, que tenía vuelta la cabeza a otra parte, éste respondió: «Señora, muchas gracias». A lo que el anciano caballero, haciendo un guiño al resto de los reunidos, observó que el joven estaba pensando en su señora. Al oír esto, temí que las dos señoritas Flamborough iban a morirse de risa.

En cuanto acabó la comida, siguiendo mi antigua costumbre, rogué que quitaran la mesa para tener el placer de ver a toda mi familia reunida una vez más en alegre círculo. Mis dos pequeños se sentaron en mis rodillas, los demás se distribuyeron por parejas. En aquellos momento nada tenía que desear en este lado de la tumba; todas mis tristezas habían desaparecido; mi placer era indecible. Solamente me quedaba procurar que mi gratitud, en mi buena fortuna, excediera a mi anterior sumisión en la adversidad.

CRONOLOGÍA

1728 (?) Nace Oliver Goldsmith, probablemente en Pallas, Wesmeath, Irlanda, hijo del reverendo Charles Goldsmith, que pasa pronto como párraco en funciones al pueblo de Lissoy.

1743-1745 Asiste a la escuela diocesana en Elphin y escuelas cercanas a Lissoy.

1745 Ingresa en el Trinity College, Dublín.

1747 Muerte de su padre. Amonestación pública por tomar parte en un motín estudiantil.

1750 «Bachelor of Arts».

1750-1752 No es admitido para ser ordenado en la Iglesia de Inglaterra. Se emplea como tutor en una familia y viaja a Cork, quizá intentando emigrar a América, y a Dublín, quizá con idea de pasar a estudiar derecho en Londres.

1752 Ingresa en la Universidad de Edimburgo para estudiar medicina.

1754 Pasa a la Universidad de Leyden (Holanda) para seguir estudios de medicina.

1755 Deja Leyden y va a París y, a través de Suiza, a Italia (Padua, Venecia, Florencia); vuelve a Inglaterra por Francia. Empieza a escribir *El viajero.*

1756 Llega a Londres.

1756-1757 Trabaja como ayudante de un farmacéutico, como médico, como corrector de pruebas en la imprenta de Richardson y como auxiliar en una escuela en Surrey.

1757 Escribe en la *Monthly Review.* Vive con su editor y propietario, Ralph Griffin.

1758 Publica una traducción: *Mémoires d'un protestant,* de Jean Martheilhe. Se le promete un puesto de médico en la India, pero no consigue que le lleven en un barco como auxiliar médico.

1759 Escribe en la *Critical Review,* de Smollet. Publica *Una investigación sobre el actual estado del saber en Europa.* Conocido como «doctor Goldsmith», forma parte del grupo encabezado por el doctor Samuel Johnson, donde luego estaría el gran pintor Reynolds. Colabora en *The Bee (La Abeja).*

1759 Publica ensayos en *The Busy Body (El Entrometido), Weekly Magazine, Royal Magazine, British Magazine, Lady's Magazine.*

1760 Empieza a publicar sus «Cartas Chinas» en *Public Ledger,* de John Newbery.

1761 Goldsmith conoce a Percy y a Johnson.

1762 Escribe en *Lloyd's Evening Post,* entre otras cosas, «La Revolución en la vida baja» sobre la despoblación de los pueblos. Se publican sus «Cartas Chinas» como *The Citizen of the World (El ciudadano del mundo).* Publica *Vida de Richard Nash.* Johnson consigue que el librero Newbery dé a Goldsmith dinero para su novela *El vicario de Wakefield,* pero no la publicará hasta cuatro años después.

1764 Publica *Historia de Inglaterra en una serie de cartas de un noble a su hijo.* Publica *El viajero,* o *Una perspectiva de la sociedad.*

1765 Publica sus *Ensayos,* recogiéndolos de publicaciones anteriores.

1766 Publica *El vicario de Wakefield,* y una antología, *Poemas para señoritas.*

1767 Cultiva la amistad de Reynolds y su grupo, que incluye a una viuda, la señora Horneck, y sus dos hijas. Publica otra antología, *Las bellezas de la poesía inglesa.*

1768 Estrena *The Good Natured Man (El hombre de buena naturaleza).*

1769 Publica *Historia romana.* Nombrado profesor de Historia Antigua en la Royal Academy.

1770 Publica *La aldea abandonada,* y antepone una *Vida de Parnell* a la edición de los poemas de éste.

1771 Publica su *Historia de Inglaterra... hasta Jorge II.*

1773 Estrena *Ella desciende para conquistar.*

1774 Muere el 4 de abril de una enfermedad renal. Se publican *Represalia (Retaliation), Historia de la Tierra y la naturaleza animada* e *Historia griega.*

ESTE LIBRO, PUBLICADO POR
EDICIONES RIALP, S. A.,
MANUEL URIBE 13-15, 28033 MADRID,
SE TERMINÓ DE IMPRIMIR EN
SERVICE POINT, S. A. (MADRID),
EL DÍA 19 DE FEBRERO DE 2025.